cmz

AF238723

cmz. Wir machen die guten Bücher. Seit 1979.

Foto: Sepp Spiegl

Wilfried Lülsdorf, geboren 1957 in Beuel, lebt seit fast dreißig Jahren mit seiner Familie in Wachtberg. Bis zum Jahrtausendwechsel arbeitete er als Wirtschaftsjournalist bei renommierten Medien in Düsseldorf, Hamburg, München, Köln und Berlin, ehe er wiederum in Düsseldorf einen Corporate-Publishing-Verlag aufbaute. Mit *Pechmariechen* gelang ihm 2021 ein vielbeachtetes Debüt als Krimiautor. *Künstlerpech* (2022) und *Pechvogel* (2023) folgten.

Wilfried Lülsdorf

PECH
MARIECHEN

Ein Wachtberg-Krimi

Nachdruck der zweiten überarbeiteten Auflage

CMZ

Bibliografische Information der Deutschen Nationalbibliothek

Die Deutsche Nationalbibliothek verzeichnet diese Publikation
in der Deutschen Nationalbibliografie; detaillierte bibliografische Daten
sind im Internet über http://dnb.d-nb.de abrufbar.

© 2021–2025 by **cmz**-Verlag
An der Glasfachschule 48, 53359 Rheinbach
Tel. 02226-912626, info@cmz.de

Schlußredaktion:
Clemens Wojaczek, Rheinbach

Satz
(Aldine 401 BT 11 auf 14,5 Punkt)
mit Adobe InDesign CS 5.5:
Winrich C.-W. Clasen, Rheinbach

Umschlagfoto:
Mani Wollner, *Unwetter über dem Siebengebirge mit Drachenfels*, 2019

Umschlaggestaltung:
Lina C. Schwerin, Hamburg
Anja Steinig, Berlin

Gesamtherstellung:
Bookpress.eu, Olsztyn / Polen

ISBN 978-3-87062-347-0

1151–1200 • 20251105

www.cmz.de

www.wilfriedluelsdorf.de

Erst hatten wir kein Glück, dann kam auch noch Pech hinzu, sagen die einen. Die anderen hingegen wissen: Zum Glück gibt's Pech.

Inhalt

9 *Die Hauptpersonen*

11 Prekäre Lage

17 Kleine Bitte

22 Häusliche Probleme

28 Freudiger Empfang

36 Lustiger Abend

39 Unerwartete Entspannung

43 Gemeinsamer Ausflug

51 Wildes Durcheinander

55 Aufgeregte Suche

62 Keinerlei Hinweis

66 Null Idee

70 Behutsame Befragung

75 Schlechte Chancen

78 Verzwickte Situation

83 Heikle Gespräche

89 Allgemeine Verunsicherung

92 Konträre Prioritäten

96 Unter Verdacht

101 Zähe Ermittlungen

110 Gestörtes Verhältnis

118 Konspiratives Treffen

126 Zweite Vermisste

131 Dicke Luft

144 Kuriose Forderung

157 Bekanntes Szenario

164 Fiese Finte

168 Chaotische Verfolgung

178 Falsche Fährten

185 Heiße Spur

194 Grüner Drache

204 *Danksagung*

Die Hauptpersonen

Alexander Hopp

Freiberuflicher Reporter für mehrere Zeitschriften

Jana Jäger

Kriminalhauptkommissarin bei der Mordkommission in Bonn

Otto Springer

Pressefotograf

Klaus Kupfer

Inhaber der Kupferklause

Anna und Markus Wasner Apothekerehepaar

Josephine (Josy) Franzen

Vorsitzende des Wachtberger Vereins Forum Freunde in Europa (FFE)

Hannes Dörfler

Stellvertreter von Franzen im FFE

Lorenzo und Sofia Baggio Leiter der Besuchergruppe aus der italienischen Partnerstadt und seine Ehefrau

Giulia und Maria Peroni Mitglieder der italienischen Besuchergruppe

Laura und Luca Sansone Mitglieder der italienischen Besuchergruppe

Eheleute Wenger

Wachtberger Gastgeber

Peter Paul Pinsel

Erster Kriminalhauptkommissar, Leiter der Mordkommission

Frank Streffer	Kriminaloberkommissar
Julius Vogel	Pressesprecher der Bonner Kriminalpolizei
Eva Backes	Kommissarin und Leiterin der Diensthundeführerstaffel
Harald Neumann	Kriminaloberkommissar
Michael Becker	Kriminalkommissar
Nikola (Niki) Schnell	Verlegertochter und Chefredakteurin der Kölner Boulevardzeitung Kurier
Paul Flecken	Ex-Chefredakteur des Kurier
Marta und Marie Krämer	Mutter und Tochter aus Bonn-Friesdorf
Eduard (Eddie) Fuchs	Inhaber der örtlichen Metzgerei
Franziska Hauser	Betriebsleiterin des Scheunenmarktes
Karla Epstein	Chefin des Dahlien-Hotels
Clara Christina Balken	Friseurmeisterin
Maren Flamme	Inhaberin der Physio Praxis Pech
Darian Popescu	Berufseinbrecher
Elvis	Labradorrüde

Prekäre Lage

Hopp war im Stress. Er musste dringend zu einem wichtigen Gerichtstermin in Bonn. Seine Aussage als Belastungszeuge stand in dem Aufsehen erregenden Prozess gegen einen Kinderschänder auf der Tagesordnung. Doch wo waren seine Unterlagen, die Ergebnisse monatelanger intensiver Recherche? Zur Vorbereitung hatte er gestern alles zusammengetragen und sicherheitshalber in seine Arbeitsmappe gelegt. Wo war die Mappe? Er konnte das Ding partout nicht finden. Noch einmal durchwühlte er sämtliche Schubladen seines Schreibtischs. Obwohl ihm eigentlich klar war, dass das nichts bringen würde. Diese Prozedur hatte er bereits zweimal erfolglos absolviert. Und eigentlich blieb ihm auch kaum noch Zeit, um weiter zu suchen. In spätestens einer Dreiviertelstunde musste er im Landgericht in der Bonner Innenstadt sein. Für den Weg von Wachtberg-Pech bis Bonn-Zentrum würde er inklusive der Parkplatzsuche eine halbe Stunde brauchen. Mindestens. Und dann musste er noch durch die Sicherheitssperre im Eingang des Gerichtsgebäudes. Wenn dort großer Andrang herrschte, würde die Kontrolle einige Zeit dauern. Er hatte an der Sperre schon einmal zwanzig Minuten gewartet und dadurch fast einen Termin verpasst. Als Reporter wollte er damals über einen spektakulären Vergewaltigungsfall im Rotlichtmilieu berichten.

Jetzt müsste er eigentlich aufbrechen, dabei war er noch nicht einmal geduscht und angezogen. Fieberhaft überlegte er ein letztes Mal, wo die Unterlagen stecken könnten. Gestern Abend hatte er die Papiere zur Vorbereitung noch einmal gründlich durchgesehen. Wo hatte er dabei gesessen? Auf dem Ledersofa im Wohnzimmer. Bestimmt hatte er die Mappe auf dem Tisch vor dem Sofa liegen lassen. Nervös durchsuchte er das Wohnzimmer. Zuerst sah er auf dem Tisch nach, wo er einen Berg von Zeitschriften beiseiteschieben musste. Dann auf und unter dem Sofa, wofür er sogar die Kissen anhob – Fehlanzeige. Welche Möglichkeit gab es jetzt noch? Hatte er die Mappe vielleicht schon an die Garderobe gelegt? Er sah auch dort nach. Wieder nichts.

Unerbittlich verrann die Zeit, er würde es kaum noch pünktlich zur Gerichtsverhandlung schaffen. Zur Not müsste er eben ohne seine Unterlagen auskommen, was ihm jedoch überhaupt nicht behagte. Zwar hatte er ein sehr gutes Gedächtnis, trotzdem könnte er bei seiner Aussage wichtige Details der Recherche vergessen. Er eilte ins Bad, duschte hektisch, aber putzte sich nicht einmal die Zähne, um Zeit zu sparen. Dann schlüpfte er in sein bestes weißes Hemd, zog das anthrazitfarbene Leinenjackett an und stürzte ohne seine Arbeitsmappe aus dem Haus.

Er rannte zu seinem Wagen, der wie immer rund fünfzig Meter von der Haustür entfernt auf dem Bürgersteig stand. Er sprang hinein und raste los. Nur noch 25 Minuten bis Verhandlungsbeginn. Das war nicht zu schaffen, selbst bei optimalen Verkehrsverhältnissen nicht. Vielleicht würde die Sitzung nicht ganz pünktlich eröffnet. Dann könnte er trotzdem rechtzeitig dort sein, ehe er von der Richterin aufgerufen würde, rechnete er sich fieberhaft aus. Doch auf der B 9 Richtung Bonn war diese Hoffnung schnell dahin. Schon vor dem Hochkreuz an der Ecke zur Kennedyallee staute sich der Verkehr. Für einige Minuten stand der Wagen, kam keinen Meter weiter. Auch das noch. Panik kroch durch seine Glieder, ihm wurde eng in der Brust, gegen die Stirnwand drückte ein heftiger dumpfer Schmerz, unter den Achseln wurde es bedenklich feucht.

Endlich rollte der Verkehr wieder an. Bis zur Oxfordstraße im Zentrum lief es wie am Schnürchen. Gott sei Dank! Er schöpfte wieder Hoffnung, als er die Einfahrt zur Tiefgarage am Friedensplatz erreichte. Auf Deck 1 fand er sofort einen Parkplatz, er knallte die Wagentür zu, ohne abzuschließen, und spurtete zum Ausgang. Das ältere Paar, das ihm als erstes an der Treppe begegnete, musterte ihn kritisch von unten nach oben. Er schenkte den beiden keine Beachtung und rannte weiter.

12

Auf dem Friedensplatz herrschte wie immer reger Betrieb. Viele Leute auf Einkaufstour überquerten den Platz von rechts nach links und links nach rechts. An den Bushaltestellen gegenüber vom Sparkassenhaus warteten an die hundert Leute. Einige davon glotzten ihn an, manche schlugen entsetzt die Hände vor den Mund, andere lachten lauthals. Was hatte das zu bedeuten? Was war mit ihm? Warum erstaunte oder erschreckte sein Anblick die Leute derart? Er blieb stehen, schaute an sich herunter und erstarrte. Er hatte nur Hemd und Jacke an. Ansonsten war er nackt.

Schweißgebadet schreckte Alexander Hopp in seinem Bett hoch. Er zitterte am ganzen Leib. Er hatte geträumt. Schon wieder hatte er diesen fürchterlichen Traum gehabt, dass er unter Zeitdruck lief und lief und ihm immer wieder ein anderes Hindernis in die Quere kam. Dass er seinen Termin, den Zug oder das Flugzeug zu verpassen drohte, und dass er kopflos aus dem Haus stürzte – nackt. Seit Jahren quälte ihn dieser heftige Albtraum in unzähligen Variationen. Ebenso benommen wie beklommen stand er auf. Es war erst kurz nach drei Uhr. Also ging er in die Küche und nahm sich ein kaltes Kölsch aus dem Kühlschrank. Damit setze er sich auf den Balkon und starrte in die nächtliche Dunkelheit. In der Ferne erkannte er die markante Silhouette des Siebengebirges. Dieser Anblick beruhigte ihn fast immer. Das Dorf lag im Tiefschlaf. Nirgendwo ringsherum brannte noch Licht. Nur der Mond schien. Der wolkenlose Himmel präsentierte ein grandioses Bild. Hopp konnte sich nicht erinnern, hierzulande schon einmal einen derart überwältigenden Sternenhimmel gesehen zu haben. Zwanzig Minuten später hatte er sich einigermaßen beruhigt. Er ging wieder zu Bett, um die Nacht mit ein paar Stunden Schlaf möglichst erholsam zu Ende zu bringen.

Am Morgen fühlte sich Hopp wie gerädert. Zwar hatte er schließlich noch drei Stunden schlafen können, aber im Kopf schwirrten Fetzen düsterer Erinnerungen an den beängstigenden Traum herum. Warum plagte ihn dieser Albtraum immer und immer wieder? Was hatte das zu bedeuten? Was wollte das Unterbewusstsein ihm damit sagen? Gäbe es ein Mittel dagegen? Er konnte sich keinen Reim darauf machen – was sich ebenfalls beklemmend anfühlte. Und zusätzlich klangen die Ereignisse des Vortages bedrohlich in seinem Hirn nach. Die konkreter werdenden Bilder des Schreckens plagten ihn. Er musste sie möglichst schnell los werden.

Beim gemeinsamen Frühstück sprach niemand ein Wort. Alle hatten schlecht geschlafen. Die vorgestern erst angereiste Giulia Peroni hatte sogar kein Auge zugemacht. Mitten in der Nacht hatte sie ihren Gastgeber Alexander Hopp auf dem Balkon bemerkt. Sie wäre gern zu ihm gegangen, war aber zu schüchtern gewesen. Bisher kannten sie einander ja kaum. Außerdem hätte Hopps Lebensgefährtin Jana Jäger, die sie ohnehin für eifersüchtig hielt, diese Situation mitbekommen und völlig falsch interpretieren können.

Nach gut zehn Minuten allgemeinen Schweigens ergriff die Hausherrin die Initiative am Tisch: »Lasst uns bitte kurz beraten, wie wir jetzt weiter vorgehen und wer von uns heute welche Aufgabe übernimmt.« Weil sie diesen Satz ungewöhnlich undeutlich gemurmelt hatte, trank sie erst einen großen Schluck Kaffee, ehe sie weitersprach. »Ich will so schnell wie möglich mit den Ermittlungen loslegen.«

Alexander Hopp nickte kurz. Er war generell kein Freund vieler Worte, redete immer gerade das Nötigste, morgens meist weniger als tagsüber. Heute, nach dieser Horrornacht, war er sogar noch einsilbiger als sonst. In sich gekehrt hielt er seinen heißen Kaffeebecher in beiden Händen und wartete gespannt, was ihm seine bessere Hälfte in ihrer Funktion als Kriminalhauptkommissarin nun auftragen würde.

»Alex, kannst du dich gleich um Josy kümmern? Sie soll bitte den engsten Kreis der trinationalen Vorstände über die Ereignisse

14

von gestern informieren. Am besten bittet sie die Leute vorsorglich um Stillschweigen. Damit nicht gleich das ganze Treffen in Wallung gerät. Darüber hinaus soll sie nichts weiter unternehmen. Wirklich gar nichts. Kriegst du das hin?«

Jana sah Hopp skeptisch in seine verquollenen Augen. Wieder nickte er nur unmerklich mit dem Kopf.

»Und kümmere dich bitte gut um Giulia. Du, Giulia, solltest den Tag über auf keinen Fall alleine hier in unserer Wohnung bleiben. Was hältst du davon, wenn du heute zu diesen Leuten im Nachbardorf Villip gehst? Die kennst du ja von eurem Ausflug gestern. Außerdem ist dort doch auch deine Freundin Laura Sansone mit ihrem Jungen untergebracht. Alex kann dich hinbringen und später wieder abholen, wenn er seine Sachen erledigt hat.«

Giulia saß zusammengekauert am Tisch. Mit beiden Armen umschlang sie ihren Oberkörper und krümmte sich, als ob sie Schmerzen hätte. Auch sie sagte nichts. Nach kurzer Pause nickte sie zustimmend.

»Ich rufe diese Familie gleich an und regele das für dich. Die Gesellschaft von Laura und ihrem Sohn wird dir bestimmt gut tun«, sagte Jana weiter. »Aber auch Laura und ihre Gastgeber sollten besser niemandem etwas von dem Vorfall auf dem Drachenfels erzählen. Das könnte unsere Ermittlungen im Moment empfindlich stören. Kannst du sie darum bitten?«

»Ja, kann ich machen«, antwortete Giulia leise und rührte dabei lustlos in ihrem schwarzen Kaffee herum. Sie schien weit weg zu sein.

»Wo wir gerade beim Thema ›Stören der Ermittlungen‹ sind. Alex, du hältst unbedingt die Hufe still! Ich erwarte, dass du weder in der Redaktion etwas erzählst, noch irgendwas für die Zeitung über den Fall schreibst. Und komm erst recht nicht auf die Idee, auf eigene Faust zu recherchieren! Verstanden?« War Jana bis hierhin ebenso freundlich wie bestimmt gewesen, hatte sie nun einen herrischen Ton angeschlagen. Sie kannte halt ihren persönlichen Pappenheimer.

Aye, aye, Commander, zu Befehl! Ansonsten wochenlang Einzelzelle und Liebesentzug, dachte Hopp sarkastisch.

»Selbstverständlich, mein Schatz!«, sagte er kleinlaut.

»Danke, mein Bester«, antwortete Jana und lächelte süßsauer. »Ich mache mich gleich mit meinem Partner Frank Streffer auf die Suche. Wir sehen zu, dass wir rasch eine Spur von Maria finden oder zumindest irgendeinen Ermittlungsansatz. Keine Ahnung, wie lange das dauert und wann ich wieder hier sein werde. Sollte in der Zwischenzeit etwas in dieser Angelegenheit passieren oder Neues bekannt werden, dann informiert mich bitte umgehend. Mein Handy bleibt heute immer auf Empfang. Also bis später.«

Träge blieb Hopp alleine am Frühstückstisch sitzen und trank nachdenklich den lauwarmen Rest Kaffee. Widerlich. Ein halbes Brötchen mit Erdbeermarmelade lag verschmäht auf dem Teller. Er hatte keinen Appetit. Allein das Kauen dieses Häppchens war ihm zu anstrengend. Der beklemmende Traum schien alle Energie aus ihm herausgesaugt zu haben. Dabei brauchte er gerade heute besonders viel Kraft. Schließlich hatte er ein paar unangenehme Aufgaben zu erledigen: Seine cholerische Chefredakteurin an der Nase herumführen, die kaum zu kontrollierende Josy im Schach halten, die völlig verzweifelte Giulia Peroni betreuen, und schließlich mit kühlem Kopf geschickt recherchieren, wo ihre Tochter Maria stecken könnte, ohne dass Jana Wind von seinen Aktivitäten bekam. Auf mysteriöse Weise war das sechsjährige italienische Mädchen, das mit seiner Mutter Giulia bei ihm zu Gast war, gestern bei einem gemeinsamen Ausflug auf den Drachenfels verschwunden. Einfach so, von jetzt auf gleich.

Er hätte sich vergangenen Sonntag nicht so leicht am Telefon überrumpeln lassen dürfen. Er hätte sich nicht dazu überreden lassen sollen, den Gastgeber für ihm völlig unbekannte Italienerinnen zu spielen. Dann wären Mutter und Tochter wahrscheinlich gar nicht erst gekommen. Hatte er aber nicht. Zumindest hätte er aber auf dem Drachenfels besser auf die Kleine aufpassen müssen.

16

Kleine Bitte

Sonntagabend. Klaus Doldingers markante Titelmusik zum *Tatort* hatte gerade eingesetzt, als das Telefon klingelte. »Verdammter Mist, ausgerechnet jetzt! Wer ist nur so blöd, um diese Zeit anzurufen, wenn meine Lieblingsserie läuft?«

Drei Dinge hasste Alexander Hopp wie warmes Bier: Wenn der 1. FC Köln verlor, wenn jemand seinen deftigen Ernährungsstil kritisierte, und wenn er beim Tatort gestört wurde. Heute war diese Belästigung besonders ärgerlich. Er fühlte sich schwer angeschlagen. Noch immer kämpfte er mit den unangenehmen Nachwirkungen eines heftigen Gelages mit seinen Fußball-Kumpels in der Stammkneipe. Ein gemütlicher Fernsehabend war in seiner Verfassung genau das Richtige. Zu mehr war er weder bereit noch in der Lage. Widerwillig und verärgert ging er zum Telefon. Er war fest entschlossen, dem Anrufer ohne Ansehen der Person erst einmal ordentlich den Marsch zu blasen.

»Ja, wer stört?«, bellte er in den Hörer.

»Hallo Alex, ich bin's, Josephine.«

»Du, Josy? Welch freudige Überraschung…« Hopps Sarkasmus war unüberhörbar.

Josephine Franzen war so ungefähr die letzte Person, der er zugetraut hätte, ihn um diese Zeit anzurufen. Schließlich war sie selbst leidenschaftliche Tatort-Seherin, verpasste selten eine Folge und hasste es, mittendrin angerufen zu werden. Die in Ludwigshafen spielenden Folgen mit der unberechenbaren Kommissarin Lena Odenthal sah sie besonders gern.

»Entschuldige bitte, ich will dich echt nicht lange stören. Der Sonntagabend ist auch mir normalerweise heilig, das weißt du ja. Aber im Moment ist bei mir nichts normal. Ich habe ein großes Problem. Hoffentlich kannst du mir helfen«, sagte Josephine Franzen besänftigend. Der ungewöhnlich barsche Ton von Hopp war ihr nicht entgangen.

»Dann lass mal hören.«

»Am Donnerstagabend kommen die Franzosen und Italiener zum großen Treffen der drei Partnerschaftsstädte hier in Wachtberg an. Fast 150 Gäste, drei volle Reisebusse.«

»Ich weiß, Josy. Seit Wochen beschäftigt dich offensichtlich nichts anderes und, ehrlich gesagt, erzählst du auch von kaum etwas anderem mehr.«

»Da hast du recht, Alex, tut mir Leid. Das geht mir manchmal selbst auf die Nerven. Aber das ist ein Riesending, und die ganze Verantwortung für die Organisation liegt bei mir.«

»Auch das weiß ich schon, Josy. Muss ich irgendwie schon mal irgendwo von irgendwem gehört haben ...«

»Eben erst, also auf den letzten Drücker, haben sich zwei weitere Teilnehmerinnen aus Italien angemeldet. Giulia Peroni und ihre Tochter Maria. Sechs Jahre alt ist die Kleine, glaube ich zumindest. Giulia ist sehr nett, eine taffe, lebenslustige junge Frau. Alleinerziehend. Sie wollte von Anfang an dabei sein, hat aber von ihrem Chef bisher nicht frei bekommen. Die Team-Kollegin von Giulia hatte längst für denselben Zeitraum Urlaub genommen, glaube ich zumindest. Die Kollegin hat ihren Urlaub jetzt wohl kurzfristig abgeblasen. Keine Ahnung, warum. Ist aber auch nicht so wichtig ...«

»Gibt es die Geschichte in Kurzfassung? Mir geht es nicht besonders, Josy.«

»Okay, okay. Also: Ihr Chef hat Giulia nun doch für das lange Wochenende freigegeben. Wahrscheinlich hat sie auch ziemlich hartnäckig insistiert. Traue ich ihr jedenfalls zu.«

»Noch kürzer, bitte!«

»Natürlich freue ich mich, dass Giulia mit ihrer Kleinen kommen kann, aber ich habe keine Unterkunft mehr. Es war bisher schon richtig schwer, für die vielen Leute Gastfamilien zu finden. Nun bin ich blank, und mir fällt nun wirklich niemand mehr ein ...«

»... außer mir«, ergänzte Hopp ziemlich kleinlaut.

18

»So ist es, Alex. Ihr habt doch das schöne Gästezimmer. Das wäre ideal für Giulia und das Mädchen.«

»Aber ich kann kein Italienisch, wie du weißt. Und mein Reporterjob beim *Kurier* ist unberechenbar. Das weißt du schließlich auch. Keine Ahnung, ob ich am Wochenende überhaupt Zeit habe«, entgegnete Hopp halbherzig und ziemlich unkonzentriert, während er den Kunstdruck von Piet Mondrians Komposition in Rot, Blau und Gelb fixierte, der an der gegenüberliegenden Wand über dem zweiteiligen Ledersofa hing. Ihm war längst klar, dass er keine Chance hatte. Josy würde ihn nicht mehr aus den Fängen lassen.

»Du wirst ganz sicher kein Verständigungsproblem haben. Giulia spricht ausgezeichnet Deutsch. Fremdsprachen sind ihr Beruf. Für Maria wird sie dolmetschen. Mit der Kleinen kannst du natürlich auch einfach mit Händen und Füßen palavern. Das macht bestimmt Spaß.«

Josephine war voll in ihrem Element. Sie wusste, dass sie Alex fest am Haken hatte. »Und kannst du dich nicht ausnahmsweise mal für ein paar Tage bei der Zeitung abmelden?«

Diese Frage von Josephine Franzen war rein rhetorisch. Als ehemalige Kollegin kannte sie ihren langjährigen Freund Hopp, seinen Job und seine Arbeitsweise sehr gut.

Zwar hatte Hopp nur einen Teilzeitvertrag beim Kölner *Kurier*, aber er war das Trüffelschwein im Redaktionsteam, und entsprechend privilegiert war seine Position. Er hatte die ausgefallenen Ideen, recherchierte die exklusiven Themen, lieferte die spektakulären Scoops, enthüllte deftige Skandale und bekam fast jeden Politiker, Künstler oder Unternehmer zum Interview. Seinen Schreibtisch in der Redaktion benutzte Hopp nur selten. Für ihn lagen die Geschichten quasi auf der Straße und fanden an den ungewöhnlichsten Orten statt, jedenfalls nicht im Büro. Meist war er unterwegs, auf Themensuche oder um für eine Story zu recherchieren, an der er gerade arbeitete. Seit Jahren schon kam und ging er, wann er wollte.

Neben dem Boulevardblatt berichtete Hopp auch für zwei überregionale Tageszeitungen und eine Hamburger Illustrierte, bei der er früher als Redakteur fest angestellt gewesen war. Seine Domäne waren rechercheintensive, exklusive Themen aus Bonn, dem Rhein-Sieg-Kreis, der Eifel und bisweilen auch aus dem Westerwald. Seine Artikel schrieb er am liebsten zu Hause. Dort hatte er Ruhe und jeden Komfort. Die vertraute Umgebung und die Stille der Wohnung inspirierten ihn. Für seine Auftraggeber in Berlin, Frankfurt und Hamburg ging es ohnehin nicht anders, für sie musste er sowieso von zuhause aus arbeiten. Die Kollegen des *Kurier* hatten sich mittlerweile an seinen individuellen Arbeitsstil gewöhnt. Und die Chefredaktion tolerierte ihn, schon allein aus wirtschaftlichen Gründen. Alexander Hopp sollte seine Freiheiten haben – solange er fette Schlagzeilen lieferte und die Auflage der Zeitung steigerte.

Die Unabkömmlichkeit im Job zog also nicht als Ausrede. Aber selbst wenn, Josephine Franzen würde ihn in Grund und Boden argumentieren, bis sie ihr Ziel erreicht hätte. Hopp kannte ihre Hartnäckigkeit, wenn sie sich etwas in den Kopf gesetzt hatte und wenn sie sich für etwas besonders engagierte. Was auf jeden Fall für den Wachtberger Verein Forum Freunde in Europa galt, dessen Vorsitzende sie seit ein paar Jahren war. Als überzeugte europäische Rheinländerin, beziehungsweise rheinische Europäerin, war es ihr ausgesprochen wichtig, einen regen Austausch mit den beiden kleinen Partnerstädten in Frankreich und Italien zu organisieren. Und damit höchstpersönlich die europäische Integration voranzubringen. Denn nur durch direkte Begegnungen und persönliche Erfahrungen würde in Europa zusammenwachsen, was ihrer Ansicht nach unbedingt zusammengehörte.

Also gab Hopp klein bei. »Schon gut, Josy, ich mach's. Aber nur, weil du es bist! Nimm es als persönlichen Gefallen. Sollten die zwei Italienerinnen nicht annähernd so nett sein, wie du behauptest, dann wirst du dir zur Wiedergutmachung richtig was einfallen lassen müssen.«

20

»Einverstanden, mach ich! Versprochen! Die konkreten Infos mit den persönlichen Daten der Teilnehmer und allen Veranstaltungsdetails schicke ich dir gleich per Mail. Und jetzt guck endlich deinen Tatort«, sagte sie lachend und legte auf.

Lustlos fuhr Alexander Hopp den stumm geschalteten Fernseher wieder hoch. Das Verbrechen, das die Kölner Kommissare Ballauf und Schenk aufklären mussten, hatte er während des Telefonats längst verpasst. Er überlegte, ob es sich überhaupt noch lohnen würde, so verspätet in die Story einzusteigen und die Handlung zu rekonstruieren – was er ohnehin nicht leiden konnte. Gegen seine Überzeugung ließ er den Fernseher weiter laufen, schaute zwar hin, bekam aber so gut wie nichts mit. Er war einfach nicht bei der Sache. Das Telefonat mit Josy hatte ihm den Stecker gezogen. Missmutig schaltete er den Apparat nach wenigen Minuten aus und ging in die Küche zum Kühlschrank, um sich ein Kölsch zu genehmigen.

Gegen den fetten Kater und die schlechte Laune.

Häusliche Probleme

An der Wohnungstür hörte Hopp einen Schlüsselbund klimpern. Das vertraute Geräusch weckte auch seinen Hund Elvis, der träge auf der flauschigen Decke neben dem ledernen Sofa im Wohnzimmer gedöst hatte. Schwanzwedelnd lief Elvis zur Eingangstür, die sich gerade öffnete. Frauchen kam erstaunlich früh nach Hause.

»Hallo, Schatz«, begrüßte Hopp seine Lebensgefährtin, »mit dir habe ich ja noch gar nicht gerechnet.«

»Ich war auch überrascht; eigentlich hatte ich mich wieder auf eine lange Nachtschicht eingestellt.«

Jana Jäger kraulte erst liebevoll den Kopf des großen schokoladenbraunen Labradorrüden, ehe sie Alexander umarmte. »Aber unser Bäckerei-Erpresser hat sich heute gestellt und ohne Umschweife alles ausführlich gestanden. Das passt, die Details sind stimmig. Kein Zweifel: Wir haben den Richtigen. Wir waren so nahe an ihm dran, dass er in der Falle saß und keinen Ausweg mehr sah.«

Hopp beglückwünschte die Kriminalpolizistin. »Das war nach euren zähen Ermittlungen der letzten Wochen wirklich nicht zu erwarten. Gratuliere! Dann kannst du ja jetzt erst einmal locker machen.«

Seit fast zehn Jahren arbeitete Jana Jäger im Polizeipräsidium Bonn auf der rechten Rheinseite. Mittlerweile war sie Kriminalhauptkommissarin in der Inspektion 1. Dort gehörte sie zur legendären Truppe des KK 11, das bei allen Fällen mit Gefahr für Leib und Leben oder Todesfolge in Aktion trat. Angefangen hatte sie bei den Uniformierten in der Inspektion 2, die für ein riesiges Gebiet von 350 Quadratkilometern zuständig war. Neben den Bonner Stadtbezirken Bad Godesberg und Hardtberg umfasste es auch die angrenzenden Städte und Gemeinden des linksrheinischen Rhein-Sieg-Kreises, wie Bornheim, Euskirchen, Rheinbach und Wachtberg. In diesem Ballungsgebiet lebten mittlerweile rund 280.000 Menschen. Davon allein gut 21.000 in den dreizehn Ortschaften der Gemeinde Wachtberg, die im Norden und Osten an die Stadt Bonn und im Süd-Westen an das Land Rheinland-Pfalz angrenzte. Über die Einsätze bei der Schutzpolizei hatte Jäger diese schöne Gegend kennengelernt und die Wohnung in Pech gefunden, wo sie mit Hopp seit einigen Jahren wohnte.

Erst 1969 war Wachtberg im Rahmen einer groß angelegten kommunalen Neugliederung entstanden. Dabei waren die Dörfer des Amtes Villip und drei Meckenheimer Ortsteile mit Pech, das bis dahin zum Landkreis Bonn gehört hatte, verschmolzen worden. Zuvor hatte es vorübergehend so ausgesehen, dass Pech in die Nachbarstadt Bad Godesberg eingegliedert werden könnte, was die große Mehrheit der Dorfbewohner befürwortete. Trotzdem kam es anders: Die Pecher wurden Wachtberger und lernten mit der Zeit, ihre idyllisch gelegene Landgemeinde zu schätzen.

Aufgrund der Nähe zu Bonn wurde das Drachenfelser Ländchen, wie die Einheimischen ihr Wachtberg gern nannten, immer beliebter bei denen, die in der ehemaligen Hauptstadt ihre Brötchen verdienten – bei den dort verbliebenen Bundesbehörden, bei DAX-Konzernen wie Deutsche Post und Telekom, oder bei der riesigen Rheinischen Friedrich-Wilhelms-Universität. Entsprechend gut bürgerlich bis reich war die Wachtberger Bevölkerung situiert. Die Kaufkraft der Bewohner lag weit über dem bundesdeutschen Durchschnitt.

»Etwas Erholung habe ich jetzt auch wirklich verdient. Der Stress war zuletzt alles andere als normal«, sagte Jana Jäger erleichtert. »Hier passiert ja sonst selten etwas Dramatisches, wie du weißt. Hin und wieder ein paar Einbrüche in gepflegte Wohnhäuser und die mondänen Villen. Mord und Totschlag waren eigentlich woanders zuhause. Bisher zumindest.«

»Was sich in den vergangenen Wochen allerdings ziemlich geändert hat«, ergänzte Hopp, »Euer Erpresser hat vor nichts zurückgeschreckt.«

23

Jeden dritten Tag hatte er eine andere Bäckerei mit der Vergiftung der Backwaren bedroht, wenn sie seine finanziellen Forderungen nicht erfüllte. Bei der ersten Bäckerei, die nicht auf die Erpressung eingegangen war, hatte er seine Ankündigung in die Tat umgesetzt. Ein vergifteter Kunde aus Wachtberg wäre um Haaresbreite gestorben. Noch ein weiterer betroffener Betrieb lag in der Gemeinde. Trotz eines gigantischen Polizeiaufgebots und den intensivsten Ermittlungen, die Jäger je erlebt hatte, kamen sie, wie es schien, keinen Schritt weiter. Systematisch erpresste der Unbekannte ein Bäckereiunternehmen nach dem anderen im Großraum Bonn-Rhein-Sieg. Immer wieder gelang es ihm auf die originellste Art und Weise, das geforderte Geld einzutreiben und der Kriminalpolizei ein Schnippchen zu schlagen.

Endlich war der Spuk vorbei.

Jana Jäger konnte wieder ihren gewohnten Alltag leben. Konnte an andere Dinge als Erpressung mit Morddrohungen denken, konnte wieder gut und ausreichend lange schlafen, konnte sich wieder Zeit nehmen für Alex, den Hund, für Freunde und für Sport. Die Kameraden vom Godesberger Judoverein maulten schon seit Wochen, weil sie kaum noch zum Training erschien und weil sie nicht bei der Sache und schlecht in Form war, wenn sie überhaupt einmal kam. Und für Wettkämpfe stand sie sogar überhaupt nicht mehr zur Verfügung. Dabei war sie früher das Ass ihrer Mannschaft gewesen. Wenn sie kämpfte, blieb sie gelassen, ging konzentriert und raffiniert zu Werke, gab nie auf – und gewann fast immer.

So war sie vor fünfzehn Jahren Deutsche Meisterin der Junioren geworden und hatte erfolgreich an Europameisterschaften und internationalen Turnieren teilgenommen. Schon mit neunzehn Jahren hatte sie den Vierten Dan erreicht, einen ungewöhnlich hohen Rang für eine Nachwuchsathletin aus Deutschland. Hierzulande hatten nur eine Handvoll erfahrener Weltklassekämpfer den Neunten Dan, vielleicht zwei Dutzend den Achten. Dieses Niveau war auch für sie erreichbar. Mit ihrem Talent und ihrem

24

Engagement hätten es bald der Fünfte und Sechste Dan werden können. Aber dafür hätte sie mehr als dreimal die Woche im Judoverein trainieren und täglich Lauf- oder Krafteinheiten absolvieren müssen, um die notwendigen Prüfungen bestehen zu können. Alles kam anders. Mit der rasanten Karriere bei der Kriminalpolizei endete die vielversprechende sportliche Laufbahn.

Nun freute sich Jana auf ein paar Tage Entspannung. Dem Kurzurlaub am kommenden Brückenwochenende rund um den 3. Oktober stand nichts mehr im Wege. Bisher hatte die geplante Tour wegen des komplizierten Bäckerei-Falls am seidenen Faden gehangen. »Zum Glück können wir endlich mal wieder ein paar Tage zusammen wegfahren. Sowas haben wir schon lange nicht mehr gemacht. Wohin ist es dir lieber, Alex: Amsterdam oder Brügge? Hast du dich mittlerweile entscheiden können?«

Hopp traf die Erinnerung wie ein Keulenschlag. Sie hatten über die Kurzreise noch vor einigen Tagen gesprochen. Jetzt fiel es ihm siedendheiß wieder ein: Jana hatte sich den Trip gewünscht, falls der Job ein freies langes Wochenende rund um den Nationalfeiertag zuließ. Sie hatte Amsterdam oder Brügge vorgeschlagen und ihm die Entscheidung überlassen.

Und er? Mit seiner verkaterten Rübe hatte er das komplett vergessen und eben beim Telefonat mit Josy auch nicht mehr auf dem Schirm gehabt.

Er hatte großen Mist gebaut.

Er hatte jetzt ein Problem.

»Das geht leider nicht, Jana. Wir können hier nicht weg. Wir werden am Donnerstag Besuch bekommen.«

»Besuch? Wieso das denn? Davon weiß ich ja gar nichts. Wir wollten doch selbst verreisen. Wer will denn kommen?«

»Zwei Italienerinnen, Mutter und Tochter aus der Wachtberger Partnerstadt in der Lombardei. Das hat sich gerade erst ergeben. Josephine rief an und bat uns inständig darum, die beiden für ein paar Tage aufzunehmen.« Alexander lächelte mit Unschuldsmiene, um das drohende Donnerwetter abzumildern.

Genervt verzog Jana das Gesicht. Ihre Stirn mutierte zu einer einzigen großen Querfalte unter dem kastanienbraunen Pony; die blauen Augen verengten sich zu dünnen Schlitzen. Schlagartig versteifte sich ihre Haltung.

»Das kann jetzt aber nicht wahr sein! Du sagst ihr einfach so zu, ohne mich zu fragen? Ausgerechnet für das nächste Wochenende, wo wir endlich mal wieder etwas zusammen unternehmen können?«

»Sorry, Jana! Sie war echt in Not. Sie hat kein freies Quartier mehr. Ich konnte ihr den Gefallen nicht abschlagen.«

»Das kannst du offensichtlich nie.« Stinksauer fuchtelte Jana mit beiden Armen, ihre Wangen glühten. »Immer musst du irgendwem helfen. Immer sind die Probleme anderer so wichtig, dass du sie unseren Interessen vorziehst. Für deine liebe Josy gilt das in ganz besonderem Maße.«

»Das ist nicht fair, Jana. Das stimmt so nicht. Natürlich kümmere ich mich zuerst um unsere Angelegenheiten, das kannst du nicht abstreiten …«

»Und ob ich das abstreite! Du vergisst, dass wir selbst eine Reise geplant hatten. Du vergisst sogar, mich zu fragen, ob ich mit dem Besuch einverstanden bin. Und du vergisst seit langem komplett, dich um mich zu kümmern!«

»Heute hast du damit vielleicht Recht, ausnahmsweise. Sonst ist das aber überhaupt nicht so. Gib es zu.«

»Ich gebe gar nichts zu. Kümmere dich jetzt gefälligst um mich! Ich bin fix und fertig. Ich brauche eine Auszeit. Sag Josephine sofort wieder ab«, forderte Jana energisch.

Dabei baute sie sich entschlossen mit durchgedrücktem Rücken und vor der Brust gekreuzten Armen vor Hopp auf, der, wie um Entschuldigung bittend, beide Hände anhob.

»Das geht beim besten Willen nicht, Jana. Das kann ich nicht einfach so rückgängig machen. Versprochen ist versprochen.«

Hopp hatte seine Lebensgefährtin schon lange nicht mehr so verärgert gesehen. Trotzdem hoffte er, dass sie seine Gründe

26

akzeptieren und sich bald wieder beruhigen würde. Doch Jana drehte sich kurz entschlossen um, nahm die Hundeleine von der Garderobe, rief Elvis und verließ türknallend die Wohnung.

Freudiger Empfang

Während der kurzen Fahrt von seiner Wohnung in Pech zum Wachtberger Schulzentrum im Ortsteil Berkum dachte Hopp wieder an den so kurzen wie heftigen Streit mit Jana am Sonntagabend. Vier Tage war das nun her. Seitdem waren sie sich aus dem Weg gegangen, hatten sich kaum angeschaut und noch immer kein vernünftiges Wort miteinander gewechselt. Wenn überhaupt etwas gesprochen wurde, dann nur das Allernötigste. Was eingekauft werden musste, wer tagsüber mit dem Hund spazieren gehen würde. Sie zankten sich nicht oft, und ganz selten wirklich schlimm.

Im Gegenteil.

Er fand, dass sie eine ausgesprochen gute und harmonische Beziehung führten. Hin und wieder machte sich zwar der Altersunterschied von fast zehn Jahren bemerkbar. Während Hopp mit immer mulmigerem Gefühl auf die Fünfzig zuging, hatte sie gar nicht mit dem Älterwerden zu kämpfen. Manchmal kam sie sogar noch auf gemeinsame Kinder zu sprechen, was für Hopp seit langem kein Thema mehr war. Das kam zu spät, das hatte sich erledigt, sein Leben würde ohne eigenen Nachwuchs weiterlaufen. Zumindest ohne geplanten Nachwuchs. Ansonsten hatten sie kaum unterschiedliche Interessen oder Einstellungen. Kleinkarierte Reibereien um lästige häusliche Pflichten, wie er sie von einigen anderen Paaren kannte, gab es bei ihnen einfach nicht. Aufräumen, Waschen, Bügeln, Putzen, Müll entsorgen – alles kein Problem. Jeder von ihnen machte alles, wenn es ihre Zeit gerade erlaubte.

Wenn sie sich doch zankten, ging es immer wieder um dasselbe: den Konflikt mit den Jobs. Dass sich weder der berufliche Alltag eines Reporters noch der einer Kriminalkommissarin vorhersehen und planen ließ, war dabei nicht das Problem. Auch nicht, dass sie oft tagelang unterwegs waren. Ihre Auseinandersetzungen drehten

28

sich ausschließlich um aktuelle Fälle, in denen sie ermittelte und an denen er journalistisch arbeitete. Dann kamen sie einander in die Quere, er verletzte ihren Kompetenzbereich und sie gerieten sich unweigerlich in die Haare.

Allerdings war ihre Streitkultur über die Jahre hoch entwickelt. Meist hörte sich ihr Disput für Außenstehende ernster an, als er war. Fast immer war der Ärger nach wenigen Stunden verraucht, und sie versöhnten sich. Gern auch liebevoll.

Doch diesmal war das Klima in ihrer Beziehung seit Tagen ungewöhnlich frostig. Ein weiterer Temperatursturz drohte, wenn er später am Abend mit den beiden italienischen Besucherinnen nach Hause kommen würde.

Sonntagabend hatte er so ziemlich alles falsch gemacht, was man nur falsch machen konnte. Selbst mit seinem verkaterten Hirn hätte er sich an die verabredete Tour nach Amsterdam oder Brügge erinnern müssen. Er hätte von vornherein zuerst an Jana und ihren Stress denken und Josephine sofort einen Korb geben müssen. Oder sie zumindest hinhalten sollen, um in der Zwischenzeit Janas Zustimmung zu erfragen. Jedenfalls hätte er nach dem Streit die Zusage unverzüglich zurücknehmen müssen, so unangenehm ihm das auch gewesen wäre. Denn grundsätzlich bemühte er sich zu tun, was er sagte und zu halten, was er versprach. Zuverlässigkeit war ihm extrem wichtig. Das verlangte er von sich und erwartete er auch bei seinen Freunden.

Seit Tagen machte sich Hopp heftige Vorwürfe, ohne sie Jana gegenüber einzugestehen. Konnte das lange Wochenende mit den Italienerinnen unter diesen Umständen überhaupt gutgehen? Und wenn ja, würde sich auch Jana etwas entspannen können? Seit fast zwei Monaten hatte sie im KK 11 unter Hochdruck durchgearbeitet. Alles war auf einmal extrem ungünstig zusammengekommen: die Herbstferien, eine Krankheitswelle, der Bäckerei-Erpresser. Sie war fix und fertig. Sie musste sich dringend erholen. Warum hatte er das nicht bedacht und sich stattdessen von Josephine einspannen lassen?

29

Plötzlich heulte der Motor seines alten, verbeulten Audi A4 Avant auf, als Alexander Hopp beim Anstieg des Wachtbergrings beschleunigen wollte. Er hatte sich verschaltet, er war nicht bei der Sache gewesen. Er musste sich schnellstens wieder auf den Verkehr konzentrieren, sonst riskierte er in der langgestreckten gefährlichen Linkskurve zwischen den Obstwiesen und Getreidefeldern auf beiden Seiten der Landstraße einen Unfall. Kurz vor dem Ziel in die Böschung rasen, das fehlte gerade noch... Wenige Sekunden später setzte er den Blinker und bog links ab in die Oberdorfstraße, kam vorbei an der mondänen Wasserburg Odenhausen zur Rechten und dem hässlichen Sportzentrum der Gemeinde schräg gegenüber, das Schwimmbad und Turnhalle vereinte. Bei der nächsten Gelegenheit fuhr er wieder links ab in den Stumpebergweg und dort direkt auf den Vorhof der Hans-Dietrich-Genscher-Schule.

So hieß die Gemeinschaftshauptschule neuerdings, um den 2016 verstorbenen berühmtesten Bürger Wachtbergs posthum zu ehren. Der zweigeschossige helle Flachbau mit den tristen grauen Fenstern hatte wenig Gewinnendes an sich – eine der typischen phantasielosen Betonburgen der Siebziger Jahre, die Hopp nur widerwillig als Architektur akzeptieren konnte. Der Kasten strahlte nicht den geringsten Hauch von Lebensfreude aus. Für einen Finanzamtsbau wäre diese Gestaltung ideal gewesen.

Insgesamt 23 Jahre lang hatte Hans-Dietrich Genscher in verschiedenen Regierungen als Außenminister und Vizekanzler der Bundesrepublik gewirkt. Gemeinsam mit Kanzler Helmut Kohl wurde der FDP-Politiker zum Baumeister der Wiedervereinigung Deutschlands. Legendär sein Auftritt auf dem Balkon der Deutschen Botschaft in Prag, wo er den über die grüne Grenze geflohenen Landsleuten aus der DDR am 1. Oktober 1989 die Genehmigung ihrer Ausreise in die Bundesrepublik verkündete: »Wir sind zu Ihnen gekommen, um Ihnen mitzuteilen, dass heute Ihre Ausreise in die Bundesrepublik...«

Der Rest des Satzes ging im Jubel der rund 4.000 im Garten der Botschaft kampierenden Flüchtlinge unter. Die Szene lief im

30

Eiltempo um den Globus und tauchte seither immer wieder in historischen Rückblicken auf – sie hatte sich ins kollektive Gedächtnis eingebrannt. Und Genscher weltberühmt gemacht.

Amüsiert erinnerte sich Hopp an die skurrile Situation, wie ihm vor Jahren ein inzwischen verstorbenes Vorstandsmitglied des Heimatvereins beim Schlangestehen vor der Supermarktkasse stolz von den prominenten Dorfbewohnern erzählt hatte. Während seiner Bonner Zeit habe Genscher seit 1977 in Pech, der zweitgrößten der dreizehn Ortschaften Wachtbergs, gewohnt. In einem für seine Verhältnisse ziemlich schmucklosen großen Haus am Rande des Kottenforstes, in Sichtweite des Fußballplatzes, rund um die Uhr von schwer bewaffneten Grenzschützern bewacht. Vorübergehend sei Helmut Kohl sogar quasi sein Nachbar gewesen. Sechs Jahre lang habe auch der damalige Bundeskanzler eine heimliche Zweitwohnung im Dorf gehabt, was dort fast jeder gewusst, aber kaum jemand offen darüber geredet habe. Man sei schließlich diskret. Denn offiziell habe Kohl ja bekanntlich in Oggersheim gelebt, später dann im Kanzlerbungalow am Rheinufer, unmittelbar zwischen dem Bundestag und dem Kanzleramt gelegen. Dieses moderne Haus habe er aber nie wirklich gemocht.

»Nach Pech zog er sich dann zurück, wenn er der Bonner Käseglocke entfliehen wollte«, wusste der Mann mit glänzenden Augen zu berichten. »Der Kohl und auch der Genscher schätzten natürlich die Nähe zum Regierungsviertel, aber vor allem die Ruhe hier in unserem Drachenfelser Ländchen. Genauso wie viele andere Toppolitiker aus Bonn, die seinerzeit in Wachtberg gewohnt haben.«

Den Schilderungen dieses älteren Herrn zufolge, hatte sich Kohl in Pech kaum öffentlich blicken lassen. Anders als Genscher. Er und seine Frau nahmen angeblich gern am gesellschaftlichen Leben teil – wenn er denn mal da war. Ihnen habe man, so wie jedem anderen Dorfbewohner auch, zufällig beim Einkaufen begegnen können. Hopp fiel ein, dass er selbst Genscher mehrmals beim Metzger getroffen hatte, immer in seinen unverwechselbaren gelben Pullunder gekleidet. Seine unkomplizierte Art habe den reisefreudigen Außenminister bei den Pechern richtig beliebt gemacht. Entsprechend zwanglos seien die Dorfbewohner mit ihm umgegangen. Wie sie überhaupt im persönlichen Kontakt mit der Bonner Politprominenz im Laufe der Jahre eine erstaunliche Routine entwickelt hätten, behauptete der Mann noch, als Hopp an der Kasse drankam. Endlich. Ihm war die lokalpatriotische Prahlerei langsam zu viel geworden.

Hätte Genscher diese Ehrung gefallen?, fragte sich Hopp nun und setzte gleichzeitig seinen Audi rückwärts in eine freie Parklücke. Fände er es seiner Lebensleistung angemessen, dass eine einfache, hässliche Hauptschule nach ihm benannt ist? Mochte er Kinder? Hatte er selber welche? Hopp hatte keine Ahnung, stieg aus dem Wagen und ging zum Treffpunkt.

Auf dem in grau-roten Karos gepflasterten Schulhof herrschte reger Betrieb. Mehr als hundert Menschen standen an diesem ungewöhnlich warmen Oktoberabend in Grüppchen zusammen und erwarteten die ausländischen Besucher. Die meisten waren voller Vorfreude, weil sie ihre Gäste schon von früheren Begegnungen kannten. Einigen anderen war mulmig in einer Mischung aus Nervosität und Neugier. Fast alle hatten sich für den Empfang schick gemacht. Mitten in der Menge bolzten ein paar halbwüchsige Jungs. Mehrere kleinere Kinder spielten Verstecken hinter den zahlreichen Gebäudeecken und in den Büschen am Rand des Schulhofs.

Josephine Franzen und Hannes Dörfler, ihr Stellvertreter im Vorstand des Forums, gingen fröhlich Arm in Arm durch die Menge und begrüßten jeden einzelnen. Josephine trug wie meist ein sportlich-elegantes Jacket und Hosen in fein aufeinander abgestimmten erdigen Tönen. Ihre Augen strahlten. Sie stand im Mittelpunkt dieses großen Treffens, das weitgehend sie selbst organisiert hatte. Sie kannte fast jeden Anwesenden, und jeder kannte sie. Sichtlich genoss sie ihre Rolle. Sie freute sich auch selbst auf das Wiedersehen mit vielen italienischen und französischen Freunden. Kurz winkte sie herüber, als sie Alexander Hopp bemerkte, und signalisierte ihm mit einem flüchtigen Handzeichen, dass sie sich später um ihn kümmern werde.

Hannes Dörfler löste sich jedoch kurzentschlossen von Franzen und aus der Menschentraube um sie herum und ging auf Hopp zu. »Hallo Alex, lange nicht mehr gesehen. Schön, dass du hier bist. Ich freue mich, dass du die zwei Nachzüglerinnen aufnimmst. Du wirst bestimmt deine Freude an ihnen haben. Giulia ist einfach klasse. Sie hat Witz und Temperament. Sie ist schlau und vor allem sehr hübsch. Sie passt super zu euch. Du wirst sie garantiert mögen.«

Ach, Hannes, dachte Hopp, spar dir diese ganze Lobhudelei. Du musst sie nicht mehr so lautstark anpreisen. Ich habe ja längst zugesagt. Deshalb bin ich hier und kann nicht mehr raus aus dieser Nummer, obwohl ich es am liebsten wollte. Außerdem werde ich gleich selbst sehen, wie ich sie finde.

»Das hört sich echt vielversprechend an«, antwortete er stattdessen, »ich freue mich auch.«

Wenige Minuten später kam Bewegung in die Menge. Alle gingen langsam in Richtung Bürgersteig. Die Italiener hatten gerade aus ihrem fahrenden Bus heraus angerufen und mitgeteilt, dass sie in etwa fünf Minuten pünktlich an der Schule eintreffen würden. Italiener und pünktlich. Italiener, ausgerechnet Italiener. Das ist doch quasi ein Paradoxon. Wer's glaubt wird selig..., stänkerte Hopp gerade in Gedanken, als schon ein großer grün-weiß-rot lackierter Reisebus um die Ecke bog und langsam auf die wartenden Leute zurollte.

Energisch hakte Hannes Dörfler die gut einen Kopf kleinere Josephine Franzen wieder unter, und gemeinsam gingen sie zügig auf den Bus zu, dessen Türen sich knarzend öffneten. Ein kleiner, dicklicher, älterer Herr mit wirrem, schlohweißem Haar und dunkler Hornbrille trat als erster heraus und begrüßte die Gastgeber mit präsidialer Geste. Mit weit ausgebreiteten Armen schritt er langsam auf sie zu, umarmte erst Josephine und küsste sie dreimal auf die Wangen – rechts, links, rechts. Dann drückte er auch Han-

33

nes Dörfler herzlich. Hinter ihm quollen nacheinander die Teilnehmer der Reisegruppe lebhaft miteinander plappernd aus dem Bus: meist ältere Herrschaften, einige mittleren Alters, kaum junge Leute. Alle hatten sich lässig und bequem für die zwölfstündige Busfahrt gekleidet. Einige jüngere Italiener hatten Kinder dabei, die sofort über den Schulhof liefen und mit den deutschen Altersgenossen spielen wollten. Nach der langen und langweiligen Reise mussten sie sich bewegen.

Im Nu vermengten sich die beiden Gruppen. Mit großem Hallo begrüßten sich die Italiener und die Deutschen. Die meisten kannten sich von zahlreichen früheren Treffen, etliche hatten sich über die Jahre angefreundet und hielten ihre persönlichen Kontakte auch zwischen den offiziellen Veranstaltungen. Wieder Umarmungen, Küsschen hier, Küsschen dort. Manche der Angekommenen schlichen suchend durch das Gewusel, bis sie endlich ihre Gastgeber gefunden hatten. Wie ein unbeteiligter Zuschauer stand Alexander Hopp regungslos am Rande des Geschehens, ganz entgegen seiner Art. Normalerweise war er alles andere als schüchtern. Irgendwie würden seine beiden Gäste ihn hier schon finden, das erwartete er zumindest.

Dörfler bemerkte seine Zurückhaltung und sagte: »Sorry, Alex! Du kannst Giulia ja gar nicht erkennen, weil du sie noch nie gesehen hast. Komm, ich suche sie mit dir.«

Kaum hatte er den Satz beendet und wollte mit ihm in Richtung Bus gehen, da kam eine junge Frau strahlend auf Dörfler zu, der sie Hopp sofort vorstellte: »Hallo Giulia, dieser nette Kerl hier ist dein Gastgeber Alexander. Und das, Alex, ist die wunderbare Giulia.«

Giulia Peroni machte einen sympathischen Eindruck. Sie war fast einen halben Meter kleiner als der hünenhafte, breitschultrige Hopp, aber nicht gerade zierlich. Ihre Figur war auffallend gut proportioniert und sah sehr durchtrainiert aus. Sportlich war auch ihre Kleidung, dunkelblauer Blouson, hellblaue Jeans, weiße Tennisschuhe. Dem klaren, rundlichen Gesicht verliehen Som-

34

mersprossen und Stupsnase eine fröhliche, vorwitzige Note. Die Mundwinkel waren leicht nach oben gewölbt, als ob sie immerzu lächelte. Die Haare, hellblond bis dunkelbraun meliert, waren zu einer Igelfrisur geschnitten.

Ob sie von Natur aus blond oder dunkelhaarig ist?, überlegte Hopp. Wahrscheinlich wohl eher dunkelhaarig. Die meisten Italienerinnen haben schließlich dunkle Haare. Sie hat sich bestimmt bloß blonde Strähnchen färben lassen, weil der Italiener ja bekanntlich total auf Blondinen steht. So wird es sein. Denn wieso sollte eine blonde Italienerin ihr seltenes Haar dunkel färben? Damit würde sie doch ihre Chancen schmälern. Widersinnig und rausgeschmissenes Geld! Natürlich trotzdem denkbar. Sowas kann man nie wissen. Wie bei den Zebras: Waren die eigentlich schwarz und mit weißen Streifen oder weiß mit schwarzen Streifen?

Giulias überschwängliche Umarmung riss ihn aus seinen gedanklichen Irrgängen. Drei herzhafte Küsse auf beide Wangen, für die sie sich auf die Zehenspitzen stellen und Hopp schwungvoll zu sich herunter ziehen musste, holten ihn zurück ins Hier und Jetzt. Alexander gefiel Giulia auf Anhieb.

Hinter ihrem Rücken näherte sich zaghaft ein kleines, zierliches, schwarzgelocktes Mädchen. Neugierig guckte es mit riesigen braunen Augen hoch zum dreifach größeren Alexander und reichte ihm schüchtern die Hand: Maria.

Als sich endlich alle deutsch-italienischen Gespanne gefunden hatten, rollten auch die beiden Busse aus Frankreich mit insgesamt hundert Gästen an. Eine halbe Stunde zu spät. Das fröhliche Suchen begann von Neuem, nur diesmal mit doppelt so vielen Beteiligten. Josephine Franzen hielt eine kurze Begrüßungsansprache auf Italienisch, Französisch und Deutsch, was alle Anwesenden schwer beeindruckte. Einige Vorstandsmitglieder verteilten Gläser mit Sekt und Saft, damit alle mit den Besuchern aus den Partnerstädten auf das Wiedersehen und schöne gemeinsame Tage anstoßen konnten. Danach löste sich die Menge schnell auf.

Lustiger Abend

Gemeinsam mit Franzen und ihren persönlichen italienischen Gästen Sofia und Lorenzo Baggio verbrachten Alexander, Giulia und Maria den Abend in Josephines Wohnung. Hopp hatte es so gewollt, weil Jana mit Freunden vom Sportverein verabredet war und er sich vor den ersten Stunden allein mit den Italienerinnen gefürchtet hatte. Wie sollte er sich denn mit Giulia verständigen, wenn ihre Deutschkenntnisse doch nicht so toll waren, wie Josephine es versprochen hatte? In diesem Fall konnte das Sprachentalent Josy erst einmal dolmetschen.

Das war jedoch überflüssige Vorsicht gewesen, wie sich schnell herausstellte. Giulia war locker und aufgeschlossen, benahm sich, als wären sie seit Jahren beste Freunde. Sie redete in gut verständlichem, fast akzentfreiem Deutsch, und ohne Punkt und Komma. Selbst Josephine, die gern Gespräche dominierte, kam kaum zu Wort. Das tat der Stimmung aber keinen Abbruch.

Sie war sogar dankbar dafür, denn so konnte sie sich zwischen ihren einzelnen Auftritten bei dieser anstrengenden viertägigen Veranstaltung wenigstens etwas ausruhen.

Für das Abendessen bereitete Alexander seine Spezialität zu: rosa gebratenes Roastbeef mit Remouladensoße nach einem alten Familienrezept, das sein Vater ihm beigebracht hatte.

Alle langten kräftig zu, vor allem die Remoulade begeisterte sie. Giulia Peroni bekannte freimütig, sie sei ehrlich überrascht, dass Deutsche tatsächlich kochen könnten. Sie hatte fettige Würste oder Schweinebraten mit pappigen Kartoffeln und Sauerkraut erwartet. Kaum hatte sie unbekümmert ihre Vorurteile ausgeplappert, erkannte sie die Peinlichkeit. Schlagartig färbte sich ihr Gesicht knallrot, und sie senkte den Blick. Für einige Minuten war sie nun still.

Diese günstige Gelegenheit nutzte Josephine Franzen, um eine Idee für die Gestaltung des nächsten Tages anzubringen. Sie wusste

36

von einer anderen Gastfamilie, die ebenfalls eine alleinerziehende italienische Mutter mit Kind beherbergte, dass sie einen Ausflug planten.

»Ich rufe die Leute mal kurz an und erkundige mich, was sie vorhaben. Vielleicht könnt ihr euch ja zusammentun. Das wäre doch nett, vor allem für die Kinder.« Wenige Minuten später, nachdem sie telefoniert hatte, setzte sie sich wieder zu den anderen an den Tisch und berichtete: »Also, die Wengers, so heißen die Leute aus Villip, wollen morgen zuerst zum Haribo-Outlet gegenüber der Feuerwehrwache in Bad Godesberg. Der neue Fabrikverkauf dort ist seit ein paar Wochen geöffnet und soll echt spektakulär sein. Bei Bonn-Touristen ist der Laden im Augenblick der Renner. Gegen zehn Uhr werden sie da sein. Anschließend geht es auf den Drachenfels im Siebengebirge. Wie wär's? Seid ihr dabei?«

Bei diesem Programm stöhnte Hopp innerlich auf. Ach, du Schande! Haribo und Drachenfels – wie einfallslos ist das denn? Diese Wengers sind bestimmt Immis, erst vor ein paar Jahren ins Rheinland gezogen und kennen sich hier nicht besonders aus, dachte er. Allerdings hatte er auf Anhieb auch keine bessere Idee. Eigentlich hatte er sogar gar keine Idee, da er bisher nicht eine einzige Sekunde über den kommenden Tag nachgedacht hatte. »Klar, klingt doch klasse«, meinte er und hatte schon jetzt keine Lust auf die morgige Tour.

Da Giulia und Maria, wie fast alle ausländischen Besucher Bonns, auf jeden Fall zu Haribo wollten, war die Sache beschlossen. Vom Drachenfels hatten sie zwar noch nie gehört. Doch der Name klang für sie ziemlich spannend.

Leicht angeheitert vom guten Frühburgunder aus Altenahr, erzählte Giulia Peroni während der Rückfahrt über sich. Seit fünf Jahren lebte sie allein mit ihrer Tochter. Ein Jahr nach Marias Geburt hatte sich ihr Mann einfach aus dem Staub gemacht. Nicht wegen einer anderen. Familie, Kindererziehung, ein Leben voller Verantwortung und Verpflichtungen und mit wenig Freizeit seien nichts für ihn gewesen.

Giulia hatte es ihm nicht einmal übel genommen. Mittlerweile waren sie gute Freunde, verstanden sich sogar deutlich besser als während ihrer Ehe. Er kümmerte sich liebevoll um die kleine Maria, war regelrecht vernarrt in seine Tochter. Zwar hatte Giulia Peroni seit einem Jahr wieder eine neue Beziehung zu einem älteren Mann, aber offenbar keine ernsthaften Absichten.

»Der ist lieb und nett. Aber ich will einfach nicht mehr mit einem Mann zusammenleben. Alleine mit Maria bin ich sehr glücklich. Ich kann machen, was ich will, muss niemanden wegen nix fragen. Wenn ich mal Sex habe, ist es gut – wenn der Sex gut ist. Und wenn ich keinen Sex habe, dann ist es auch gut.«

Während dieses vielsagenden Geständnisses ruhte ihre linke Hand zutraulich auf Alexanders rechtem Oberschenkel.

Unerwartete Entspannung

Jana Jäger war noch immer nicht von ihrer Verabredung mit den Freunden vom Judoclub zurück. Alexander Hopp zeigte Mutter und Tochter die geräumige Wohnung in Pech. Seit fünf Jahren wohnte er nun zusammen mit Jana im Nachtigallenweg zur Miete. Zweite Etage, vier Zimmer, Küche, Bad, Balkon. Eine sehr gut geschnittene Wohnung mit lichtdurchfluteten Räumen. Neben dem Haus die Garage, in der meist Janas Mini parkte, und dahinter ein schöner Garten, den sie zusammen mit ihren Hausnachbarn benutzen konnten. Hopp liebte besonders den unverbauten Blick auf das wunderschöne Panorama des Siebengebirges, mit Petersberg, Löwenburg, Ölberg und Drachenfels: Rheinromantik pur.

Auch der Mietpreis war fair, insgesamt nur 900 Euro für 100 Quadratmeter Wohnfläche plus Keller und Garage. Von Kölner Kollegen wusste er, dass sie für wesentlich schlechtere Wohnungen in unattraktiven Vierteln wie Neu-Ehrenfeld, Nippes oder Dünnwald teilweise das Doppelte bezahlen mussten.

Hinzu kam die ruhige Umgebung. Tagsüber gab es kaum Verkehr in der Straße, nur die Bewohner, einige Lieferanten und die Postautos fuhren ein und aus. Nachts herrschte sogar absolute Ruhe. Nach dem Einzug hatte er einige Zeit gebraucht, bis er dort tief und fest schlafen konnte. Die vollkommene Stille bei Nacht schien ihn in den ersten Wochen regelrecht zu stören. Ihm fehlte das leise Dauerrauschen des Verkehrs, das er aus der Stadt gewöhnt war. Auch von den Nachbarn der anderen drei Wohnungen im Haus bekam er kaum etwas mit. Man verhielt sich unauffällig in den eigenen vier Wänden, grüßte einander bei Begegnungen freundlich, half auch gern, wenn man darum gebeten wurde. Ansonsten ließen die Bewohner einander in Ruhe, kümmerten sich nicht wirklich um die anderen, was ganz nach dem Geschmack von Hopp war. Neugierige oder sogar aufdringliche Nachbarn fand er zum Kotzen.

Gegen freundschaftliche Beziehungen zu netten Leuten, die er mochte, hatte Hopp allerdings nichts. Nur kam das selten vor, weil er seine Zuneigung sorgsam dosierte. Die Musikerfamilie im Haus schräg gegenüber war ihm sympathisch. Er war Bassist, sie Geigerin, und alle drei Töchter spielten ein Instrument. Bei ihnen war immer etwas los. Im vergangenen Jahr war er dort zu einem großen Gartenfest eingeladen, seither duzte er sich mit Martin und Barbara. Auch die Apothekerleute am Ende der Straße gefielen ihm. Anna und Markus hatten einen sehr zutraulichen, weißen Retriever, mit dem Elvis gern herumtobte. Und sie waren wunderbare Gastgeber. Seine Kochkunst war meisterhaft, vor allem am Grill.

Mit den meisten der zugezogenen, smarten Managertypen, die im Dorf die letzten verfügbaren Grundstücke aufkauften und mit riesigen, teils geschmacklosen Villen zubauten, konnte er nichts anfangen. Das hatte nichts mit der üblichen Aversion von Eingeborenen gegen Zugezogene zu tun. Er war schließlich selbst nicht von hier und damit einer von den fast 2.500 Neubürgern, die sich in den letzten Jahrzehnten in Pech angesiedelt hatten. Hopp behagte diese neureiche Szene einfach nicht.

Er erklärte Giulia, sie und die Kleine sollten sich in den nächsten Tagen bei ihm wie Zuhause fühlen. Sie könnten gerne tun und lassen, was sie wollten. In der Küche dürften sie sich aus dem Kühlschrank und dem Vorratskasten jederzeit nehmen, worauf sie Lust hätten. Wenn ihnen etwas Wichtiges fehlte, sollten sie es ihm einfach sagen, dann würde es bei nächster Gelegenheit gekauft. Allerdings mochte er weder für jede Kleinigkeit gefragt werden noch seine Besucher bedienen müssen, was er jedoch nicht direkt sagte. Dann ließ er die beiden im Gästezimmer allein.

Giulia gefielen die in hellen Pastelltönen gestrichene, spärlich mit klassisch-modernen Designerstücken möblierte Wohnung und das gemütliche, sonnenblumengelbe Gästezimmer auf Anhieb.

Das Telefon klingelte.

»Hallo, leeve Jung«, grüßte Otto Springer wie üblich.

»Selber leeve Jung«, antwortete auch Alexander Hopp so, wie er immer antwortete.

»Es ist vielleicht ein bisschen spät für den Anruf, aber ich dachte, du bist bestimmt noch wach, und außerdem wird es höchste Zeit für uns.«

»Höchste Zeit? Wofür höchste Zeit?«

»Morgen spielt der Effzeeh auf Schalke. Wir haben noch gar nicht besprochen, ob und wo wir das Spiel zusammen gucken. Ich bin übrigens für die Kupferklause.«

»Da wäre ich natürlich gern dabei, Otto, aber wir haben dieses Wochenende Besuch, morgen bin ich den ganzen Tag verplant.«

Otto Springer war freier Fotograf. Sie kannten sich mehr als zehn Jahre. So lange, dass Hopp sich gar nicht mehr genau erinnern konnte, wann und wie sie sich eigentlich kennengelernt hatten. Sie arbeiteten oft und gerne zusammen. Sein Job als Fotoreporter hatte Springer rund um die Welt geführt, er hatte die kompliziertesten Aufträge erledigt und auch mehrmals aus Krisengebieten berichtet. Er behielt in den kritischsten Situationen die Nerven, war durch nichts aus der Ruhe zu bringen. Auch privat verband beide viel miteinander: Mit Springer fuhr Hopp häufig in Urlaub. Sie feierten zusammen ihre Geburtstage. Seit Jahren besuchten sie regelmäßig gemeinsam das Müngersdorfer Stadion in Köln, um die Heimspiele ihres Effzeeh zu erleben. Auswärtsspiele verfolgten sie gern zusammen in ihrer Stammkneipe, der Kupferklause in Villip. Otto Springer war einfach ein richtig guter Typ und vor allem seit Jahren Hopps bester Freund.

»Besuch? Davon weiß ich ja gar nichts. Wer ist denn da?«, fragte Springer.

»Zwei Italienerinnen aus unserer Partnerstadt. Mutter und Tochter, Giulia und Maria.«

»È una cosa – das ist ja ein Ding! Und, sind die Mädels hübsch?«

»Ja, sehr. Beide.«

»Dann pass nur gut auf, dass du keinen Ärger mit Jana kriegst.« Springer meinte das ernster, als es klang. Er hatte Janas Neigung zur Eifersucht schon bei mehreren Temperamentsausbrüchen erlebt.

»Den Ärger habe ich längst. Aber so richtig.« Hopp war kleinlaut und scharrte unruhig mit dem rechten Fuß auf dem Parkett. »Sie ist sauer, weil ich sie nicht gefragt habe, ob sie mit dem Besuch einverstanden ist. Und dabei wollte sie gern das lange Wochenende mit mir irgendwohin fahren – nach Amsterdam oder Brügge. Zum Ausspannen. Was ich, ehrlich gesagt, komplett vergessen hatte. Seit Tagen hat sie kaum mit mir geredet.«

»Das kann ich sehr gut verstehen. Jana ist jetzt enttäuscht, weil sie sich vernachlässigt fühlt. Und zwar mit Recht, wenn du mich fragst. Sie will endlich mal wieder von dir verwöhnt werden. Zumal sie zuletzt einfach viel zu viel um die Ohren hatte. Sieh mal zu, dass du das schnell wieder in Ordnung bringst. Das ist wichtiger als dem Effzeeh beim Verlieren zuzuschauen. Das werde ich diesmal ausnahmsweise alleine ertragen.«

Jana Jäger kam erst spät nach Hause. Alexander hatte auf sie gewartet. Auch Giulia war noch aufgeblieben. Sie hatte die völlig übermüdete kleine Maria zu Bett gebracht, bei ihr gesessen, bis sie trotz der neuen Umgebung eingeschlafen war, und sich dann auf einen letzten Absacker zu Alexander ins Wohnzimmer gesellt.

Sie stand auf und begrüßte ihre Gastgeberin herzlich, was Jana freundlich, wenn auch leicht distanziert erwiderte. Alexander bekam von seiner Lebensgefährtin einen flüchtigen Begrüßungskuss. Sie wirkte wieder deutlich entspannter als in den vergangenen Tagen, ihr Ärger schien verflogen. Sie machte es sich auf der bequemen Ledercouch gemütlich, um ein Glas Wein mitzutrinken.

Alexander schöpfte unerwartet neue Hoffnung. Vielleicht würde das Wochenende doch noch ganz erfreulich werden.

42

Gemeinsamer Ausflug

Was ist das denn?«, fragte Giulia, als sie am nächsten Morgen auf dem Weg zum Haribo-Shop am Ortsausgang von Pech an der Wiesenau vorbeifuhren.

»Das war einmal ein schönes Hotel mit gutem Restaurant und angeschlossenem Ponyhof. Dort konnte man wunderbar Reiturlaub machen. Einige Jahre stand es leer. Jetzt wohnen Flüchtlinge darin.«

»Habt ihr hier viele Flüchtlinge?«

»Ja, ziemlich viele. Irgendwo müssen die armen Leute schließlich hin.«

»Und sehen das alle Menschen hier in Wachtberg so wie du?«

»Alle bestimmt nicht. Die Wachtberger sind schon ziemlich konservativ. Aber viele denken wie ich, da bin ich mir sicher. Wir haben genug Platz in der Gemeinde und kaum jemand hat hier finanzielle Sorgen. Das passt schon.«

Pünktlich um zehn kamen sie im Fabrikverkauf von Haribo in Bonn-Bad Godesberg an. Die Wengers und ihre Gäste waren offensichtlich weit vor der ausgemachten Zeit dort eingetroffen. Ihr Einkaufskorb war prall gefüllt, sie standen bereits in der Schlange vor der Kasse. Giulia Peroni stellte sich und ihre Tochter Maria den Wengers vor, dann begrüßte sie fröhlich ihre italienischen Bekannten, Laura Sansone und deren Sohn Luca.

Sofort lief Maria wie ein aufgezogenes Spielzeugauto durch den Laden. Sie war völlig aus dem Häuschen. So viele Gummibärchen, Lakritze, Zuckerstangen, Drops, Schokoladen und Kekse hatte sie noch nie gesehen. Die Fülle des Angebots an Süßigkeiten in allen Formen, Farben und bunten Verpackungen war überwältigend. Das Mädchen war sichtlich überfordert. Sie konnte sich kaum entscheiden, was sie sich zuerst anschauen wollte. Und noch weniger, was sie in die engere Auswahl nehmen und davon am Ende wirklich haben wollte? Zumal Mama Giulia ihr streng erklärte, dass

43

sie genau vier verschiedene Süßigkeiten aussuchen dürfe: eine für sich selbst und eine für Giulia, zwei weitere als Mitbringsel für ihre beiden besten Freundinnen. Maria war enttäuscht, zog eine Schnute und protestierte. Doch ihre Mutter blieb standhaft. Dieser Zwang, sich für so wenige Teile entscheiden zu müssen, machte es Maria noch schwerer. Ihre großen dunklen Augen glühten vor Eifer, begutachteten gründlich ein paar favorisierte Süßigkeiten, verglichen sie mit anderen, und fanden wieder neue verlockende Angebote.

»Wahnsinn. Sowas habe ich noch nie gesehen. Das gibt es bei uns nicht.« Giulia Peroni war fast so überwältigt wie ihre Tochter. »Irre, dieser Laden.«

»Fast so wie sein Besitzer, Hans Riegel, der Mann, der dieses Unternehmen aufgebaut hat. Nach ihm ist die Firma auch benannt. Haribo ist die Abkürzung für Hans Riegel Bonn. Das Privathaus von Riegel steht übrigens bei uns im Dorf.«

»Herr Haribo wohnt in Pech?«

»Nein, er ist vor sechs oder sieben Jahren gestorben. Ihm gehörte ein riesiges Gelände, ganz in der Nähe meiner Wohnung. Mit mehreren Gebäuden und Landeplatz für seinen Hubschrauber. Und das Tollste: In seinem Garten laufen dutzende Rehe und Hirsche frei herum. Das kann ich euch die Tage gern zeigen. Da wirst du staunen.«

Der Einkauf zog sich wie Kaugummi. Die gestresste Kleine tat Hopp von Minute zu Minute mehr leid. Suchend schaute er sich um, womit er sie überraschen und trösten könnte. Bis zu der hinteren Wand des Ladens, wo Accessoires, Textilien und kleine Haushaltsartikel ausgestellt waren, hatte Maria es noch gar nicht geschafft. Sie war zu sehr mit den süßen Sachen beschäftigt. Hopp durchforstete dort auf die Schnelle die speziellen Angebote für Kinder und entschied sich für einen niedlichen, kleinen rosafarbenen Rucksack mit aufgedrucktem Goldbär. Den schenkte er Maria an der Kasse. Sie war begeistert, umarmte ihn in Höhe der Oberschenkel, und drückte ihn, so fest sie konnte.

44

Als sie endlich alles gefunden und bezahlt hatten, versammelten sie sich am Ausgang des Geschäfts. Sie mussten besprechen, wie die Tour nun weitergehen sollte. Wengers berichteten, eine andere Familie aus Pech wolle mit ihren italienischen Besuchern ebenfalls zum Drachenfels kommen und sich gern ihrer Gruppe anschließen. »Ich rufe die gleich kurz an,« sagte Herr Wenger, »dann kann ich ihnen erklären, wo sie uns treffen sollen. Wie wollen wir denn auf den Drachenfels fahren?«

»Am einfachsten mit dem Auto über die Südbrücke bis zum Parkplatz am Lemmerzbad«, schlug Hopp vor. »Der liegt so ungefähr auf halber Höhe des Berges. Von dort führt ein kurzer Waldweg zur Drachenburg oder, wenn man weitergeht, bis hoch zur Ruine. Das Stück ist einfach zu laufen, das schafft jeder von uns.«

Giulia hatte keine Meinung dazu, wollte sich aber trotzdem an der Beratung beteiligen. Also wackelte sie wie abwägend mit dem Kopf und wippte gleichzeitig unentschlossen mit beiden Schultern.

»Alternativ können wir natürlich auch bis zur Talstation der Drachenfelsbahn in Königswinter fahren, dort die Autos parken und entweder mit der Zahnradbahn hoch gondeln oder auf dem Rücken der Eselchen reiten.«

Als Kind hatte sich Alexander Hopp immer wie Bolle darauf gefreut, mit einem kleinen Esel, der von seinem Vater am Halfter geführt wurde, auf den Berg hinauf zu reiten. Seine Begeisterung für den Eselsritt war sogar von Jahr zu Jahr gewachsen. Denn jeden Sommer stand ein Familienausflug auf den Drachenfels an. Gemeinsam fuhren sie mit einem Bötchen der Weißen Flotte von der Bonner Kennedybrücke bis nach Königswinter, wo es hoch zur Ruine ging. Alexander auf dem Rücken eines kleinen Esels, alle anderen per Pedes. Das war ihr traditionelles Ferienprogramm. Richtige Urlaubsreisen konnten sich seine Eltern nicht leisten.

Nach wie vor wurden die Tiere ab der Talstation vermietet, auch wenn sie heutzutage für Touristen längst nicht mehr so attraktiv waren, wie früher. Vielleicht würde es den italienischen Kids aber Spaß machen?

45

»Eselchen, was meinst du denn damit?«, fragte Giulia Peroni leicht verunsichert. »Questi sono piccoli asini«, wusste Frau Wenger zu dolmetschen.

»Was das Wort bedeutet, weiß ich. Reitet ihr hier echt noch auf Eseln?« Giulia schüttelte ungläubig ihren Kopf. »Das ist nix für Maria, und für mich übrigens auch nix. Lasst uns bitte mit dieser Bahn fahren.«

Auch die Wengers und ihr Besuch favorisierten die Zahnradbahn, allerdings wollten sie nicht gern per Auto auf die andere Rheinseite nach Königswinter fahren.

»Diesen Platz am Lemmerzbad kenne ich gar nicht, da waren wir noch nie.«

Immis! Wusste ich's doch, dachte Hopp hämisch.

»Wir sollten besser die Fähre nehmen. Dann erleben die Leute obendrein noch eine kleine Bootstour über den Rhein«, schlug Herr Wenger vor. »Die Autos können wir in Bad Godesberg stehen lassen, am besten am Ende der Deichmanns Aue. Da gibt es reichlich Parkgelegenheiten.«

Alle nickten zustimmend. Per Telefon wurden die Nachzügler aus Pech zum Anleger der Rheinfähre nach Königswinter bestellt.

Eigentlich hätte die Fähre längst ablegen sollen. Aber am Anleger gab es unerwartet Probleme. Herr Wenger hatte für die ganze Gruppe Fahrkarten gekauft, fast alle waren auf dem Schiff, bis auf die Nachzügler aus Pech. Die italienische Mutter und ihr Junge standen noch am Ufer und debattierten heftig. Die Frau redete energisch auf ihren Sohn ein und fuchtelte dabei mit ausgestrecktem Zeigefinder vor seiner Nase herum. Der Kleine ließ die Schultern hängen, schaute zu Boden und schüttelte wortlos den Kopf. Dann entfernte er sich demonstrativ Schritt für Schritt rückwärts vom Anleger. Offensichtlich wollte er nicht auf das Schiff.

Giulia kannte die beiden nicht. Sie hatte sie bei der Anreise das erste Mal gesehen und sich bisher noch nicht mit ihnen unterhal-

46

ten. »Keine Ahnung, was der Kleine hat. Sieht für mich aber so aus, als wolle er nicht auf das Schiff. Vielleicht hat er Angst vorm Wasser.«

Als endlich klar war, dass der Junge von nichts und niemandem auf das Boot zu bringen war, heckten die Wengers mit Hopp rasch Plan B aus, denn die Fährcrew wurde langsam ungehalten. Mutter, Sohn und ihre Gastgeber sollten so schnell wie möglich mit dem Auto nach Königswinter kommen. Man würde dort an der Treppe zum Sea Life Aquarium auf sie warten.

Am rechten Rheinufer herrschte Hochbetrieb. Auf dem Marktplatz von Königswinter war Weinfest, was alle überraschte. Die meisten der gut ein Dutzend Verkaufsstände für Wein, Kaffee, Kuchen und diverse heiße Schnellgerichte waren schon geöffnet und gut besucht. Auf einer überdachten kleinen Bühne an der Stirnseite des Platzes bereitete sich eine Kapelle, in eigentümlich aus der Zeit gefallene Bergische Tracht gekleidet, auf ihren Auftritt vor.

Hopp befürchtete Schreckliches: Wenn die so spielen wie sie aussehen, dann nix wie weg hier, dachte er und schaute sich nach seiner bunt zusammengewürfelten deutsch-italienischen Ausflugsgruppe um, die sich bereits quer über den ganzen Platz verstreut hatte. Die Wengers genehmigten sich und Laura Sansone an einem Stand neben der Bühne ein Gläschen Kapellenkaule, den bekanntesten Drachenfels-Riesling aus Rhöndorf.

»Hmmmh, sehr mineralisch, schmeckt nach feuchtem Stein, riecht aber eher nach Veilchen«, schlaumeierte Herr Wenger mit verzückter Kennermiene. »Mundet er dir, Laura?«

Erschrocken verzog die Angesprochene ihr Gesicht, schaffte es aber dennoch, anstandshalber zu nicken, wenn auch zugegebenermaßen etwas gequält.

Hopp hielt nicht viel von den Siebengebirgsweinen. Trotz der mehr als achthundertjährigen Weinbautradition und der angeblich besonderen Qualität der Steillagen mit vulkanischen Trachitböden fristeten die kleinen Güter zwischen Dollendorf und Unkel am

47

Rhein ein Nischendasein. Man hörte und las wenig von ihnen, der Aufschwung der deutschen Winzer in den vergangenen Jahren hatte woanders stattgefunden – an Ahr und Mosel, im Rheingau und in Baden. Die Weinbaubetriebe im Siebengebirge kämpften im Wettbewerb um Auszeichnungen und Medaillen mehr mit ihrer ungünstigen Lage und dem schwierigen Klima als mit den Kollegien anderer Weingüter. Immerhin hatte sich die Region lange als nördlichstes Weinbaugebiet der Republik vermarkten können, was mit der Wiedervereinigung Deutschlands allerdings endgültig vorbei war. Dann wechselte dieses zweifelhafte Prädikat zur ostdeutschen Saale-Unstrut-Region. Jedenfalls hatte Alexander Hopp bisher noch keinen einzigen Riesling oder Spätburgunder aus dem Siebengebirge getrunken, der ihm einigermaßen gefiel. Trinkbar, ja, aber auch keinen Deut mehr. Er stand auf wuchtige Weine aus Südtirol, der Toskana und aus Sardinien – vor allem rote.

Gemeinsam mit Giulia und Maria stellte sich Hopp an einer gepflegt wirkenden Reibekuchenbude an. Zwölf Uhr war längst vorbei, und am Morgen hatte er, wie so oft, nur wenig gefrühstückt. Etwas Heißes im Magen konnte nun nicht schaden. Der typische Geruch frittierter Kartoffeln machte ihm richtig Appetit. Außerdem hatte er quasi einen Bildungsauftrag zu erfüllen. Seiner Ansicht nach gehörte es einfach zu einem gelungenen Deutschlandbesuch, dieses zünftige Traditionsgericht der Armeleuteküche kennenzulernen.

»Hier diese kleinen siedend heißen Kartoffelfladen, die müsst ihr unbedingt probieren«, sagte Hopp und klopfte Giulia dabei aufmunternd auf die Schulter. »Die gibt es überall im Land, werden überall sehr ähnlich zubereitet und schmecken deshalb auch überall fast gleich. Nur heißen sie überall anders.«

»Wie heißen sie denn woanders?«, fragte Giulia.

Er zeigte auf eine Deutschlandkarte, die rechts neben dem Verkaufstresen der Bude über einer großen grauen Abfalltonne hing. Auf dieser bunten Landkarte waren alle regionalen Namen in den

48

jeweiligen deutschen Mundarten an passender Stelle aufgeführt – insgesamt fast fünfzig. Er las einige besonders hübsche Wortgebilde vor und wies gleichzeitig mit dem rechten Zeigefinger auf die entsprechende Gegend. »Hier im Rheinland heißen sie zum Beispiel Rievkooche oder Krebbelche, in Bayern Reiberdatschi, Baggerla in Franken, Dotsch in der Oberpfalz, im Saarland heißen sie Grommbierkischeljer und ...«

»... hör bloß auf auf, Alex«, sagte Giulia belustigt und gab ihm einen Klaps auf die Schulter. »Das kann sich ja kein Mensch merken. Lass uns die Dinger lieber probieren.«

Hopp bestellte drei Reibekuchen mit Apfelmus. Giulia fand sie sehr lecker. Maria nicht. Sie hatte sich den Mund verbrannt.

Der ungeplante Aufenthalt auf dem Weinfest schien kein Ende zu nehmen. Wenn ein Teil der Gruppe endlich abmarschbereit war, kauften andere gerade wieder etwas Neues zu essen oder zu trinken. Die Blaskapelle auf der kleinen Bühne begann zu spielen. »Warum ist es am Rhein so schön?«, intonierten sie als erstes Stück.

Ja, warum nur?, fragte sich Hopp sarkastisch. An eurer miesen Mucke kann das jedenfalls auf keinen Fall liegen! Seine schlimmsten Befürchtungen schienen sich jäh zu bestätigen. Er konnte sich nicht erinnern, jemals so schräge, schlecht gespielte Livemusik gehört zu haben.

In der Grabbelauslage eines Souvenirgeschäfts, das etwas weiter rechts neben der Reibekuchenbude lag, entdeckte Maria einen kleinen Plüschdrachen: hellgrünes zotteliges Fell, langer gezackter Schwanz, kurze Beine, riesige rote Zunge, Knopfaugen. Ganz drollig, aber Vollplastik. Wahrscheinlich made in China. Und viel zu teuer. Maria war sofort verknallt in das Kuscheltier, drückte es an sich und wollte es unbedingt behalten. Giulia versuchte sie sanft davon abzubringen, was gründlich misslang und in lautstarken Streit mündete. Die Kleine blieb stur. Zog wieder einen fetten Flunsch, verschränkte die Arme, stampfte trotzig mit den Beinen auf, drehte sich von ihrer Mutter weg und schüttelte immer wieder

49

wild den schwarz gelockten Kopf. Sie wollte keinen Schritt weitergehen, wenn der kleine grüne Drache nicht mitkäme.

Wenige Meter entfernt beobachtete eine ältere Frau aufmerksam die Szene. Ihr verschlissen wirkender kamelhaarfarbener Wollmantel war hoch geschlossen. Die tief in die Stirn gezogene grobe graue Strickmütze verdeckte ihre Frisur. Sie zwinkerte Maria verschwörerisch zu. Mehrere Passanten schüttelten mißbilligend den Kopf. Eine vierköpfige Familie, die schräg gegenüber dem Souvenirladen an einer Imbissbude Currywurst aß, amüsierte sich über die Auseinandersetzung. Die dickliche Frau lächelte nur. Ihr kahlköpfiger, schmächtiger Mann lästerte laut: »Sieht ja süß aus, die Kleine, ist sie aber wohl nicht.«

Nach mehreren Anläufen gelang es Hopp schließlich, Maria den Plüschdrachen abzuluchsen, ihn zurück in die Auslage zu legen, das aufgebrachte Mädchen zu besänftigen und langsam in Richtung Drachenfelsbahn zu lotsen.

»Ich hätte nicht gedacht, das dein Mariechen so widerspenstig sein kann«, gestand er Giulia Peroni während des kurzen Fußwegs. Die schaute ihn irritiert an. »Mariechen?«

»Ja, Mariechen. So heißen bei uns Mädchen mit Namen Maria. Zumindest solange sie klein sind.«

»Sie ist ja auch ein italienisches Mariechen«, sagte Giulia breit grinsend und knuffte Hopp mit dem Ellbogen in die Seite.

Hopp konnte sich gut vorstellen, dass sie auch als erwachsene italienische Marias nicht viel anders sind, verkniff sich aber die Antwort. Und er fand es interessant, dass Giulia die Kommunikation mit ihm durch körperlichen Kontakt verstärkte.

Wildes Durcheinander

Obwohl die Zahnradbahn im Schneckentempo die anderthalb Kilometer lange Stecke auf den 321 Meter hohen Berg hinaufkroch, war die Fahrt schnell vorüber. Gefühlt dauerte es keine zehn Minuten. Das Kartenkaufen, Sich-Anstellen und Einsteigen hatte deutlich länger gedauert als die Fahrt. Zwar war die älteste noch betriebene Bergbahn in ihrer fast 140jährigen Existenz mehrfach modernisiert und die alte Dampflok mittlerweile durch Elektrotriebwagen abgelöst worden, doch die Fahrgeschwindigkeit hatte das offensichtlich nicht beeinflusst. Die extreme Steigung von teilweise zwanzig Prozent forderte eben ihren Tribut.

Beim kurzen Halt an der Mittelstation zeigte Hopp auf den prunkvollen Schlossbau auf der rechten Seite. »Schau mal, Giulia. Das da ist die Drachenburg. Sie ist ungefähr so alt wie diese Bahnlinie. Ein stinkreicher Finanzjongleur hat sie sich gegen Ende des neunzehnten Jahrhundert in einem wilden Stilmix bauen lassen.«

»Etwa als Wohnhaus? Wahnsinn!«

»Ja, als private Villa. Er hat aber nie darin gewohnt, so weit ich weiß.«

»Schade, sieht sehr romantisch aus.«

»Ist es irgendwie auch. Kulturhistoriker zählen dieses Bauwerk zur sogenannten Rheinromantik.«

»Und wem gehört es jetzt?«

»Einer Stiftung des Landes Nordrhein-Westfalen, so heißt das Bundesland hier ...«

»Weiß ich doch, Alex.«

»Diese Stiftung hat also das Schloss mit viel Liebe und noch mehr Geld restaurieren lassen.«

»Und was machen die jetzt damit?«

»Alles mögliche. Im Haus ist ein Museum und ein schönes Restaurant. Kürzlich war die Drachenburg Drehort für eine spektakuläre Fernsehserie, Babylon Berlin hieß die. Da diente das Schloss als prunkvolle Kulisse für die Privatvilla einer verrückten Industriellenfamilie.«

Oben auf dem Gipfel staunte Hopp nicht schlecht, als er das Plateau unterhalb der mittelalterlichen Ruine der Burg Drachenfels betrat. Den Neubau des Restaurants und der Aussichtsplattform hatte er noch nie aus nächster Nähe gesehen. Seit mehr als zwanzig Jahren war er nicht mehr hier oben gewesen. Den spektakulären Abriss des alten, potthässlichen Klotzes im Stil des sogenannten Brutalismus, des quasi in Beton gegossenen Zeitgeists der siebziger Jahre, hatte er mäßig interessiert in den Medien verfolgt. Das musste bestimmt zehn Jahre her sein.

Als Erwachsener fand Hopp den Touristenmagneten Drachenfels, der wegen der vielen niederländischen Besucher von den Einheimischen als »höchster Berg Hollands« verspottet wurde, nicht mehr besonders anziehend. Auch den Neubau des deutlich kleineren, eleganten Glaskubus hatte er nur aus der Ferne, von der gegenüber liegenden Rheinseite aus, beobachtet. Das fand er jetzt schade, weil ihm die moderne, leichtere Architektur richtig gut gefiel. Von der Bauphase hatte er allerdings das Planungschaos und die auf mehr als neun Millionen Euro gestiegenen Kosten noch lebhaft in Erinnerung.

Überwältigt von dem grandiosen weiten Blick über das Rheintal bis in die Eifel, löste sich die zehnköpfige Gruppe innerhalb weniger Minuten auf. Während die einen zum südlichen Rand der Aussichtsplattform drängten, um die beiden Rheininseln Grafenwerth und Nonnenwerth sowie den legendären Rolandsbogen von oben zu bestaunen, liefen die anderen um das Restaurant herum zum nordwestlichen Geländer. Von dort aus wollten sie möglichst bis Köln gucken und die Türme des weltberühmten Doms entdecken, was allerdings misslang, weil die Sicht nicht klar genug war und das rund fünfzig Kilometer entfernte Kölner Stadtzentrum von einer dichten Dunstglocke verhüllt wurde.

Hopp versuchte, Giulia und Maria die ungefähre Lage seiner Wohnung auf der linken Rheinseite zu zeigen. Dafür reichte die

52

Sicht problemlos aus. »Folge bitte einfach mit deinem Blick meinem ausgestreckten Arm. Okay? Dann siehst du gerade voraus einen Bergfried.«

»Einen was? Du kennst vielleicht komische Worte, Alex. Eselchen, Rievkooche, Mariechen und jetzt Bergfried. Was ist das denn?«

»Das ist der Turm einer mittelalterlichen Burg, wie dieser Ruine hier zum Beispiel. Oder wie der runde Turm der Godesburg gegenüber auf dem Hügel in Bad Godesberg. Siehst du ihn? Ein kleines Stück darüber liegt ein Dorf, direkt am Waldrand. Das ist Pech. Unser Wohnhaus steht ziemlich in der Mitte des Dorfes.«

»Ja. Ich sehe es. Aber was ist denn diese dicke weiße Kugel da hinten links?«

»Das ist ein berühmtes wissenschaftliches Institut für eine spezielle Art der Physik. Hochfrequenzphysik, glaube ich. Die erforschen dort mit ganz intensivem Radar den Weltraum.«

»Mit dieser Kugel beobachten sie dort die Sterne?«

»Ja, so ungefähr. Das System ist wichtig für die Raumfahrt. Es kann Flugbahnen von Satelliten oder auch von Weltraumschrott exakt berechnen. So kann es zum Beispiel Objekte finden, die außer Kontrolle geraten sind und ungesteuert in die Erdatmosphäre einzudringen drohen.«

»Aha«, antwortete Giulia Peroni denkbar knapp, und Alexander Hopp bezweifelte, dass sie seine holprige Erklärung, von deren Richtigkeit er selbst nicht ganz überzeugt war, wirklich verstanden hatte. Kurzerhand beendete er seinen Exkurs.

Mittlerweile hatten sie alle anderen aus den Augen verloren. Wo waren die Wengers und ihr Besuch? Wo die Nachzügler aus Pech, deren Namen Hopp noch immer nicht kannte. Bestimmt waren sie schon das kleine Stück bis zur Burgruine vorgelaufen. Also ging auch Hopp mit Giulia und Maria den Fußweg hoch zum kümmerlichen Rest der einst so mächtigen Burg Drachenfels. Tatsächlich fanden sie dort die anderen Teilnehmer ihrer Gruppe. Während die Kinder auf dem antiken Steinhaufen herumkletterten, versuchten die Erwachsenen erneut aus dieser erhöhten Position den Kölner Dom zu erblicken. Wieder vergeblich. Damit sie sich nicht verlieren würden, schlug Hopp vor, sich in einer Viertelstunde im Restaurant zu treffen.

Aufgeregte Suche

Wie üblich an Wochenendtagen, war das Lokal rappelvoll, alle Tische waren besetzt. Für zehn Personen waren erst recht keine Plätze mehr zu finden. Es würde so bald auch kein großer Tisch frei werden, erklärte ihnen einer der Kellner, die mit beladenen Tabletts durch die Gaststube hetzten. Nach kurzem Stehkonvent im Foyer beschlossen sie etwas enttäuscht, nicht länger hier zu warten, sondern direkt mit der Zahnradbahn zu Tal zu fahren. Unten in Königswinter gab es mehrere gemütliche Lokale, in denen sie sicher Platz finden könnten.

»Wo ist denn Maria?«, fragte Giulia plötzlich in die Runde.

»Gerade eben war sie noch bei mir. Sie ist nur ein bisschen vorgelaufen.«

Alle schüttelten die Köpfe. Keiner wusste es. Keiner hatte besonders auf sie geachtet. Keiner hatte sie in den letzten Minuten gesehen. Nicht auf dem Weg von der Ruine zurück zum Plateau und nicht in diesem Restaurant.

»Vielleicht ist sie nur kurz auf's Klo. Ich gehe mal nachsehen. Wo sind denn hier die Toiletten?«

Hopp zeigte auf den Wegweiser an der Wand, und sofort drehte sich Giulia um und folgte der WC-Beschilderung. Doch so schnell, wie sie losmarschiert war, kam sie wieder zurück – allein.

»Ich konnte sie nicht finden, habe an alle Kabinentüren geklopft, habe in alle offenen Klos reingeguckt und auch ein paar Mal laut nach Maria gerufen. Dort ist sie nicht.« Giulias Stimme zitterte, sie konnte ihre Aufregung kaum verbergen.

»Wann genau war sie denn zuletzt bei dir?«, fragte Hopp betont sachlich, obwohl er langsam selbst nervös wurde.

»Ich habe nicht auf die Uhr geguckt. Das ist vielleicht fünf Minuten her. Bestimmt nicht länger.«

Herr Wenger versuchte die Erregung zu beruhigen. »Viele Möglichkeiten, um sich zu verlaufen, gibt es hier oben nicht.

55

Alleine runtergelaufen oder in die Bahn gestiegen ist sie sicher nicht. Warum sollte sie das auch tun? Sie kann also nicht weit weg sein. Wir sollten sie alle suchen. Dann finden wir sie bestimmt schnell wieder.«

»Ja, aber nicht alle«, erwiderte Hopp entschieden. »Jemand muss hier im Restaurant bleiben, um Maria in Empfang zu nehmen, falls sie gleich auftauchen sollte. Am besten Giulia. Sie kennt sich auf diesem Berg sowieso nicht aus und wird uns nicht viel helfen können. Laura kann wenigstens mit mir das Plateau rund um das Restaurant abklappern. Aber die beiden Jungs müssen auf jeden Fall bei Giulia bleiben, damit sie nicht auch noch verloren gehen.«

Systematisch suchten Hopp und die Wengers den Berg ab. Hopp lief zuerst im Zickzack über das Plateau rund um Restaurant und Kiosk. Dabei umkreiste er einzelne Menschentrauben, damit er Maria nicht übersah, sollte sie sich zufällig unter andere Leute gemischt haben. An jeder Seite sah er über die Steinbrüstung, ob sie vielleicht abgestürzt war – nichts.

Immer wieder schrie er, so laut er konnte, ihren Namen, lief dann den Fußweg hoch zur Ruine, inspizierte dort jeden Mauervorsprung und das Gebüsch drumherum, ging langsam wieder zurück, wobei er aufmerksam rechts und links des Wegs durch die Stahlgeländer sah. Auch dort rief er sie, obwohl es unwahrscheinlich war, dass sie am Steilhang herumgeklettert und abgestürzt sein könnte. Schließlich suchte er die Haltestelle der Bergbahn ab. Wieder nichts. Überall nichts. Keine Spur von Maria. Das konnte doch nicht wahr sein.

Sicherheitshalber drehte Hopp die komplette Runde noch einmal, diesmal in umgekehrter Richtung. Vielleicht hatte er etwas übersehen, vielleicht hatte sie sein Rufen nicht gehört. Außerdem hatte er bisher auch niemanden danach gefragt, ob irgendjemand ein kleines, hübsches, dunkelhaariges Mädchen mit braunen Augen bemerkt habe, das allein und orientierungslos und vielleicht sogar weinend herumlief. Das holte er nun nach. Verzweifelt fragte er jeden, der ihm begegnete. Doch niemand hatte Maria gesehen oder etwas Ungewöhnliches bemerkt. Alle hatten den Ausblick genossen und nicht auf andere Besucher geachtet. Maria war wie vom Erdboden verschluckt.

Die Polizeistreife brauchte eine halbe Stunde, bis sie auf dem Drachenfels auftauchte. Die beiden uniformierten Beamten ließen sich von Hopp und Herrn Wenger die Situation erklären. Dann verlangten sie von Giulia Peroni eine möglichst präzise Beschreibung des Mädchens.

»Wie groß ist Ihre Kleine denn, Frau Peroni?«

»Ungefähr einen Meter groß.« Ihre Stimme war brüchig. Sie zitterte am ganzen Leib.

»Und wie sieht sie aus? Gesichtsform, Haarfarbe, Augen?«

»Maria hat schwarze, halblange Locken, ein ovales Gesicht und ganz große, braune Augen.«

»Wie ist sie gekleidet, was hat sie heute an?«

Giulia Peroni dachte angestrengt nach. »Blaue Jacke, grüner Pullover und hellblaue Jeans. An den Füßen orange Sneakers.«

»Gibt es sonst irgendwelche besonderen Merkmale, die uns helfen können, sie zu erkennen?«

»Maria ist sehr hübsch.«

Der Polizist lächelte verständnisvoll. »Das will ich glauben, liebe Frau Peroni. Aber viele Kinder sind hübsch. Und alle Eltern finden ihre Kinder hübsch. Fällt Ihnen noch etwas Spezielleres ein?«

Wieder konzentrierte sich Giulia Peroni und schüttelte langsam den Kopf. Doch plötzlich erinnerte sie sich. »Sie hat einen rosafarbenen Kinderrucksack dabei, mit dem Haribo-Bären darauf.«

Anschließend befragten die beiden Beamten gründlich die neun Teilnehmer der Reisegruppe: Wer war wann wo mit Maria zusammen gewesen? Was hatten sie dann jeweils gemacht? Hatte es irgendwo auf dem Berg Probleme gegeben? Hatten sich die Kinder vielleicht gestritten? Waren irgendwann Fremde hinzugekommen oder verdächtig lange in ihrer Nähe geblieben? Und wer hatte Maria wann und in welcher Situation zuletzt gesehen? Das war tatsächlich ihre Mutter Giulia gewesen – vor mittlerweile mehr als einer Stunde.

Auch die Mitarbeiter der Gaststätte und des Kiosks konnten keinerlei Hinweise geben, wo Maria steckte oder was ihr passiert sein könnte.

Auf dem Weg zur Bergstation der Zahnradbahn kam den Polizisten ein junger Mann entgegen, dessen Gesicht ihnen bekannt vorkam. Woher, fiel dem älteren Beamten nach kurzem Nachdenken ein. Sie liefen dem schlaksigen Kerl hinterher und nahmen ihn sofort fest. Seit Wochen schmückte sein Steckbrief zusammen mit denen von vier mutmaßlichen Kumpanen die Pinnwand in ihrem Revier. Wegen zahlreicher Einbrüche und Diebstähle wurde er mit Haftbefehl gesucht.

Er gehörte zu einer rumänischen Bande, die seit Monaten den Großraum Bonn/Rhein-Sieg-Kreis unsicher machte und der insgesamt über fünfzig Einbruchdiebstähle zur Last gelegt wurden. Zusätzlich ging wohl auch der explosionsartige Anstieg der Taschendiebstähle in der Gegend auf ihr Konto. Die Polizei vermutete, dass sie dafür ein Heer von Helfershelfern unterhielt. Vor allem Kinder.

Der Gesuchte war völlig überrascht. Die Beamten legten ihm problemlos Handschellen an, er leistete keinen Widerstand. Wochenlang hatte die Polizei mit großem Aufgebot nach den fünf Männern im Alter zwischen 20 und 29 Jahren gefahndet. Sie hatten Geld- und Zigarettenautomaten aufgebrochen, Autos gestohlen und mehrere Villen ausgeräumt. Dabei hatten sie sich geschickt organisiert, die Taten in ständig wechselnden Besetzungen ausgeführt. Zwei erledigten die Diebstähle, einer stand Schmiere und zwei weitere brachten die Beute aus dem Land. Beim nächsten Einbruch tauschten sie dann ihre Rollen. Der Gesamtschaden summierte sich auf fast eine Million Euro. Dank hochauflösender Überwachungskameras an zwei der ausgeraubten Häuser gab es

58

allerdings gestochen scharfes Bildmaterial von den Tätern. Damit konnten sie via Interpol von den Kollegen der rumänischem Polizei identifiziert werden.

Bis zum Eintreffen auf dem Königswinterer Revier in der Drachenfelsstraße schwieg der Verhaftete und zeigte nicht die kleinste emotionale Regung.

»Wer sind Sie?«, fragte der ranghöhere Beamte dort zum Einstieg in die Vernehmung. Er saß dem jungen Mann an einem kleinen Tisch unmittelbar gegenüber, während sich sein Kollege hinter dem Verhafteten postiert hatte.

Keine Antwort.

»Wie heißen Sie?«

Keine Reaktion.

Stoisch fixierte der Mann das Porträt des Bundespräsidenten an der schmucklosen moosgrünen Wand hinter dem Beamten, der ihn befragte.

»Nach unseren Ermittlungen heißen Sie Darian Popescu. Stimmt das?«

Wieder keine Antwort und keine Regung.

»Woher kommen Sie, und wo wohnen Sie?«

Keine Reaktion.

»Wie lange halten Sie sich schon hier in der Gegend auf?«

Der Verhaftete schwieg beharrlich, machte auch auf mehrfache Nachfragen weder Angaben zu seiner Person noch zu seiner Beteiligung an den ihm zur Last gelegten Straftaten.

Nachdenklich schaute der Polizist ihm tief in die Augen, dann schnaufte er unzufrieden und sagte: »Okay, für's erste lassen wir das. Darum können sich später die Kollegen von der Kripo kümmern. Machen wir erst einmal mit dem aktuellen Fall weiter. Wo ist das kleine Mädchen?«

Ruckartig streckte sich der junge Mann, versteifte seinen Oberkörper und schaute erschrocken auf.

»Wo ist die kleine Italienerin? Was haben Sie mit ihr gemacht? Reden Sie endlich!«

Wie in Panik riss Popescu die Augen weit auf, zuckte heftig mit den Schultern und schüttelte gleichzeitig ungestüm seinen Kopf.

»Sie wissen es nicht?«

Wieder antwortete er nicht, nickte stattdessen aber klar und deutlich.

»Warum reden Sie dann nicht mit mir? Machen Sie es uns nicht so schwer. So kommen wir doch nicht weiter.«

Der Verhaftete schüttelte wieder, diesmal fast unmerklich, den Kopf.

Der Polizist ahnte, dass der junge Mann Deutsch wahrscheinlich einigermaßen verstand, aber kaum sprechen konnte, und deshalb nichts sagen würde. Er überlegte, ob er die Vernehmung auf diese Weise fortführen solle, denn Nicken und Kopfschütteln ließen sich schließlich nicht auf dem Tonband speichern. Sie mussten aber seine Aussagen dokumentieren. Bis sie einen Dolmetscher aufgetrieben hätten, würden sicher Stunden vergehen. Doch die Zeit drängte, sie brauchten schnellstens Informationen über das verschwundene Kind.

»Sie wollen also nichts mit dem Verschwinden des italienischen Mädchens zu tun haben?«, fragte der Polizist weiter.

Heftiges Nicken.

»Hat vielleicht einer Ihrer Kumpane das Kind mitgenommen?«

Energisches Kopfschütteln.

»Wissen Sie denn irgendetwas, was mit Maria passiert sein könnte?«

Wieder nur Schulterzucken. Und ein ratloser Blick aus traurigen braunen Augen.

Nach knapp einstündigem mühevollen Verhör war klar, dass Popescu nichts mit dem Verschwinden des italienischen Kindes zu tun hatte. Er war eine Art Beifang der ersten Suchaktion auf dem Drachenfels, allerdings kein schlechter.

»Wir müssen umgehend jeden Zentimeter auf dem Drachenfels und im Wald drumherum durchkämmen. Dafür brauchen wir das ganz große Aufgebot«, sagte der Dienststellenleiter. Seine Augen

60

zuckten nervös, seine Handflächen schwitzten. »Unbedingt eine komplette Hundertschaft. Und alles an Verstärkung, was in der Gegend aufzutreiben ist. Feuerwehr, THW...«

Sein jüngerer Kollege sah ihn nachdenklich an. »Meinst du, das reicht? Wir haben doch jetzt den H145. Dieser Wunderhubschrauber hat diverse supersensible Kamerasysteme und Infrarotsensoren. Die sehen jeden, selbst aus großer Entfernung. Sogar in der Nacht.«

»Ich weiß. Aber ich weiß natürlich nicht, ob der gerade verfügbar ist und ob wir überhaupt die Freigabe für seinen Einsatz bekommen. Ich kümmere mich darum.«

»Alles klar. Dann trommle ich die Suchmannschaften zusammen.«

Keinerlei Hinweis

Giulia Peroni war kaum wiederzuerkennen. Fast apathisch saß sie mit hochgezogenen Beinen, die sie mit beiden Armen an den Unterschenkeln eng umschlang, wie ein Häufchen Elend auf dem Sofa. Kreidebleich starrte sie unentwegt auf die Knie. Seit einer halben Stunde hatte sie keinen Ton mehr von sich gegeben, was völlig untypisch für sie war. Josephine Franzen lief aufgeregt im Wohnzimmer auf und ab und machte unentwegt fahrige Bewegungen, fasste sich abwechselnd entweder mit der linken Hand an die Backe, so als ob sie Zahnschmerzen hätte, oder kratzte sich mit der Rechten am Hinterkopf. Dabei führte sie leise Selbstgespräche. Ihre sonst so souveräne Ausstrahlung war wie weggeblasen.

Alexander Hopp hockte in sich gekehrt in einem großen, gemütlichen Sessel in der Ecke. Den Kopf vornüber gebeugt, rieb er sich immer wieder mit Daumen und Zeigefinger der rechten Hand die Nasenwurzel. Mit der Linken fuhr er sich wie mit einem Kamm durch das zerwühlte dicke, blonde Haar. Fieberhaft brütete er über der unfassbaren Situation: Maria war auf dem Drachenfels verschwunden.

Einfach so, von jetzt auf gleich, obwohl sie fast die ganze Zeit bei ihnen gewesen war. Obwohl sie von unzähligen Touristen umgeben war, schien sie wie vom Erdboden verschluckt. Nur wenige Minuten, höchstens waren es drei, hatten sie sie aus den Augen verloren. Nun gab es keine Spur von ihr und nicht den kleinsten Hinweis auf ihren Verbleib. Niemand hatte gesehen, was passiert war, wohin sie gegangen oder mit wem sie gegangen sein könnte.

Eigentlich hatte sogar keiner der vielen Ausflügler auf dem Berg das kleine schwarzgelockte Mädchen überhaupt bemerkt. Ein Unfall war mit ziemlicher Sicherheit auszuschließen. Jede Ecke, jedes Gebüsch und jeder Abhang waren dort oben bis zum Einbruch der Dunkelheit gründlich von der Polizei mit vielköpfiger

Unterstützung von Freiwilligen des Technischen Hilfswerks und der Königswinterer Feuerwehr durchsucht worden – vergebens. Danach bis zum frühen Morgen vom hochmodernen Alarmhubschrauber. Wieder nichts.

In den Arztpraxen und Krankenhäusern des Großraums Bonn-Rhein-Sieg war kein italienisches Kind zur Behandlung eingeliefert worden. Und auch nicht in Rheinbreitbach, Oberwinter, Unkel oder Remagen, den nächstgelegenen Ortschaften im angrenzenden Rheinland-Pfalz.

Sie wussten nichts, einfach gar nichts. Alexander Hopp war ratlos. Was sollen wir tun, und was können wir überhaupt tun, fragte er sich. Im gleichen Augenblick sprach Josephine Franzen diesen Gedanken laut aus:»Was machen wir denn jetzt? Wie sollen wir uns verhalten? Wie geht es denn nun weiter?«

Hopp hob langsam den Kopf und sah erst Giulia, dann Josephine nachdenklich an.»Ich weiß es auch nicht, Josy. Das ist eine verdammt verflixte Situation. Da hängt jetzt eine ganze Menge zusammen.«

»Was meinst du damit, Alex?«

»Wie es weiter gehen soll, betrifft genau genommen drei völlig verschiedene Aspekte: die Suche nach Maria, den Umgang mit diesem schwierigen Thema und den weiteren Verlauf eures Partnerschaftstreffens.«

»Das Treffen muss wie geplant stattfinden. Unter allen Umständen.« Franzen hatte erregt die dritte Frage zuerst aufgegriffen.»Wir haben fast 150 Gäste aus Frankreich und Italien hier. Alle sind einen langen Weg angereist. Die meisten haben sich extra Urlaub genommen. Sie haben viel Geld für dieses Treffen ausgegeben.«

»Das weiß ich doch, Josy. Das ist ein super Event und eine großartige organisatorische Leistung von dir und deinem Verein. 150 Gäste unterzubringen und vier Tage lang so zu bespaßen, muss euch erst mal einer nachmachen. Das ist mir klar und das müssen wir natürlich auch berücksichtigen«, meinte Hopp, wobei er Franzens Redefluss unterbrach, die aber sofort weitersprach.

»Genau. Alle Gastgeber hier in Wachtberg haben sich liebevoll auf ihre Besucher vorbereitet, haben ihre Gästezimmer hergerichtet, haben sich zum Teil freigenommen, haben Ausflüge und Besichtigungen für sie organisiert und Vorräte für sie eingekauft. Und unser Verein hat monatelang für diese Veranstaltung gearbeitet und einen ordentlichen vierstelligen Betrag ausgegeben. Das alles können wir nicht einfach so abbrechen.«

»Das will ja eigentlich auch niemand«, beschwichtigte Hopp.

Giulia Peroni sah langsam auf. Zu diesem Thema hatte sie keine Meinung, das interessierte sie momentan keinen Deut. Ihre Gedanken kreisten nur um Maria: Wo steckte sie? Wie mochte es ihr wohl gehen? Lebte sie überhaupt noch?

Aber Hopp war ganz und gar nicht Josephines Ansicht. »So ultimativ würde ich das trotzdem nicht sagen. Für mich geht es in erster Linie um Maria. Nein, sogar ausschließlich um Maria. Sie muss gerettet werden. Egal, wie. Egal, was es kostet. Darauf müssen wir uns konzentrieren. Dafür müssen wir schnellstens Mittel und Wege finden. Da kann das Partnerschaftstreffen keine Rolle mehr spielen. Zumal ich mir gar nicht so sicher bin, wie die Leute reagieren werden, wenn sie erfahren, dass Maria verschwunden ist.«

»Wen meinst du genau mit Leute, Alex?«, fragte Franzen nach.

»Alle, die an diesem Treffen beteiligt sind, die Wachtberger, die Franzosen und natürlich vor allem die Italiener. Glaubst du denn ernsthaft, irgendwer hätte überhaupt noch Lust auf buntes Unterhaltungsprogramm und fröhlichen Ringelpiez mit Anfassen, wenn gleichzeitig ein kleines Kind aus der Gruppe vermisst wird?«

Josephine Franzen drehte sich zum Wohnzimmerfenster und sah hinaus auf die Pferdekoppel des benachbarten Reiterhofs.

Sie legte die Stirn in Falten. »Kann sein. Wahrscheinlich hast du damit sogar recht. Aber es müssen gar nicht alle wissen. Die Frage ist doch: Wen informieren wir darüber? Und natürlich auch: wie? Ich würde nur die Kollegen unseres Vorstands und die Vorstände der Italiener und Franzosen vertraulich über Marias Verschwin-

64

den informieren. Sie müssten das aber unbedingt für sich behalten. Entweder so lange, bis sie wieder aufgetaucht ist. Oder bis die Polizei uns etwas anderes rät.«

Alexander Hopp schüttelte zweifelnd den Kopf, er war nicht überzeugt von diesem Vorschlag. Was, wenn die Geschichte längst die Runde machte? Immerhin waren andere Wachtberger mit ihren italienischen Gästen auf dem Drachenfels dabei gewesen. Niemand hatte sie bisher zum Stillschweigen aufgefordert. Und selbst wenn, wer sollte sie daran hindern, die aufsehenerregende Geschichte weiterzuerzählen? Was könnte das für die Suche nach Maria bedeuten? Würde es helfen? Würde es alles komplizierter machen? Oder vielleicht sogar Marias Lage verschlechtern?

Hinzu kam, dass Giulia, Josephine und er auch selbst körperlich wie nervlich ziemlich am Ende waren. In diesem persönlichen Ausnahmezustand wollte Hopp ungern eine derart schwierige und möglicherweise folgenschwere Entscheidung treffen. »Lasst uns vorher mit der Kriminalpolizei darüber reden, ehe wir etwas unternehmen oder Marias Verschwinden an die große Glocke hängen. Egal, was wir tun oder lassen, es könnte falsch sein. Deshalb möchte ich erst einmal Jana einbeziehen, gründlich über alles nachdenken und, wenn möglich, noch eine Nacht darüber schlafen.«

Josephine Franzen war damit einverstanden. Giulia Peroni nickte kaum merklich. Hopp war sich nicht sicher, ob sie ihrer Diskussion überhaupt gefolgt war und alles verstanden hatte. Vor morgen früh würden sie jedenfalls nichts entscheiden.

Null Idee

Jana Jäger erwartete sie ungeduldig in ihrer Wohnung. Gefühlvoll nahm sie Giulia in die Arme, hielt sie lange und fest umschlungen und sagte erst einmal kein Wort zur Situation.

Seit dem Anruf von Alexander am späten Nachmittag hatte sie die Lage immer wieder aus allen möglichen Perspektiven betrachtet und durchdacht und war auf keinen Nenner gekommen. Schließlich hatte sie ihren Partner, Kriminaloberkommissar Frank Streffer, angerufen und um Hilfe gebeten.

Seit fast fünf Jahren arbeitete sie mit diesem unscheinbaren, asketisch wirkenden, hochaufgeschossenen Mann zusammen. Dabei hatte sie tagtäglich seine ruhige, überlegte Art und seine akribische Arbeitsweise schätzen gelernt. Er ermittelte gewissenhaft und fand immer wieder überraschende Ansätze, wenn sie in einem Fall nicht weiter kamen. Jäger wusste, dass sie sich blind auf ihn verlassen konnte. Wenn Gefahr im Verzug war, packte er mutig und entschlossen zu, wie es ihm die meisten auf den ersten Blick kaum zutrauten. Er würde sie jederzeit mit vollem Einsatz schützen, ohne Rücksicht auf die Risiken für ihn selbst. Sie konnte sich keinen besseren Partner im Job vorstellen, auch wenn Streffer sie hin und wieder nervte, wenn er sich in einer seiner seltenen, aber extremen trägen Phasen verheddderte. Wenn er in einem solchen Moment derart auf der Leitung saß, dass er völlig begriffsstutzig war und spät oder gar nicht kapierte, worum es gerade ging oder was sie ihm mitteilen wollte. Und wenn er deshalb auch nicht wusste, was er tun sollte, und entsprechend viel zu spät und zu langsam reagierte, quasi in Realzeitlupe. Oder wenn er einen uralten schlechten Witz richtig mies erzählte – was leider ziemlich oft vorkam.

Streffer mochte Jana Jäger. Sehr sogar. Sie dürfte das inzwischen gemerkt haben, dessen war er sicher. Aber er hätte sich niemals getraut, seine Gefühle für die Kollegin offen zu zeigen oder frank und frei auszusprechen. Ihn faszinierten ihre athletische, fast jun-

66

genhafte Figur und ihr dynamischer, federnder Gang. Ihm gefielen ihre dicken, schulterlangen, kastanienbraunen Haare mit dem flotten Pony in der Stirn, die strahlenden meerblauen Augen und ihr vorwitziger Gesichtsausdruck. Jana war frech, Jana war schlagfertig, und manchmal war Jana sogar draufgängerisch. Genau der Typ Frau, mit dem er Pferde stehlen würde. Und gern noch vieles mehr... Besonders als Partnerin im Polizeidienst schätzte Streffer die Qualitäten von Jana. Nie zuvor hatte er eine so talentierte, intelligente und gleichzeitig abgebrühte Kriminalpolizistin kennengelernt. Sie war seiner Ansicht nach die Beste im Team der Bonner Mordkommission, wenn nicht sogar in der ganzen Inspektion 1. Und zwar mit Abstand. Allerdings neigte sie zu Alleingängen, die oft riskant waren und bisweilen in gefährlichen Situationen endeten, was Streffer wie die Pest hasste. Er verlor dann regelmäßig die Fassung, regte sich zuerst auf, geriet danach in Wut und schließlich in blanke Panik.

Egal wie Jäger und Streffer den Fall des Verschwindens von Maria drehten und wendeten – sie fanden keinen Ansatz, konnten keine Theorie formulieren und hatten erst recht keine plausible Erklärung.

»Du musst unbedingt dem Chef Bescheid sagen, also ganz offiziell unser Kommissariat informieren, damit wir schnell alle Hebel in Bewegung setzen können«, hatte Streffer am Telefon gesagt.

»Wieso das denn? Solange das Kind nur vermisst wird, hat KK 11 doch überhaupt nichts damit zu tun. Außerdem ist Alex mit der Gruppe auf dem Drachenfels. Er hat natürlich direkt unsere uniformierten Kollegen alarmiert. Momentan sind dort riesige Suchtrupps unterwegs.«

»Schön und gut. Aber wir brauchen jetzt das ganz große Besteck. Ein schweres Verbrechen ist nicht auszuschließen. Ich halte es sogar für wahrscheinlich. Das wäre dann unser Fall. Da kann es auf jede Minute ankommen.«

»Ich weiß«, hatte Jana Jäger geantwortet, »momentan ist überhaupt nichts auszuschließen. Maria kann alles mögliche passiert sein. Ich mache mir große Sorgen um das Kind.«

»Verständlich. Wie geht es denn ihrer Mutter? Wie verkraftet Giulia Peroni dieses traumatische Erlebnis?« Streffer schlug auch vor, das Kriseninterventionsteam einzuschalten. Mit dieser besonderen Notfallversorgung für belastete Betroffene, ihre Angehörigen und für akut gestresste Einsatzkräfte hatte die Bonner Polizei bei den jüngsten katastrophalen Fällen gute Erfahrungen gemacht. »Das sind ausschließlich erfahrene Psychologen und psychosozial ausgebildete Mitarbeiter, die den Menschen wirklich helfen können, kritische Lebensereignisse zu bewältigen.«

»Ich weiß, Frank. Ich halte auch viel vom KIT. Aber erst einmal will ich persönlich mit Giulia reden und sehen, wie stabil sie ist. Noch sind sie nicht von ihrer Tour zurück.«

»Wahrscheinlich wird sie schwer angeschlagen sein. Alles andere würde mich wundern.«

»Möglich. Aber auf den ersten Eindruck scheint sie mir eine sehr starke Frau zu sein. Ich kenne sie natürlich erst seit gestern und die Sprachbarriere könnte auch den Eindruck verzerren. Wir werden sehen. Spätestens morgen früh werden sowieso die Kameraden vom Opferschutz vor der Tür stehen.«

»Das ist auch gut so. Die wissen einfach, wie eine verzweifelte Mutter betreut werden muss. Die können sie vor lästigen Journalisten und neugierigen Nachbarn schützen und sind immer zuverlässige Verbindungsleute zu den Ermittlern.«

»... aber in unserem Fall doch nicht nötig. Giulia braucht kein Bindeglied zur Polizei. Sie wohnt schließlich bei mir. Und ich bin die Polizei. Wie ich die arme Frau vor penetranter Öffentlichkeit abschirmen kann, weiß ich auch selbst. Ich hoffe jedenfalls, dass wir das hier allein schaffen.«

»Aha. Und wenn du dich da irrst?«

»Vertrau mir, Frank. Ich will nur das Beste für Giulia. Falls ich mich irre und die kleinste problematische Veränderung an ihr bemerke, dann kann der Opferschutz sofort bei uns einziehen. Und zusätzlich fordere ich die Krisenintervention an.«

Giulia Peroni tat Jana Jäger unsagbar leid. Zwar hatte sie selbst keine Kinder, aber im Stillen wünschte sie sich seit langem welche, was für ihren Lebensgefährten leider nicht mehr in Frage kam. Sie konnte sich gut in die Lage dieser Frau versetzen und lebhaft vorstellen, welche höllischen Qualen sie gerade durchlitt. Sie lotste Giulia behutsam ins Wohnzimmer zum Sofa, während Hopp zum Kühlschrank ging und drei gut temperierte Flaschen Kölsch herausnahm.

»Kommt, wir trinken erst einmal einen Schluck«, sagte er. »Das löst die Probleme nicht, aber vielleicht ein bisschen unsere Verkrampfung. Außerdem ist keinem damit geholfen, wenn wir hier vor lauter Trübsalblasen verdursten. Schon gar nicht Maria.«

Schweigend tranken sie ihr Bier. Dabei dachte Hopp darüber nach, wie anders der Abend hätte verlaufen sollen. Eigentlich wollten sie längst im Kulturzentrum Köllenhof im Ortsteil Ließem sein. Diese wunderschöne fränkische Hofanlage aus der Mitte des 18. Jahrhunderts war Ende der achtziger Jahre mit viel Liebe und großem Aufwand zum Bürgertreff umgebaut worden. Seither fanden dort regelmäßig Konzerte, Ausstellungen und Lesungen statt. Alle Wachtberger konnten den Hof für private Feiern mieten. Hopp war dort schon des öfteren bei grünen und silbernen Hochzeiten von Freunden und Bekannten gewesen.

Seit gut einer guten Stunde war dort die große trinationale Party im Gange – mit Livemusik, Tanz und Tombola. Er wusste, wie sehr sich Giulia auf das Fest gefreut hatte. Sie wollte dort einen gewissen Gerard wiedersehen, den sie vor Jahren bei einem Treffen der drei Partnerstädte in Frankreich kennengelernt hatte. Sie hatten damals die halbe Nacht lang getanzt. Mittlerweile hatten sie mehrmals miteinander gefeiert und waren sich dabei wohl auch etwas näher gekommen. Das hatte Giulia ihm jedenfalls am Nachmittag auf dem Weg zum Drachenfels erzählt – vor der Katastrophe. Jetzt würde sie sicher keinen einzigen Gedanken mehr an Gerard und die Party verschwenden.

69

Behutsame Befragung

Sanft durchbrach Jana Jäger das gemeinsame Schweigen. »Darf ich dir ein paar Fragen stellen, Giulia? Ich weiß, dass das für dich bestimmt sehr schwer ist, mit mir darüber zu reden, aber ich kann es dir leider nicht ersparen. Ich muss so schnell wie möglich ganz viel über Maria und dich wissen. Ich muss viele Details eurer Lebenssituation erfahren. Und ich muss den Charakter von Maria kennenlernen. Nur dann können wir sie zielgerichtet und wirkungsvoll suchen. Sonst kommen wir nicht weiter. Kannst du jetzt mit mir über euch reden? Geht das?«

»Ja, ich will es versuchen.«

Giulia Peroni kauerte, wieder mit eng umschlungenen Beinen, auf dem ledernen Zweisitzersofa. Mit leeren Augen sah sie Jäger an, die sich auf einen Stuhl ihr gegenüber gesetzt hatte.

»Wie ist deine Maria denn so? Ist sie ein temperamentvolles, unternehmungslustiges Kind?

»Nein, so ist sie überhaupt nicht. Eher ist sie das genaue Gegenteil. Ganz lieb, ganz zurückhaltend, meistens auch ganz gehorsam.«

»Kannst du dir vorstellen, dass sie auf eigene Faust auf dem Drachenfels losgezogen ist?«

»Nein, auf keinen Fall. Warum sollte Maria so etwas machen? Sie kennt sich hier doch nicht aus.«

»Keine Ahnung, woher soll ich das wissen? Ich versuche, nur alle Möglichkeiten abzuklären«, sagte Jäger. »Könnte sie vielleicht irgendetwas Interessantes gesehen und verfolgt haben und dich dabei einfach aus den Augen verloren haben?«

»Nein, nein! So ist Maria nicht.«

»Oder könnte sie zufällig einen Bekannten aus eurer italienischen Gruppe oben auf dem Berg getroffen haben? Jemanden, der nicht zusammen mit euch dorthin gefahren ist, den sie aber gut kennt oder mag?«

70

»Glaube ich auch nicht. Wer sollte das denn gewesen sein? Ich habe dort keinen Bekannten gesehen. Und ich weiß von keinem aus unser Gruppe, der auf den Drachenfels wollte. Außer uns natürlich.«

»Ist sie zuhause schon irgendwann einmal abgehauen oder zumindest für kurze Zeit verschwunden?«

»Nein, auch nicht. Sie geht überhaupt nicht so gerne weg, schon gar nicht alleine. Sie ist eher so eine ... wie sagt man ... Stubensitzerin.«

»Stubenhockerin, meinst du?«

»Genau. Eine richtige Stubenhockerin ist sie.«

»Ist Maria denn sportlich? Turnt sie gerne? Könnte sie tatsächlich irgendwo am Berg beim Klettern abgestürzt sein und wurde nur noch nicht gefunden?«

»Nein. Maria ist ein ruhiges Mädchen, kein wilder Junge. Sie liebt Gymnastik und sie tanzt gerne. Aber toben mag sie nicht.« Verständnislos und fast empört schaute Giulia Peroni die Kommissarin an.

»Wenn du sicher ausschließt, dass Maria dort oben beim Klettern verunglückt sein kann oder auf eigene Faust losgezogen ist, dann bleibt nur eine einzige Möglichkeit: Jemand muss sie mitgenommen haben«, folgerte Jäger. Was allerdings gar nicht so einfach gewesen sein kann, überlegte sie, denn Maria war ja anscheinend fast die ganze Zeit in Begleitung von Giulia und Alex oder den anderen aus der Gruppe. Es gab kaum eine Gelegenheit, sie unbemerkt zu schnappen.

»Ist dir denn beim Ausflug unterwegs, entweder schon unten in Königswinter oder auf dem Weg zum Drachenfels, irgendwer aufgefallen? Oder auch später auf dem Plateau? Kam dir jemand merkwürdig vor? Hat euch jemand beobachtet? Oder hast du jemanden mehrmals gesehen, der euch vielleicht sogar verfolgt haben könnte?«

Giulia Peroni schloß die Augen und überlegte angestrengt. Sie rief sich die Ereignisse des Tages nacheinander ins Gedächtnis. Wie

71

ein Film liefen die gespeicherten Bilder in ihrem Kopf ab. Doch sie hatte nichts Merkwürdiges wahrgenommen, ihr fiel kein Verdächtiger ein.

»Hast du eigentlich mit irgendwem aus der italienischen Reisegruppe Probleme?«, fragte Jäger beiläufig, aber in etwas energischerem Ton.

»Um Gotteswillen, nein! Warum auch?« Giulia war entsetzt. »Wir kennen die meisten Leute kaum. Viele haben wir im Bus das erste Mal getroffen. Und die anderen Menschen sind Freunde. Wir haben keinen Ärger, wirklich nicht.«

»Auch nicht zuhause? Hast du dort vielleicht mit irgendjemandem Probleme, der euch heimlich hinterhergereist sein könnte? Der diese Tour als besonders günstige Gelegenheit nutzen wollte? Weil er hier ja eigentlich nicht sein sollte, ihn also niemand erwartet und kaum jemand kennt. Deshalb könnte für ihn die Chance groß sein, euch hier zu schaden, ohne dass ihm irgendwer auf die Schliche kommen kann.«

»Nein, nein! Auch das nicht. Wir sind eine ganz einfache, brave italienische Familie.«

»Aber möglicherweise hattest du mal mit jemandem Ärger und denkst nur gerade nicht mehr daran …«

»Nein, nein, nein«, platzte es aus Giulia Peroni heraus, die kurz davor war, die Fassung zu verlieren. »Wir hatten noch nie Feinde und wir haben keine Feinde, nicht zuhause in Italien und erst recht nicht hier in Deutschland. Glaub mir das bitte.«

»Klar, glaube ich dir. Aber irgendeinen Ansatz muss es geben. Habt ihr Geld? Oder ist jemand in eurer Familie reich?«

Giulia Peroni lachte schrill auf und schüttelte heftig den Kopf. »Schön wär's! Wir haben leider gar nix.«

»Wirklich? Was machst du denn beruflich, Giulia? Wo arbeitest du? Könnte in deinem Job oder in der Firma, in der du beschäftigt bist, ein Motiv liegen?«

»Ich arbeite als Fremdsprachenkorrespondentin in einer Pastafabrik in unserer Nachbarstadt Bergamo. Die Pasta sind echt super.«

72

»Gibt es da vielleicht ein besonderes Betriebsgeheimnis? Ein erfolgreiches, wertvolles Rezept, für das sich eine Erpressung lohnen würde.«

»Damit habe ich nix zu tun. Aber ich glaube es eigentlich nicht. Unsere Pasta ist so lecker, weil wir ganz spezielle Formen aus Bronze verwenden. Die machen die Oberfläche rauer. Deshalb bleibt die Soße besser an der Pasta haften und es schmeckt einfach besser. Aber das weiß doch jeder.«

»Aha. Was ist denn mit deinem Chef? Ist der reich?«, fragte Jäger beharrlich weiter. »Wäre er unter Umständen bereit, für dein Kind Lösegeld zu bezahlen? Hältst du das für möglich?«

»Ja, das kann ich mir gut vorstellen. Mein Chef ist kein armer Mann und er ist ein wirklich guter Chef. Er würde uns ganz bestimmt helfen.«

Alexander Hopp wurde es langsam zu viel, ihm gingen diese Spekulationen eindeutig zu weit. »Lass es bitte gut sein, Jana!«

»Wieso das denn? Wir haben doch noch nichts.«

»Das habe ich mitbekommen. Aber was macht es jetzt für einen Sinn, über mögliche Motive einer Entführung nachzudenken, wenn es noch keinerlei Anzeichen für eine Entführung gibt? Bisher hat sich doch kein Entführer gemeldet. Oder habe ich etwa was verpasst?«

»Nein, Alex, nichts. Bisher ist keine Entführung angezeigt. Aber sie wird wahrscheinlicher, mit jeder Minute, die verstreicht, ohne dass wir die Kleine finden. Wenn wir schnell eine plausible Hypothese aufstellen würden, könnten wir uns konkreter vorbereiten. Damit wären wir einen ganz wichtigen Schritt weiter.«

»Wieso? Das ist doch Stochern im Nebel. Woher willst du wissen, ob eine plausibel klingende Hypothese tatsächlich der richtige Ansatz ist? Die kann noch so realistisch klingen und trotzdem total falsch sein.«

»Ja, das kann sein«, gab Jäger zu, »genauso wie sie exakt stimmen kann. Die Chance steht fiftyfifty, deshalb will ich sie nutzen. Denn das ist deutlich besser als nichts. Und bisher haben wir

73

nichts, absolut gar nichts. Wir brauchen aber schnellstmöglich einen Ansatz, damit die Ermittlung erst einmal ins Rollen kommt.«

»Und wenn sich überhaupt kein Entführer meldet? Was dann?«

»Dann kann Maria trotzdem entführt worden sein und wir müssen vom Schlimmsten ausgehen.«

Diesen letzten Satz hatte Jana Jäger ganz leise gesprochen. Erleichtert, die quälende Befragung endlich überstanden zu haben, hatte sich Giulia wieder in die Ecke des Sofas gekauert. Überraschend meldete sie sich ein paar Minuten später wieder zu Wort. »Ich habe eine wichtige Sache vergessen.«

»Was denn, Giulia?«, fragten Jana und Alexander unisono.

»Maria ist nicht ganz gesund. Sie hat einen Fehler im Herzen. Ein kleines Loch. Das kann aber große Probleme machen.«

»Welche Probleme? Und wann kommen die?«, hakte Jana aufgeregt nach.

»So ein Flimmern. Und Störungen im Rhythmus. Und auch Schwindel im Kopf.«

»Okay, Giulia. Wann passiert das?«

»Wenn sie sich besonders anstrengt. Auch wenn sie sich ganz stark aufregt. Und natürlich, wenn sie ihre Medizin nicht nimmt.«

»Ihre Medizin?«

»Herztropfen. Die braucht sie jeden Tag.«

74

Schlechte Chancen

Insgeheim ging Jana Jäger längst vom Schlimmsten aus. Eine klassische Entführung, um Lösegeld oder einen anderen materiellen Vorteil zu erpressen, hielt sie für unwahrscheinlich. Diesen Fall konnte sie sich bei aller kriminalistischen Phantasie schlecht vorstellen: Wer sollte denn der Entführer sein? Woher könnte er Giulia und Maria kennen? Wie sollte er von dem Ausflug zum Drachenfels erfahren und den Tathergang geplant haben? Welchen sachlichen Hintergrund könnte es für die Entführung geben? Was könnte überhaupt die konkrete Forderung sein, wenn die Peronis kein Vermögen besaßen? Giulias Befragung hatte, wie erwartet, keinen brauchbaren Hinweis geliefert.

Die Hauptkommissarin hielt ein Gewaltverbrechen mit sexuellem Hintergrund für viel wahrscheinlicher. Solche Fälle häuften sich in jüngster Zeit. Immer wieder wurden Kinder entführt und vom Täter für widerliche pornografische Zwecke missbraucht. Oder sie wurden nach der Entführung direkt an einen Kinderpornoring weiterverkauft. Die wunderschöne, zierliche Maria wäre ein ideales Opfer für ein solches Verbrechen. Und selbst wenn es wider Erwarten auf eine Entführung mit Lösegeldforderung hinauslief, standen Marias Chancen schon rein statistisch schlecht. Denn die meisten Entführungen hatten leider kein Happy End. Die verschleppten Kinder kamen selten lebend zurück, selbst wenn das geforderte Lösegeld gezahlt wurde. Jana Jäger wurde speiübel bei diesem Gedanken.

Gleich in ihren ersten Berufsjahren als junge Polizistin musste sie einen spektakulären Fall miterleben: die Entführung eines kleinen Jungen, die in einer Tragödie endete. Von dem Vater, einem bundesweit bekannten und schwerreichen Industriellen, war ein extrem hohes Lösegeld gefordert worden – fünf Millionen Euro. Trotz aller Warnungen der Polizei und Ratschläge von Vorstandskollegen seines Unternehmens hatte er die Summe ohne jedes Verhandeln und Taktieren sofort bezahlt. Aber das Kind wurde nicht frei gelassen.

Am letzten Schultag vor den Sommerferien war der kleine Max auf dem Heimweg abgepasst und in ein nahegelegenes, eingerichtetes Versteck am Waldrand gelockt worden. Noch am gleichen Abend war der Entführer zum Haus der Familie gefahren und hatte seinen Erpresserbrief mit der Lösegeldforderung in den Briefkasten geworfen. Bis dahin hatten die Eltern Max zwar vermisst und bei einigen Freunden angerufen, um ihn zu suchen. Aber weil Max unternehmungslustig war und viele Leute kannte, hatten sie sich noch keine ernsthaften Sorgen gemacht und deshalb auch nicht die Polizei alarmiert.

Am nächsten Morgen hatte die Familie den Brief des Entführers in der Post gefunden. Darin forderte ein kurzer Text, der aus kleinen Zeitungsschnipseln zusammengeklebt war, die Geldübergabe müsse in der kommenden Nacht an einer ruhig gelegenen Grillhütte im Stadtwald stattfinden. Und auf keinen Fall dürfe die Polizei eingeschaltet werden.

Trotz dieser Forderung hatten sich die Eltern sofort hilfesuchend an die Polizei gewandt. Bei der nächtlichen Geldübergabe hatte die Polizei den Park geschickt überwacht und den Mann schnell eindeutig identifiziert. Anschließend war der arbeitslose und hoch verschuldete ehemalige Buchhalter des Unternehmens lückenlos observiert worden. Als er in den folgenden 24 Stunden jedoch überhaupt keine Anstalten gemacht hatte, sich um seine Geisel zu kümmern oder den Jungen, wie angekündigt, freizulassen, hatte ihn die Polizei festgenommen.

Max war dann tot im Keller des Hauses seines Entführers aufgefunden worden. Der Mann hatte ihn bereits am Tag nach der Entführung, noch vor der Übergabe des Lösegeldes, mit einer über den Kopf gestülpten Plastiktüte erstickt. In den knapp dreißig Stunden zwischen seiner Entführung und der Ermordung hatte er den Jungen zudem mehrfach brutal missbraucht und misshandelt. Viel später waren dann grauenvolle Missbrauchsbilder von dem

76

Kleinen aufgetaucht. Zuerst im Darknet und danach auf einschlägigen Portalen im Internet. Von den anstandslos gezahlten fünf Millionen Euro Lösegeld fehlte nach wie vor jede Spur.

Verzwickte Situation

Am späten Abend machte sich Alexander Hopp mit Hund Elvis auf seine favorisierte Abend-Runde – den Weg rund um die große Lichtung auf der Anhöhe von Pech zwischen dem Sportplatz und dem Nachbardorf Villiprott. Genau genommen beschrieb dieser Weg ein Viereck, aber für Hopp war das eben seine Sportplatz-Runde. Wenn möglich ging er mit Elvis dreimal täglich vor die Tür: morgens noch vor dem Frühstück für eine Viertelstunde, dann irgendwann mitten am Tag, so wie es Arbeit und Termine erlaubten, und abends noch einmal kurz vor dem Schlafengehen. Nicht nur Elvis brauchte diese Gassigänge, sondern auch Hopp. Die regelmäßige Bewegung an der frischen Luft tat ihm gut. Damit schaffte er es immer wieder, den Kopf freizubekommen und zumindest nicht völlig außer Form zu geraten – in konditioneller wie generell in körperlicher Hinsicht. Wenn er verhindert war und Jana ausnahmsweise die Gänge mit Elvis übernahm, dann merkte er abends beim Zubettgehen, wie sehr sie ihm fehlten.

Die täglichen Hunderunden waren nun sein Sport, quasi Ersatz für das intensive Training, das er in jungen Jahren als Leistungssportler regelmäßig absolviert und irgendwann regelrecht gebraucht hatte. Damit musste er jetzt auskommen, denn seine Knochen spielten nicht mehr mit. Früher hatte er Handball gespielt, alle Juniorenklassen absolviert und war zuletzt in der höchsten Nachwuchsliga des Landes aktiv gewesen. Der Einsatz war damals ziemlich intensiv gewesen, dreimal in der Woche Training und am Wochenende Meisterschafts- oder Pokalspiele.

Darüber hinaus hatte er vor, während und nach seiner Handballerzeit so ziemlich alle Sportarten ausprobiert, die irgendwie mit Bällen zu tun hatten: Fußball, Basketball, Volleyball, Tennis, Squash. Ballspiele interessierten ihn einfach am meisten, pures Laufen oder Schwimmen motivierte ihn nicht. Doch nach diversen kleinen Brüchen an Händen und Füßen, zwei Knieoperationen und einem Riss der Achillessehne war das ein für allemal vorbei. Das Risiko einer erneuten schweren Verletzung bei den vielen Stop- und Go-Aktionen in Ballsportarten war Alexander Hopp zu groß. Vor allem der Riss der Achillessehne war höllisch gewesen. Solch extremen Schmerz wollte er auf keinen Fall mehr erleben. Damals hatte er auf dem Sportplatz kurz das Bewusstsein verloren. Noch heute wurde ihm fast schlecht, wenn er sich nur daran erinnerte. Da ihn jedoch keine ungefährlichere Sportart ohne Balleinsatz ausreichend reizte, um sie selbst aktiv betreiben zu wollen, nutzte er wenigstens die Runden mit seinem Hund, so gut es eben ging.

Elvis schnupperte extrem interessiert an einem Holzpfosten am Wegesrand, was Hopp irgendwie an seine eigene Situation erinnerte. Beim *Kurier* war er seit Jahren die Spürnase vom Dienst. Immer wieder stöberte er spannende Themen auf und konnte sich beim Enthüllen der Zusammenhänge und Hintergründe auf seinen Instinkt verlassen. Er recherchierte leidenschaftlich gern und puzzelte dann die einzelnen Erkenntnisse geschickt zu spannenden Geschichten zusammen. Er war Reporter durch und durch, neugierig, clever und erfahren. Ihm machte so schnell niemand ein X für ein U vor. Dafür war er bekannt, deshalb wurde er von Kollegen geachtet und Vorgesetzten geschätzt. Nicht nur bei dem rheinischen Boulevardblatt, sondern auch bei den drei überregionalen Medien, die er als freiberuflicher Korrespondent mit exklusiven Geschichten aus der Region belieferte.

Aber jetzt, wie sollte er mit dem Fall der verschwundenen Maria journalistisch umgehen? Einfach so weit wie möglich alle bekannten Fakten zusammenfassen und schnellstens darüber berichten? Oder erst einmal abwarten und die Sache gegenüber der Chefredaktion verschweigen? Hopp war hin- und hergerissen. Was sprach eigentlich dafür und was dagegen? Das Verschwinden der kleinen Italienerin bei einem Ausflug zum sagenumwobenen Drachenfels war an sich zweifellos ein spektakuläres Thema. Das könnte groß aufgemacht werden und würde sich bestimmt super verkaufen – einerseits. Aber andererseits war er selbst direkt involviert. Er war der Gastgeber von Maria. Er war persönlich vor Ort gewesen, hatte sie und ihre Mutter bei diesem Ausflug zum Drachenfels begleitet. Er hatte Maria aus den Augen verloren, ihr Verschwinden erst gar nicht bemerkt und sie dann nicht wiederfinden können. Irgendwie trug er sogar Mitschuld an diesem tragischen Vorfall. Er war also eine der Hauptfiguren in der Geschichte. Ihm fehlte jegliche professionelle Distanz zu diesem Fall. Er konnte doch schlecht über sein eigenes Versagen berichten.

Journalistisch war diese Gemengelage völlig inakzeptabel. Außerdem waren die Fakten mehr als dünn. Genau genommen gab es so gut wie keine, die mehr als eine kurze Meldung wert gewesen wären. Was sollte er schon schreiben? Er wusste ja gar nicht, was überhaupt passiert war. Hatte sich das Kind verirrt und würde vielleicht in wenigen Stunden wohlbehütet zurück sein? Oder war es entführt worden? Aber warum? Und zu welchem Zweck? Das war alles völlig unklar, denn bisher hatte sich niemand zu einer Entführung bekannt, es gab keinerlei Anweisungen oder Forderungen. Nicht zuletzt fürchtete Hopp auch, mit einem voreiligen, womöglich halbgaren Bericht die Ermittlungen zu stören. Dann bekäme er gehörigen Stress mit Jana. Das würde sie ihm mächtig übelnehmen und bestimmt nicht so schnell verzeihen. Das wusste er aus leidvoller Erfahrung.

Immer wieder hatten sich ihre beruflichen Wege bei spektakulären Fällen gekreuzt, wobei die persönlichen Motive oft kollidierten. Zwar brauchte die Polizei hin und wieder die Reichweite der Medien, um die Bevölkerung in ihrem Sinne gezielt zu mobilisieren. Doch das kam eher selten vor. Am liebsten wollte sie die Journaille aus taktischen Gründen so lange heraushalten und ungestört unter Ausschluss der Öffentlichkeit ermitteln, bis ein Fall gelöst war. Hopps Job erforderte jedoch das genaue Gegenteil. Er musste schnellstmöglich über aktuelle Schwerverbrechen berichten und der Polizei dabei kritisch auf die Finger schauen, was aber meistens zu gravierenden häuslichen Problemen geführt hatte. Was also tun? Alexander Hopp war hin- und hergerissen, irgendwie ratlos. Er konnte schlecht mit Situationen umgehen, die er nicht unter Kontrolle hatte.

Dieses deprimierende Gefühl war für Hopp alles andere als neu. Zum ersten Mal hatte er es zu Beginn der Oberstufenzeit auf dem Gymnasium Mitte der neunziger Jahre kennengelernt. Damals war er in eine komplizierte Situation geraten, die ihn innerlich zerriss. Er steckte regelrecht in der Zwickmühle. Kurz vor Ende des Schuljahres stand eine wichtige Lateinarbeit an, die wahrscheinlich über seine Versetzung entscheiden würde. Zwei Klassenkameraden waren zuvor in das Büro des Hausmeisters eingestiegen und hatten dort eine Kopie der Prüfungsaufgaben geklaut, vervielfältigt und dann an alle Klassenkameraden verteilt. Alexander wusste, dass das ein schwerwiegendes Vergehen war. Glatter Betrug, moralisch nicht zu rechtfertigen. Ihm war auch klar, dass gerade er, als Schulsprecher zu besonderer Loyalität verpflichtet, diese Sache nicht decken konnte. Die ethische Position war also sonnenklar, einerseits.

Aber andererseits konnte er doch nicht einfach zwei Schulkameraden verpfeifen, die sich im Interesse fast der ganzen Klasse, und nicht zuletzt auch in seinem eigenen Interesse, die Finger schmutzig gemacht hatten und die womöglich von der Schule fliegen würden, wenn ihnen das Vergehen nachgewiesen werden konnte. Hopp selbst stand in Latein auf der Kippe, mit einer Fünf auf dem Zeugnis wäre er sitzengeblieben. Und er war in Latein so schwach, diese tote Sprache war ihm derart fremd und unzugänglich, dass er wenig Hoffnung hatte, sich bei einer drohenden Wiederholung der Klasse entscheidend zu verbessern. Wenn er jetzt konzentriert für die bekannten Aufgaben dieser einen Lateinarbeit lernte, konnte er ganz besonders von der speziellen Art der Vorbereitung profitieren. Was also tun? Was lassen? Folgte er dem Altruismus oder dem Egoismus? Wie er sich auch entschied – es fühlte sich falsch an. Er hasste solche Zwickmühlen.

81

Für dieses Dilemma fand er einen Notausgang. Es war eine Kompromisslösung, die sowohl seinem Gerechtigkeitssinn als auch seinem Bedürfnis nach Kameradschaft und Verlässlichkeit einigermaßen genügte, auch wenn sie ihm nicht wirklich gefiel. Nach Schulschluss steckte er einfach eine Kopie der Aufgabenstellung in den Briefkasten des Sekretariats. Anonym, ohne jede weitere Erklärung. Damit war die Schulleitung darüber informiert, dass die vorgesehene Lateinarbeit irgendwie in die Klasse gesickert sein musste. Damit hatte er weder den Diebstahl gedeckt, noch die Klassenkameraden verraten.

Der Aufruhr war groß. Mehrere Tage befragten der Lateinlehrer und der Klassenlehrer immer wieder einzelne Schüler, wie denn die Lateinarbeit in Umlauf gekommen sei und wer die Aufgaben geklaut habe. Doch alle Klassenkameraden hielten dicht. Niemand wurde bestraft. Auch wer die Aktion verraten hatte, kam nicht heraus.

Eine Woche später als ursprünglich geplant fand dann die Lateinarbeit statt. Mit neuen und viel schwereren Aufgaben. Alexander Hopp schrieb eine Fünf. Am Ende des Schuljahres blieb er sitzen.

Heikle Gespräche

Nach dem trübsinnigen Frühstück rief Hopp in der Chefredaktion des *Kurier* an. Nikola Schnell sei noch in einer Besprechung mit dem Chef von Dienst, wimmelte ihn ihre Sekretärin so hochnäsig wie immer ab. Wahrscheinlich war sie gerade wieder dabei, sich die künstlich verlängerten Fingernägel zu lackieren. In mehrfacher Hinsicht waren beide Damen einander ziemlich ähnlich: gleich schnippisch, gleich aufgedonnert und gleich eingebildet. Die Chefin werde aber demnächst zurückrufen, versprach die Sekretärin kühl. Fünf Minuten später war es tatsächlich soweit.

»Was gibt es, Sie Starreporter? In einer halben Stunde ist Redaktionskonferenz. Ich brauche Futter«, eröffnete Chefredakteurin Schnell gewohnt jovial das Gespräch.

Dieses kumpelhafte Getue seiner neuen Chefin konnte Hopp partout nicht ausstehen, weil er es längst als völlig verlogen entlarvt hatte. Nikola Schnell war nicht kollegial, nicht hilfsbereit und schon gar nicht menschenfreundlich. Sie war fast krankhaft ehrgeizig und rücksichtslos. Die Lebensumstände ihrer Leute interessierten sie nicht die Bohne. Ihr ging es um ihre Karriere, ihr Image und in letzter Konsequenz um ihr Bankkonto. Und zwar ausschließlich.

Schnells Vorgänger Paul Flecken war ein völlig anderes Kaliber gewesen. Ein Menschenfänger, der andere im Nu für sich einnehmen und überzeugen konnte. Ein begnadeter Journalist, der seine Redaktion geschickt mit Empathie führte. Und eine ehrliche Haut, auf die man sich jederzeit verlassen konnte. Flecken hatte das Boulevardblatt in den vergangenen zehn Jahren erst richtig groß gemacht. Und Flecken hatte sich hartnäckig um Hopp bemüht, ihn in mehreren intensiven Gesprächen zum *Kurier* gelotst. Er brauchte einen bekannten Reporter, der sich mit spektakulären Enthüllungsgeschichten einen Namen gemacht und dafür Preise

83

gewonnen hatte, um die Stellung der Zeitung im immer härter werdenden Wettbewerb zu behaupten. Er brauchte Alexander Hopp.

Seit fast zwei Jahren war Flecken im Ruhestand. Diese talentfreie, arrogante Tochter des Verlegers hatte den souveränen Chefredakteur abgelöst. Die fehlende Kompetenz beim Blattmachen versuchte sie krampfhaft durch ihre große Klappe zu kompensieren. »Schicki Niki«, nannten sie ihre Mitarbeiter, machmal auch »Zicki Niki«.

Hopp kannte nicht einen einzigen Menschen beim *Kurier*, der sie mochte oder zumindest respektierte.

»Ist mir klar, dass Sie neuen Stoff wollen«, antwortete Hopp der Chefredakteurin, »deshalb rufe ich ja an. Ich kann heute leider nicht dabei sein und will Ihnen ein paar Themen vorschlagen.«

»Wieso können Sie schon wieder nicht kommen? Sie machen sich in letzter Zeit ganz schön rar.«

Wenn du mir weiter so auf den Sack gehst, mache ich mich demnächst noch rarer, dachte Hopp verärgert. »Ich treffe mich gleich mit einem Informanten, der angeblich den Pferderipper kennt, der hier in Wachtberg seit Monaten sein Unwesen treibt«, antwortete er gelassen.

»Was soll das denn? Darüber haben Sie doch schon mal geschrieben...«

»...ja, klar, einen ersten Situationsbericht. Aber vielleicht kann ich die Sache jetzt aufklären.«

Seit dem Sommer häuften sich brutale Attacken gegen Pferde im Drachenfelser Ländchen. Begonnen hatte es Mitte Juli auf einer abgelegenen Weide bei Werthoven, wo zwei junge Stuten durch tiefe Messerstiche im Genitalbereich lebensgefährlich verstümmelt worden waren. Ein Tierarzt konnte die Pferde jedoch retten. Danach passierte drei Wochen lang nichts, ehe in der Nacht vom 6. auf den 7. August ein junger Hengst in einem Stall in Villip schwer an den Nüstern verletzt wurde – wieder durch ein Messer. Auch dieses Tier überlebte. Eine Woche später kam es in direkt

84

aufeinander folgenden Nächten zu brutalen Messerangriffen auf zwei Sportpferde in Niederbachem und Pech. Beiden wurde tiefe Schnitte am Hals zugefügt. Der junge Hengst konnte gerettet werden, doch die Stute aus Niederbachem erlag wenig später ihren Verletzungen. Obwohl die Fälle sich stark unterschieden, ging die Polizei von demselbem Täter aus. Ihrer Analyse nach war alles das Werk eines von Verstümmelungen besessenen Irren. Den besorgten Stallbesitzern und Pferdehaltern riet die Polizei deshalb, ihre Tiere nachts nicht mehr auf der Weide zu lassen und alle Ställe gut abzuschließen. Zusätzlich empfahl sie sogar, Sicherheitssysteme wie Überwachungskameras und durch Bewegungsmelder aktivierte Scheinwerfer zu installieren. Da zudem nicht weit entfernt im rechtsrheinischen Teil des Rhein-Sieg-Kreises drei weitere Pferde brutal aufgeschlitzt worden waren, hatte die Kripo die spezielle Ermittlungsgruppe Koppel eingerichtet.

»Das wäre doch ein Knüller, wenn ich diesen Wahnsinnigen jetzt überführen könnte«, sagte Hopp emotionslos und fand es in diesem Moment selbst wenig überzeugend.

»Knüller? Was Sie nicht sagen«, spottete Nikola Schnell und zerknüllte dabei mit ihrer Linken das oberste Blatt vom Notizblock. Sie versuchte, das Knäuel in den Papierkorb zu werfen, und verfehlte um Längen, was sie noch mehr verärgerte. »Ich glaube, von Zeiten gehört zu haben, als Sie noch ein anderes Verständnis von Knüllern hatten. Irgendwie scheinen Ihnen mittlerweile die professionellen Maßstäbe verrutscht zu sein.«

Jetzt wurde Hopp so langsam sauer. Am liebsten hätte er darauf ähnlich beleidigend geantwortet. Zum Beispiel: Im Gegensatz zu dir habe ich wenigstens professionelle Maßstäbe. Stattdessen sagte er: »Warten Sie ab, Frau Schnell. Das wird ein starkes Stück. Sie wissen doch – kleine Kinder und Tiere ziehen immer. Und ganz besonders bei uns hier in Wachtberg, wo es fast mehr Pferde und Hunde gibt als Menschen.«

»Was haben Sie denn sonst noch?«, fragte Schnell ziemlich ungehalten.

85

»Einen detaillierten Vorbericht zur Kulturwoche, den kann ich morgen auf jeden Fall liefern.« Alexander Hopp grinste bei diesem Vorschlag vor sich hin. Er wusste, was jetzt kommen würde. »Lassen Sie mal stecken, Hopp. Den soll die Volontärin schreiben. Dafür sind Sie mir zu teuer. Liefern Sie mir verdammt nochmal den Ripper.« Nikola Schnells Stimme wies einen drohenden Unterton auf. »Außerdem will ich Sie die nächsten Tage hier in der Redaktion sehen. Wir müssen dringend einmal ausführlich unter vier Augen reden.« Sie legte auf, ohne sich zu verabschieden.

Erleichtert atmete Hopp tief durch. Zwar war seine Chefredakteurin stinksauer und der große Anschiss wahrscheinlich nur vertagt, aber er hatte schon jetzt, bei diesem Telefongespräch, einen deutlich unangenehmeren Verlauf befürchtet. Nikola Schnell wusste offensichtlich noch nichts von Marias Verschwinden. Und erst recht nicht von seiner persönlichen Verwicklung in diese Geschichte. Das war gut. Das war wichtig. Damit hatte er wertvolle Zeit gewonnen. Das sollte erst einmal so bleiben. Er war sich nun sicher, mit seinem Schweigen die richtige Entscheidung getroffen und vernünftig gehandelt zu haben.

Kreidebleich öffnete Josephine Franzen Alexander Hopp die Tür. Ihre sonst so gebändigt liegende Lockenpracht stand buchstäblich zu Berge. Auch sie hatte die Nacht über anscheinend kaum ein Auge zugetan. »Gut, dass du kommst, Alex«, begrüßte sie ihn nervös. »Ich hätte dich sonst gleich angerufen.«

Hopp nickte nur kurz zur Begrüßung und berichtete ihr, dass Jana inzwischen die Ermittlungen im Fall Maria aufgenommen habe und dass sie vorschlage, alle Vorstände der drei Partnerstädte offen und ehrlich zu informieren, aber einstweilen um Vertraulichkeit zu bitten. Die Besucher sollten nicht unnötig beunruhigt werden. Sie selbst wolle sich dann im Laufe des Tages melden, um alle zu befragen, die Giulia und Maria kannten.

»Das hatte ich mir auch ungefähr so überlegt«, sagte Franzen. »Mit den italienischen und französischen Kollegen wird das sicher

86

keine Probleme geben. Trotzdem wäre es vielleicht nicht schlecht, Alex, wenn du bei dieser Besprechung dabei sein könntest. Mir wäre dann wohler, schließlich hast du alle wichtigen Informationen aus erster Hand. Du warst auf dem Drachenfels dabei als Maria verschwand und du bist eben direkt von Jana instruiert worden.«

Neun Augenpaare starrten Hopp und Franzen schockiert an, als sie die schreckliche Nachricht überbrachten. Die versteinerten Mienen schwankten zwischen Fassungslosigkeit und blankem Entsetzen. Eine Minute lang herrschte eine unglaubliche Stille. Man hätte ein Staubkorn fallen hören können.

»Die Polizei hat gestern sofort die Ermittlungen übernommen«, ergriff Franzen mit belegter Stimme wieder das Wort. »Sie suchen Maria mit allen verfügbaren Kräften. Sie werden sie bestimmt bald finden und der Schrecken nimmt ein schnelles Ende.«

»Das glaube ich auch«, ergänzte Hopp behutsam. »Ich kann mir nicht vorstellen, dass Maria etwas Schlimmes passiert ist.«

Lorenzo Baggio, der erste Vorsitzende der italienischen Delegation, schüttelte zweifelnd den Kopf. Natürlich hoffte auch er, Maria sei nichts geschehen und die Sache würde gut ausgehen. Doch insgeheim befürchtete er das Gegenteil. Zu oft hörte und las man von den schrecklichsten Verbrechen an kleinen Kindern. Am liebsten wollte er das Partnerschaftsprogramm sofort abbrechen, seine italienische Gruppe nach Hause schicken und stattdessen nur zusammen mit seiner Frau Sofia in Wachtberg bleiben, um der bedauernswerten Giulia Peroni beizustehen.

Das werde so sicherlich nicht gehen, erklärte Hopp, dem klar war, dass die Polizei nach und nach alle Teilnehmer der Reisegruppe befragen müsste, falls die Sache sich nicht so rasch wie erhofft aufklären ließe.

Hannes Dörfler, Franzens Stellvertreter, wandte ein, dass ein überstürztes Ende des Partnerschaftstreffens weder Maria noch Giulia helfen würde. Möglicherweise wäre es für die einzelnen Reiseteilnehmer sogar besser, hier in Wachtberg zu bleiben, um

87

die Entwicklung des Falles aus nächster Nähe zu verfolgen. »Sonst machen sie sich noch mehr Sorgen als unbedingt nötig.«

Auch Josephine Franzen war entschieden gegen einen vorzeitigen Abbruch der Veranstaltung. »Wir sollten jetzt nicht voreilig handeln. Wir haben doch alle soviel geleistet, damit dieses Treffen hier in diesem großen Rahmen stattfinden kann. Sie alle in Frankreich und Italien und natürlich auch wir hier in Wachtberg, wo nun dutzende Familien ihnen gute Gastgeber sind.« Sie hielt kurz inne und sah allen der Reihe nach gutmütig in die Augen.

»Wir sollten das nicht alles aufgeben. Deshalb schlage ich vor, dass wir weitermachen, aber das Programm ändern. Lasst uns die Tage ruhiger und besinnlicher gestalten als geplant und alle Belustigungen abblasen. Wer möchte, kann an gemeinsamen Spaziergängen hier im Ländchen teilnehmen oder in einer kleinen Gruppe die schönen Museen in Bonn besuchen oder einfach etwas individuell mit seiner Gastfamilie unternehmen. Die Gala heute Abend wird auf jeden Fall abgesagt.«

Fast alle in der Runde nickten zustimmend. Auch der skeptische Lorenzo Baggio schloß sich der Mehrheitsmeinung an. Der Vorsitzende der französischen Gruppe kippelte nervös mit seinem Stuhl, während seine Gattin fahrig die Knopfleiste ihrer Bluse befummelte. Niemand wollte noch etwas ergänzen. Niemand widersprach. So würde es also gemacht werden.

»Um eine wichtige Unterstützung muss ich Sie alle aber im Namen der Polizei noch bitten«, sagte Hopp. »Behalten Sie diese Informationen bitte vorerst für sich. Reden Sie möglichst mit niemandem außerhalb dieses Kreises hier über Marias Verschwinden. Zumindest so lange nicht, bis die Polizei uns etwas anderes empfiehlt. Wenn die Sache zu früh an die Öffentlichkeit dringt, könnte das die Ermittlungen empfindlich stören.«

88

Allgemeine Verunsicherung

Schon an der Haustür des kleinen gepflegten Fachwerkhauses, in dem die Wengers mitten im Wachtberger Ortsteil Villip wohnten, bemerkte Alexander Hopp den charakteristischen süßen Duft: Waffeln! Drinnen wurden Waffeln gebacken. Frau Wenger öffnete ihnen, die Kochschürze umgebunden, und schloss Giulia Peroni auf der Schwelle wortlos in die Arme. Hopp verschränkte die Arme hinter dem Rücken und wartete geduldig, bis die beiden Frauen sich wieder voneinander gelöst hatten. Dann begrüßte auch er Frau Wenger freundlich und bedankte sich erst einmal artig für ihre Hilfsbereitschaft. Kurz erklärte er ihr, dass er jederzeit per Handy zu erreichen sei und überreichte eine Visitenkarte mit seinen Kontaktdaten. Wenn er nichts weiter von ihnen höre und auch nichts Ungewöhnliches im Laufe des Tages passiere, käme er Giulia am späten Nachmittag wieder abholen.

Im Haus wurde Giulia Peroni von ihrer Freundin Laura Sansone erwartet. Sie hielt ihren Sohn Luca an der Hand und stand wie angewurzelt mitten im Wohnzimmer zwischen wuchtiger Schrankwand und ausladendem Wohnzimmertisch aus deftigem Eichenholz. Auch Laura begrüßte Giulia mit einer festen und langen Umarmung. Dann gingen sie gemeinsam in die Küche, um Frau Wenger beim Waffelbacken Gesellschaft zu leisten.

»Wie geht es dir heute?«, fragte die Hausherrin, während sie mit einem großen Schöpflöffel eine neue Portion zähflüssigen Teigs in das heiße Waffeleisen füllte.

»Nicht so gut«, antwortete Giulia, »ich habe fast nicht geschlafen. Ich habe so große Angst um Maria. Ich kann an nix anderes mehr denken.« Dabei tippte sie geistesabwesend die Spitze ihres rechten Zeigefingers in den Waffelteig und leckte ihn genüsslich ab. »Hmmh, lecker. Ich liebe Waffeln.«

»Wie soll man in so einer fürchterlichen Situation auch schlafen können? Wir sind alle sehr besorgt um Maria und haben

89

gestern Abend lange zusammengesessen und überlegt, was auf dem Drachenfels passiert sein könnte. Wie Maria verschwunden sein könnte. Und vor allem, wohin. Aber wir finden einfach keine Erklärung.« Ohne richtig hinzusehen, nahm Frau Wenger geschickt die nächste dampfende Waffel aus dem Eisen, dessen kleine Betriebsleuchte gerade von rot auf grün umgeschaltet hatte.

»Ich hoffe, die Polizei findet Maria bald oder zumindest schnell eine Spur von ihr. Jana Jäger, die Frau von Alexander, ist Kommissarin und sucht mit ihren Kollegen nach ihr. Sie macht das bestimmt gut, ich vertraue ihr«, erklärte Giulia, »aber sie verlangt von uns allen, dass wir mit niemandem darüber reden. Das ist offensichtlich ganz wichtig für die Polizei!«

»Das kann ich mir denken«, antwortete Frau Wenger, wobei sie vorsichtig eine neue Ladung Teig in das Waffeleisen goss. »Die Polizei will natürlich ungestört ihre Arbeit machen können. Da können sie keinen großen Rummel gebrauchen. Wir haben bisher mit niemandem über Marias Verschwinden gesprochen, und wir werden es auch ganz sicher nicht tun. Warum auch?«

Maria war müde. Maria war verschreckt. Und Maria verstand die Welt nicht mehr. Wo war sie hier? Der Raum war klein und roch muffig. Aus einem Fenster, das von einem grün lackierten, rissigen Holzladen verdeckt war, drang schummriges Tageslicht herein. Das Fenster lag leider so hoch, dass sie nicht durch einen der Risse hinausgucken konnte, um die Umgebung zu sehen.

Aber sie hörte immer wieder laute Verkehrsgeräusche vor dem Haus. Also konnte sie hier nicht in der Wohnung von Alex sein. Dort war es sehr leise, und außerdem sahen alle Zimmer, die sie kannte, ganz anders aus. Sie hatte noch nicht schlafen können. Vor Aufregung, weniger weil es draußen so laut war. Damit hatte sie kein Problem. Zuhause in Italien war es tagsüber auch laut, eine vielbefahrene Hauptstraße führte an der Wohnung vorbei. Das störte sie nicht mehr, wenn sie Mittagsschlaf machen musste. Daran hatte sie sich mit der Zeit gewöhnt.

90

Wie spät es jetzt wohl war? Die Nacht war sicherlich längst vorbei. Ihrem Gefühl nach musste es seit Stunden wieder hell sein. Bestimmt war sie schon einen ganzen Tag hier. Warum eigentlich? Wo war ihre Mama bloß, und weshalb hatte sie überhaupt zugelassen, dass sie jetzt ganz allein irgendwo in einem fremden Haus war? Wieso hatte ihre Mama sie noch immer nicht abgeholt? Hier in Deutschland war so vieles völlig anders als zuhause in Italien. Zu Anfang des Besuchs hatte sie das interessant gefunden. Die Leute, die sie bisher kennengelernt hatte, schienen ziemlich nett zu sein. Auch wenn ihre Sprache merkwürdig rau klang und sie kein Wort davon verstehen konnte. Aber was sollte sie jetzt hier in diesem Haus? Bei dieser merkwürdigen fremden Person, die sie immer so durchdringend ansah und dabei so seltsam lächelte. Vorhin hatte man ihr warmes Essen gebracht. Kartoffeln mit pappiger brauner Soße und irgendeinem Stück Fleisch. Das sah gar nicht lecker aus und roch auch unappetitlich. Sie hatte es nicht angerührt, obwohl sie mittlerweile einen Bärenhunger hatte. Aber sie mochte das Essen einfach nicht.

Die herumliegenden Spielsachen mochte sie ebenfalls nicht: hässliche Playmobilfiguren aus buntem Plastik und kleine Puzzles mit Bildern von Burgen und Bauernhöfen. Die Motive fand sie langweilig und die Puzzles mit hundert Teilen viel zu einfach. Das war Babykram. Die Puzzles hätte sie in wenigen Minuten zusammengesetzt. Außerdem war das ja gar nicht ihr eigenes Spielzeug. Also packte sie das alles nicht an. Sie spielte nicht gern mit fremden Sachen.

Hoffentlich musste sie nicht mehr allzu lange hier auf dieser abgewetzten, fleckigen Matratze hocken. Und hoffentlich würden die Übelkeit und das Schwindelgefühl im Kopf bald aufhören. Der Doktor hatte ihr sehr streng erklärt, dass sie die Tropfen jeden Tag nehmen müsse. Dass sie die Medizin auf keinen Fall vergessen dürfe, weil das nämlich ganz gefährlich für ihr kleines Herz werden könne. Jetzt hatte sie aber keine Digitalis-Tropfen dabei. Hoffentlich würde ihre Mama bald kommen.

Konträre Prioritäten

Wie immer, wenn Frank Streffer mit Jana Jägers Verhalten nicht einverstanden war, traute er sich nicht, das Problem offen und direkt anzusprechen. Er druckste dann er erst einmal herum, schlich wie die Katze um den heißen Brei, ehe er mit der Sprache herausrückte.

»Meinst du nicht, wir sollten, beziehungsweise du solltest endlich mit dem Chef reden?«, fragte er vorsichtig, während er den blauen VW Passat aus der Polizeiflotte rückwärts in eine Parkbucht vor dem Evangelischen Gemeindezentrum in Niederbachem lenkte. Dabei schaute er mehr nach rechts zu der schweigsamen Kollegin auf dem Beifahrersitz, als in Rückspiegel und Seitenspiegel des Wagens.

Die Kollegin zupfte nachdenklich ein paar Fusseln von ihrem Pullover und zuckte dann unschlüssig die Schultern. »Wieso sollten wir? Das ist nicht sein Fall. Noch sind die Kollegen vom Vermissten-Kommissariat am Zug. Außerdem dürfte Pinsel längst über Marias Verschwinden informiert sein. Seit der großen Suchaktion gestern Nachmittag in Königswinter ist alles im System erfasst. Die Zuständigkeit für den Fall geht sowieso automatisch an KK 11 über, wenn die Kleine tatsächlich entführt worden sein sollte. Oder falls zumindest alles für eine Entführung spricht. Für den Moment sollte der Erste Hauptkommissar also ausreichend im Bilde sein. Und mehr als wir weiß er jetzt auch nicht. Also kann er uns nicht weiterhelfen.«

Streffer missfiel diese Antwort, obwohl er sie ungefähr so erwartet hatte. Er versteifte sich, kniff zweifelnd die Augen zusammen und sah Jäger nun direkt an. »Das mag sein. Trotzdem kannst du ihn in einem so wichtigen Fall nicht einfach links liegen lassen. Egal, ob er direkt zuständig ist oder nicht. Außerdem ist das, streng genommen, genauso wenig dein Fall. Wir sind nicht an der Reihe. Noch nicht.«

»Das wird aber hundertprozentig so kommen. Spätestens morgen. Also lege ich schon mal los.«

»Dann informiere Peter Paul Pinsel kurz. Sonst wird er dir das sehr übelnehmen. Was Formalitäten angeht, ist er mehr als pingelig, du kennst ihn doch.«

»Dann soll er halt beleidigt sein«, konterte Jäger patzig und wendete sich demonstrativ zum Fenster in der Beifahrertür, als ob sie sich die Neubauten auf der anderen Straßenseite ansehen wollte. »Jetzt schnell das Nötigste in Gang zu bringen halte ich für wichtiger, als die hierarchischen Ansprüche unseres Chefs zu befriedigen. Wenn wir erst auf die andere Rheinseite ins Präsidium fahren müssen, um uns dort den offiziellen Segen des Ersten Hauptkommissars zu holen, und dann wieder zurück nach Wachtberg, haben wir den halben Tag verplempert.«

»Dann ruf ihn wenigstens an und erkläre ihm die Situation, ehe du dich weiter in der Sache engagierst«, beharrte Streffer. »Dann kann und wird PPP dir nichts am Zeug flicken. Er wird diesen Fall ganz sicher sehr ernst nehmen und uns wahrscheinlich jede Unterstützung besorgen.«

»Ist ja schon gut, ich mache es gleich, wenn dich das beruhigt. Allerdings sehe ich noch nicht, was zusätzliche Kollegen momentan überhaupt tun sollten. Wir haben nicht die geringste Ahnung, keine Spur, keine Hypothese und schon gar keinen Plan.« Jäger öffnete die Wagentür und stieg aus. Frank Streffer schüttelte leicht verzweifelt den Kopf, zog den Schlüssel aus dem Zündschloss, griff sein Notizbuch und folgte ihr widerwillig.

Gerade wollte Streffer den Klingelknopf drücken, da öffnete Josephine Franzen bereits die Tür. Sie hatte den Dienstwagen der Polizei vor dem Gebäude einparken sehen und im Flur gewartet. Alle Vorstandsmitglieder des Forums Freunde in Europa und ihre italienischen und französischen Kollegen, die gerade eben von Franzen und Hopp über die fürchterliche Situation informiert worden waren, saßen mit betretenen Mienen um einen großen Konferenz-

93

tisch in einem kleinen, hellen Veranstaltungssaal. Neun zumeist ältere, in Ehren ergraute Persönlichkeiten, vier Damen und fünf Herren, sahen sie erwartungsvoll an. Jana Jäger stellte sich und ihren Kollegen Streffer kurz vor, wobei beide wie einstudiert synchron ihre Dienstausweise zückten. Dann bat sie höflich darum, ein Fenster öffnen zu dürfen, weil die Luft im Raum ziemlich verbraucht und stickig war. Schließlich setzten sie sich zu den anderen auf zwei freie Plätze neben Franzen am Kopf des Tisches.

Nachdem sie alle Personalien aufgenommen hatten, formulierte Jäger vorsichtig die erste Frage: »Hat jemand von Ihnen eine Idee, wo die kleine Maria stecken könnte?« Drei der Anwesenden schüttelten sofort ihre hängenden Köpfe, die anderen reagierten gar nicht. Sie starrten sie ebenso reglos wie verständnislos an. »Lasst mich das kurz ins Französische und Italienische übersetzen. Nicht alle hier sprechen Deutsch«, klärte Franzen die beiden Polizisten auf, die sie gut kannte. Nachdem sie die Frage rasch in beiden Sprachen wiederholt hatte, schüttelten auch alle anderen ihre Köpfe. Niemand sagte einen einzigen Ton.

Große Hoffnungen, dass diese Befragung sie einen entscheidenden Schritt weiter bringen würde, hatte Jäger ohnehin nicht gehabt. Aber nun schwante ihr, dass sich die Angelegenheit nicht nur mühselig, sondern auch noch fruchtlos gestalten würde. Die Atmosphäre im Raum war merkwürdig: Die Leute waren zwar physisch präsent, schienen aber gedanklich abwesend oder zumindest unkonzentriert zu sein. Sichtlich verspannt hockten sie auf ihren Stühlen. Vor allem die ausländischen Besucher wirkten durch die Anwesenheit der Polizei stark eingeschüchtert. Das kam allerdings bei Vernehmungen oft vor, Jäger und Streffer kannten das Problem. Durch eine geschickte und einfühlsame Gesprächsführung konnten sie diese Hemmschwelle meist durchbrechen.

Hier schien das wegen der Sprachbarriere aber unmöglich zu sein. Zwar gab sich Josephine Franzen als Dolmetscherin alle Mühe, doch welche Frage der Polizei sie auch übersetzte, die Antwort war immer wieder die gleiche. »Keine Ahnung«, wie Giulia

94

Peroni und ihre Tochter daheim lebten. Ob sie oder jemand in ihrer Familie vermögend waren? »Wissen wir nicht.« Konnte es denn sein, dass sie mit anderen Reiseteilnehmern Probleme hatten? »Theoretisch möglich, ist uns aber nicht bekannt.« Was sonst der Grund für Marias Verschwinden bei dieser Reise sein könnte? »Können wir uns auch nicht erklären.« Diese Leute schienen Giulia Peroni und ihre kleine Tochter kaum zu kennen. Oder sich merkwürdig wenig für sie zu interessieren. Und ein französisches Paar machte den Eindruck, sogar regelrecht Angst zu haben. Sie zitterten auffallend, was nicht an der Temperatur liegen konnte. Es war warm und stickig in diesem Raum. Immerhin versprachen alle, sich diskret in ihren Reisegruppen umzuhören und sich sofort bei Jäger oder Streffer zu melden, wenn sie auch nur den kleinsten Hinweis bekämen.

Unter Verdacht

Wie von Frank Streffer vorhergesehen, war der Erste Hauptkommissar extrem geladen. »Was fällt Ihnen eigentlich ein, einfach eigenmächtig zu ermitteln? In einem Vermisstenfall, der überhaupt nicht unser Bier ist! Und wie kommen Sie dazu, mich nicht umgehend über das Verschwinden des Kindes zu informieren?« Er brüllte mehr, als dass er sprach. Sein runder, kahler Kopf war hochrot angelaufen.

Jana Jäger saß ihm mit verschränkten Armen und finsterer Miene gegenüber und gab sich kämpferisch. Von diesem Choleriker wollte sie sich definitiv nicht unterkriegen lassen.

»Sagten Sie nicht gerade, der Fall sei nicht unser Bier?«

»Ja, sagte ich. Und wieso ermitteln Sie trotzdem seit gestern in dieser Sache?«

»Ich hielt es für das Beste, so schnell wie möglich etwas zu unternehmen. Die ersten Stunden sind ja bekanntlich besonders wichtig, weil die Spuren schnell kalt werden. Deshalb wollte ich keine Zeit verlieren. Und jetzt habe ich Sie doch gerade umfassend informiert.«

»24 Stunden nach dem Verschwinden der kleinen Italienerin. Ganze 24 Stunden. Wovon Sie mehr als die Hälfte schon für Ihren Alleingang genutzt haben. In einem Fall, für den zu allem Überfluss sowieso die Kollegen vom KK 12 zuständig sind. Das kann alles nicht Ihr Ernst sein. Das ist völlig inakzeptabel. Das will und werde ich mir nicht bieten lassen. Wenn sich das hier jeder erlauben würde, könnten wir die komplette Inspektion gleich dichtmachen. Sie lassen sofort die Finger von dieser Sache. Verstanden?«

»Aber alle Suchmaßnahmen haben nichts ergeben. Wir müssen davon ausgehen, dass das Mädchen entführt worden ist. Dass sein Leben in größter Gefahr ist. Damit wird es doch automatisch unser Fall.«

96

»Mag sein, geht Sie aber trotzdem nichts an. Sie sind raus. Mir bleibt gar keine andere Wahl, als Sie von diesem Fall abzuziehen. Schon aus rein disziplinarischen Gründen.«

»Mich abziehen? Sie belieben zu scherzen …«

»Nein. Mir ist nicht zum Scherzen zumute. Das meine ich vollkommen ernst«, antwortete Pinsel ungerührt. »Was nichts damit zu tun hat, was ich eigentlich von Ihnen halte. Wie Sie schon mitgekriegt haben dürften, schätze ich Ihre Qualitäten als Ermittlerin. Wahrscheinlich sind Sie sogar die Beste in meiner Truppe. Aber Sie sind auch die Eigensinnigste und Widerspenstigste und Undisziplinierteste. Bei Weitem.«

Jäger starrte ihren Chef fassungslos an. Für einen Moment konnte sie nicht sprechen, was fast nie vorkam. Aber ihre Gedanken rasten: Was bildete sich dieser aufgeblasene Bürokratenarsch bloß ein? Verschanzte sich jeden Tag hinter seinem Schreibtisch, hatte von praktischer Ermittlungsarbeit keinen Schimmer und warf seinen Leuten mit übertriebenem Formalismus immer wieder Knüppel zwischen die Beine… Angestrengt dachte sie nach. Welches Argument hatte sie jetzt noch, das ihn vielleicht umstimmen könnte?

»Wenn Sie mich für die Beste in Ihrem Team halten, dann ist es wahrscheinlich wenig zielführend, ausgerechnet mich von diesem Fall abzuziehen. Wir sollten doch besser unsere volle Ermittlungspower auf die Suche nach Maria konzentrieren. Und dabei werde ich sicherlich gebraucht.«

Der Leiter der Mordkommission schnappte nach Luft und fuchtelte aufgeregt mit den Armen. Dann winkte er ab. »Bilden Sie sich nur nicht zu viel ein. Niemand ist unverzichtbar. Auch Sie nicht. Die Friedhöfe sind voll von vermeintlich Unverzichtbaren.«

»Wenn Sie meinen, Sie müssen es ja wissen. Sie sind schließlich der Boss hier«, konterte Jäger schnippisch und lächelte.

Auf diese ironische Spitze ging Pinsel nicht ein. Stattdessen wechselte er die Argumentationslinie und Tonlage. Betont sachlich und beunruhigend leise sprach er weiter. »Wenn ich recht informiert

97

bin, handelt es sich bei dem verschwundenen Mädchen um einen persönlichen Gast von Ihnen. Sie ist derzeit mit ihrer Mutter in Wachtberg zu Besuch und logiert in Ihrem Gästezimmer. Richtig?«

»Ja, das stimmt.«

Als Jana Jäger das zugab, wusste sie im gleichen Moment, dass sie die Auseinandersetzung verloren hatte. Ihre direkte Beziehung zu dem gesuchten Kind und potentiellen Entführungsopfer würde der Erste Kriminalhauptkommissar jetzt als entscheidendes Argument anführen, um sie tatsächlich kaltzustellen.

»Damit sind Sie unmittelbar in den Fall verstrickt, und wahrscheinlich sind Sie sogar emotional tangiert. Das kann ja auch gar nicht anders sein, bei einem so niedlichen kleinen Mädchen. Ihnen fehlt also jegliche professionelle Distanz zu dem Fall.« Dass ihr Chef diesen stärksten Trumpf ausspielen würde, hatte sie befürchtet. »Deswegen können Sie überhaupt nicht unbefangen und mit freiem Kopf in dieser Sache arbeiten. Das ist unprofessionell. Außerdem dürfen Sie das auch gar nicht, das widerspricht komplett den Dienstvorschriften. Sie sind jedenfalls raus aus dem Fall. Ende der Durchsage.«

»Wie stellen Sie sich das denn vor?«

»Was an ›Ende der Durchsage‹ haben Sie nicht verstanden?«

Jana Jäger ging auf diese bissige Nachfrage nicht ein. »Wie soll ich mich denn raushalten können? Gerade weil sich Giulia Peroni, die Mutter von Maria, bei uns aufhält! Die arme Frau ist völlig außer sich. Soll ich mich da als Polizistin ungerührt zu ihr aufs Sofa setzen, es mir gemütlich machen und den Herrgott einen guten Mann sein lassen? Während sie vor Angst fast durchdreht...«

»Sollen Sie nicht. Keine Sorge.«

Peter Paul Pinsel grinste selbstgefällig. »Ich werde Sie anderweitig zu beschäftigen wissen. Und damit kommen Sie noch glimpflich davon, falls der Leitende Kriminaldirektor angesichts Ihrer persönlichen Verstrickung nichts von Ihrem Alleingang erfährt. Unser gestrenger Kripochef wäre imstande, Sie auf der Stelle zu suspendieren.«

98

Eigentlich kam es so gut wie nie vor, dass Jana Jäger sich nicht zu helfen wusste. Doch ausgerechnet jetzt fand sie kein Argument, sah keinen Ausweg. Ratlos schaute sie aus dem Fenster des Chefzimmers, vor dem eine Straßenbahn gemächlich vorbeifuhr. Zwar hatte sie immer wieder mal Probleme mit Pinsel, der mit ihrer Eigeninitiative einfach nicht klarkam. Aber bisher hatte sie das gelassen aussitzen können. Denn meistens war seine Aufregung spätestens nach ein paar Tagen verflogen. Mit dieser harten und unnachgiebigen Reaktion hatte sie nicht gerechnet. Und der Erste Hauptkommissar holte nun gnadenlos zu seinem letzten Tiefschlag aus.

»Wie Sie wissen, kommen die Täter bei Kapitalverbrechen in den allermeisten Fällen aus dem direkten Umfeld der Opfer. Sie und Ihr Lebensgefährte Alexander Hopp gehören derzeit zum direkten Umfeld der verschwundenen Maria Peroni. Zwar ist noch nicht klar, was passiert ist, und ob überhaupt ein Kapitalverbrechen vorliegt. Aber Sie haben das ja eben sogar selbst vermutet. Und meine langjährige kriminalistische Erfahrung sagt mir, dass wir zwingend von einem Kapitalverbrechen ausgehen müssen.« Pinsel legte eine kurze dramaturgische Pause ein, um die Wirkung seiner Schlussfolgerung zu erhöhen. »Sie, Frau Hauptkommissarin, und Ihr Partner Alexander Hopp gehören somit automatisch zu den Verdächtigen. Hopp gewiss noch mehr als Sie, schließlich war er beim Verschwinden des Kindes auf dem Drachenfels höchstpersönlich dabei.«

Theoretisch und kriminalstatistisch hatte ihr Chef recht, das war Jana Jäger vollkommen klar. Aber diese Attacke war krass und für sie nicht nachvollziehbar. Sie war keine anonyme Nummer für ihn. Er kannte sie seit Jahren, sehr gut sogar. Er schätzte ihre Qualitäten, dessen war sie sich sicher. Das hatte er doch gerade selbst gesagt. Er hatte sie bisher gefördert. Er mochte sie wahrscheinlich auch, obwohl sie ihn ziemlich oft nervte. Wie konnte er sie dann dieses schweren Verbrechens verdächtigen: Entführung eines Kindes, oder einer noch schlimmeren Straftat? Wie konnte er sie jetzt einfach wie eine heiße Kartoffel fallen lassen? Nie zuvor erlebte Panikwellen überrollten sie. Ein fetter Kloß im Hals hinderte sie am Sprechen.

Was sollte sie jetzt noch hier?

Sie wollte gerade aufstehen und, ohne zu grüßen, den Raum verlassen, als Peter Paul Pinsel überraschend noch etwas fragte. »Was wissen Sie über die Peronis?«

»Wenig. Fast gar nichts. Ich kenne Giulia und die Kleine ja erst seit Donnerstagabend.« Jäger hatte keine Lust, jetzt noch ihrem Vorgesetzten eine Serie unsinniger Fragen zu beantworten. Er hatte sie gedemütigt, kalt gestellt und zur Verdächtigen abgestempelt. An den Ermittlungen würde er selbst sich wahrscheinlich auch kaum konstruktiv beteiligen. Das war normalerweise unter seiner Würde. Widerwillig knetete sie beidhändig die Fingerknöchel und vermied es, Pinsel in die Augen zu sehen.

»Geht das auch detaillierter?«

Missmutig zwang sie sich, zu berichten, was sie bisher miterlebt und erfahren hatte. Während sie weiter durch das Bürofenster die Umgebung des Präsidiums studierte, schilderte sie seltsam tonlos und in Kurzform, wie sie dank ihrer Freundschaft zu Josephine Franzen eher zufällig Gastgeber von Mutter und Tochter Peroni geworden waren und was das offizielle Programm des Treffens der Partnerstädte für dieses Wochenende eigentlich vorsah; dass sich vor allem Alex um die Besucherinnen kümmern wollte; was er ihr über den Ausflug zum Drachenfels und die Ereignisse auf dem Berg erzählt hatte; dass er Giulia und Maria auf Anhieb mochte und dass sie selbst auch einen richtig guten Eindruck von den beiden hatte.

Abschließend beschrieb Jana Jäger, wie die erste Befragung aller verantwortlichen Vorstandsmitglieder verlaufen war: »Ergebnislos. Keiner weiß etwas oder hat eine Idee. Und niemand scheint Giulia und Maria näher zu kennen.«

100

Zähe Ermittlungen

Auf dem Monitor von Streffers Computer poppte eine Termineinladung von seinem Chef auf: »Besprechung in fünf Minuten. Ort: Büro Erster Hauptkommissar«. Bestimmt ging es um die Ermittlungen im Fall Maria Peroni.

Streffer raffte schnell die Notizen seiner ersten Gespräche und Recherchen zusammen und ging den langen Flur entlang zum Arbeitszimmer von Peter Paul Pinsel. Außer ihm selbst erschien kein weiterer Kollege der Mordkommission, was ihn wunderte. Deshalb wartete er vorsichtshalber noch zwei Minuten vor der Tür. Als niemand mehr kam, klopfte Streffer an und wurde sofort hereingebeten.

»Ah, da sind Sie ja schon, mein Lieber«, begrüsste ihn Pinsel verdächtig überschwänglich. »Wir müssen das weitere Vorgehen bei der Suche nach der kleinen Italienerin besprechen. Nehmen Sie doch Platz.«

»Dachte ich mir schon, Chef«, antwortete Frank Streffer knapp und setzte sich auf den harten hölzernen Besucherplatz, der im Team nur Büßerstuhl genannt wurde und der vor dem theatralisch mitten im Raum thronenden Schreibtisch stand.

»Der Fall ist jetzt offiziell bei uns, weil eine Entführung zu befürchten ist. Deshalb richten wir umgehend eine Sonderkommission ein. Arbeitstitel ist übrigens Pechmariechen. Sie werden diese Soko unter meiner Gesamtleitung operativ führen, Streffer. Fürs erste bekommen Sie sieben Kollegen zur Unterstützung. Und sobald sich tatsächlich ein Entführer meldet, womit ich stündlich rechne, kommen ein paar Kollegen vom LKA aus der Beratungsgruppe für Entführungen dazu.«

»Ich soll die Soko leiten? Wieso ich und nicht Hauptkommissarin Jäger oder zumindest wir beide gemeinsam?«

»Weil ich Jäger wegen ihres disziplinlosen, eigenmächtigen Alleingangs von dem Fall abgezogen habe. Das war ja nicht das erste Mal. Solche Solonummern lasse ich mir von niemandem gefallen. Auch von ihr nicht.«

»Aber damit schaden wir uns nur selber, Chef. Das Team braucht ihr Gespür, ihre Ideen und ihre Kombinationsgabe dringend.« Streffer wusste ganz genau, dass niemand in der Mordkommission seine Partnerin ersetzten konnte.

»Keine Widerrede, Streffer. Die Sache ist entschieden, Jäger ist raus, und Sie übernehmen ihre Rolle. Und damit kommt sie noch gut weg. Ich hätte sie wegen ihrer wiederholten Extravaganzen auch sofort suspendieren können. Was der Leitende Kriminaldirektor an meiner Stelle ganz sicher getan hätte.«

»Das ist nicht fair. Das hat die Kollegin nicht verdient. Weil ...«

»... ob Sie das für unfair halten und was sie Ihrer Ansicht nach verdient oder nicht verdient, interessiert mich nicht. Das Gespräch ist hiermit beendet«, unterbrach ihn Pinsel in deutlich autoritärerem Ton. »Machen Sie sich gefälligst an die Arbeit. Über die wichtigsten Ermittlungsschritte will ich auf dem Laufenden gehalten werden. Und zwar möglichst mehrmals am Tag. Sollten weitere Einsatzmaßnahmen oder personelle Verstärkung benötigt werden, fordern Sie die direkt bei mir an. Verstanden?«

Frank Streffer fühlte sich wie von einer Dampfwalze überrollt. Sein Blick fixierte die altmodische Rolodex-Kartei auf dem Schreibtisch. Angestrengt dachte er nach. Konnte er sich Pinsels Anweisungen widersetzen? Sicher nicht. Konnte er dessen Entscheidungen noch irgendwie beeinflussen? Wohl kaum. Was könnte er jetzt überhaupt noch erreichen? Wenig. Er musste sich wohl oder übel dem Kommando des Ersten Hauptkommissars beugen. Mürrisch stellte er eine letzte Forderung.

»Dann organisieren Sie mir bitte so schnell wie möglich die Hundestaffel. Wir müssen als erstes den ganzen Drachenfels noch einmal gründlich durchkämmen. Die Suchtrupps konnten gestern nichts finden. Und unser Wunderhelikopter mit supersensiblen Kameras auch nicht. Vielleicht wittern die Hunde wenigstens eine Spur der kleinen Maria, die wir dann verfolgen können.«

»Okay, Streffer, Sie kriegen die Hunde, und ich informiere in der Zwischenzeit alle Kollegen, die zur Sonderkommission stoßen sollen. Bringen Sie mir dafür nach dem Einsatz der Spürnasen schnellstmöglich diesen Hopp hierher. Wir müssen unbedingt mit ihm reden.«

Knapp zwei Stunden später trafen fünf Beamtinnen der Diensthundeführerstaffel mit ihren Tieren auf dem Parkplatz des Lemmerzbades unterhalb des Drachenfelsgipfels ein. Streffer wunderte sich, dass die Hunde, allesamt Malinois, die kurzhaarige Variante des Belgischen Schäferhundes, ausnahmslos von Polizistinnen geführt wurden. Kommissarin Eva Backes, die teamleitende Beamtin, stellte ihm ihre Kolleginnen und deren Hunde Rocky, Balou, Lucky, Sugar und Pepper vor. »Wie fast überall bei der Polizei setzen auch wir hier in Bonn besonders auf diese Rasse«, erklärte sie Streffer, der vor allem von Rocky angetan war. Dieser junge braunschwarze Rüde war bildschön und strotzte förmlich vor Kraft. Er gefiel ihm fast noch besser als Elvis, der braune Labrador von Jana Jäger und Alexander Hopp. Ihn mochte Streffer besonders gern. Allerdings kannte er auch kaum andere Hunde.

»Malinois sind besonders mutig, zeigen eine sehr kontrollierte Aggressionsbereitschaft, ihr Umwelt- und Sozialverhalten ist stimmig und ihr Spieltrieb sehr ausgeprägt. Wegen diesr Kombination ihrer prägnantesten Eigenschaften sind sie hervorragend für unsere Polizeiarbeit geeignet«, dozierte Backes stolz. Drei der fünf Malinois, darunter Rocky, stammten aus der landeseigenen Zucht für Polizeihunde auf Schloß Holte-Stuckenbrock in der Nähe von Gütersloh. Und alle hatten gemeinsam mit ihren Führerinnen, bei denen sie auch privat außerhalb des Dienstes lebten, eine spezielle Schulausbildung absolviert.

Gespannt und voller Vorfreude saßen die athletischen Tiere nun neben ihren Führerinnen auf dem Parkplatz und warteten ungeduldig auf den Einsatz. Für sie war die anstehende Suche ein spannendes Spiel. Frank Streffer hatte sich bei Giulia Peroni eine getragene Mütze und einen Pullover von Maria ausgeliehen, damit die Hunde die Witterung des Mädchens aufnehmen konnten. Gründlich durchkämmte die Staffel als erstes das Waldgebiet unterhalb des Gipfels. Dabei wusste jeder Malinois genau, was er zu tun hatte. Hochkonzentriert beschnupperten die Tiere jeden Stein und jedes Gebüsch, zogen ihre Führerinnen kraftvoll immer weiter voran. Ein Blick, ein Klick, ein Wort seiner Führerin, und Rocky checkte schwanzwedelnd eine Schutzhütte am Wegesrand. Keine Spur von Maria, also ging es weiter bergauf.

Zwei Hundeführerinnen machten mit ihren Tieren einen kurzen Abstecher den Eselsweg hinunter bis zur Nibelungenhalle. Diesem verwitterten Kuppelbau sah man sein Alter wahrlich an. Anfang des zwanzigsten Jahrhunderts war er zum einhundertsten Geburtstag des Komponisten Richard Wagner eröffnet worden. Die mystische Jugendstilhalle sollte die Stelle würdigen, wo Siegfried der Sage nach den Drachen getötet haben könnte. Das berüchtigte Ungeheuer vertraten mittlerweile einige harmlose und müde vor sich hin dösende Reptilien. Auf Lucky und Sugar machten die sediert wirkenden Echsen wenig Eindruck. Die beiden Polizeihunde beschnüffelten kurz alle Ecken des Gebäudes, witterten aber nichts. Also folgten sie im Laufschritt den anderen bergauf zum Drachenfels.

Erst oben auf der Aussichtsplattform hatten die Hunde die ersten Erfolgserlebnisse: Pepper richtete sich plötzlich auf, steckte ihren Kopf in einen Abfalleimer, roch kurz daran, wedelte mit dem Schwanz – und schlug an. Irgend etwas von Maria musste in diesen Behälter stecken. Fast im gleichen Moment zeigte Balou einige Meter entfernt aufgeregt den Fund einer weiteren Spur des Mädchens an, die alle Tiere begeistert verfolgten. Nun häuften sich die gewitterten Erfolgserlebnisse. Die Hunde rannten nach links und rechts zum Geländer des Plateaus, hinauf zur Burgruine, wieder herunter und schließlich direkt zur Haltestelle der Zahnradbahn. Hier blieben sie abrupt stehen und sahen ratlos ihre Führerinnen an. Hier verloren sie die Witterung, hier endete offensichtlich die

Spur. Maria musste mit der Drachenfelsbahn zu Tal gefahren sein. Sicher nicht alleine.

Am Ausgang der Talstation im Zentrum von Königswinter setzte die Staffel wenig später die Suchaktion fort. Sofort nahmen alle Hunde die Witterung von Maria wieder auf und zogen in Richtung Rheinufer. Am Bahnübergang in der Drachenfelsstraße stoppten sie kurz, prüften mit ihren Nasen gründlich die T-Kreuzung, bogen nach rechts in die Wilhelmstraße ab und liefen weiter bis zum Bahnhof. Dort endete die Suche. Die Belgischen Schäferhunde verloren endgültig die Spur des Kindes. Damit war die Ausgangsfrage, was Maria passiert war, mit ziemlicher Sicherheit geklärt. Sie war definitiv nicht auf dem Berg verunglückt. Jemand hatte sie mitgenommen und in der Zahnradbahn bergabwärts befördert. Unten waren beide zu Fuß zum Bahnhof gelaufen und mit einem Zug weitergefahren. Nur in welche Richtung?

Auf dem Rückweg rief Streffer aus dem Auto sofort Jana Jäger an und berichtete ihr von der Suchaktion und ihrem ersten konkreten Ergebnis. Sie wussten jetzt wenigstens, dass Maria auf dem Drachenfels nicht verunglückt war. Mit an Sicherheit grenzender Wahrscheinlichkeit war sie zuerst per Zahnradbahn und anschließend mit einem Zug aus Königswinter entführt und weggebracht worden. Das bewiesen die Spuren eindeutig. Doch mit wem war sie unterwegs gewesen? Und vor allen Dingen – wohin?

Einige Sekunden reagierte Jana Jäger überhaupt nicht auf die neuen Informationen. Dann gab sie sich ungewöhnlich distanziert und kurz angebunden.

»Dachte ich mir.«

Frank Streffer war irritiert, ließ sich aber nicht von seinem eigentlichen Anliegen abbringen. »Ohne dich, Jana, komme ich nicht wirklich weiter. Das hat so wenig Sinn. Ich möchte mit dir zusammen nach Maria suchen.«

»Es ehrt mich, dass du das sagst, aber daraus wird nichts. Ich wurde von dem Fall abgezogen.«

»Weiß ich. Pinsel hat mich heute informiert.«

»Dann sollte dir klar sein, dass ich mich nicht einmischen darf. Und du darfst mich gar nicht einbinden. Wenn das rauskommt, werden wir beide gefeuert. Das weißt du doch, Frank. Und das willst du ganz sicher nicht riskieren.«

»Nein, eigentlich nicht. Trotzdem ist mir das im Moment reichlich wurscht. Es ist weder fair noch sachdienlich, dass Pinsel dich kaltgestellt hat. Ich akzeptiere das einfach nicht. Lass uns weiter zusammen arbeiten, informell und diskret. So vorsichtig wie möglich. Das kriegen wir doch hin.« Streffer ließ einfach nicht locker.

Bis zum vereinbarten konspirativen Treffen mit ihrem Partner blieb Jana Jäger noch eine knappe Stunde Zeit. Sie war aufgewühlt. Die Degradierung durch den Kommissionschef ging ihr deutlich stärker an die Nieren, als sie wahrhaben wollte. Und das Drängen von Frank Streffer verunsicherte sie. Sollte sie wirklich darauf eingehen? Würde sie sich mit weiteren Nachforschungen im Fall Peroni nicht noch stärker in die Nesseln setzen? Sie musste sich dringend abreagieren. Um sich beim Judo auszutoben, reichte die Zeit nicht. Ihr war danach, sich etwas Gutes zu gönnen. Kurz entschlossen griff sie zum Mobiltelefon.

»Hallo, Frau Balken, sind Sie da?«

»Ja, klar. Das hören Sie doch.« Die Frisörmeisterin lachte.

»Klar. Entschuldigung. Ich bin etwas durch den Wind. Ich meinte eigentlich, ob Sie Zeit für mich haben?«

»Wann?«

»Jetzt.«

»Jetzt gleich? Dann kommen Sie mal schnell her, Mädchen.«

Keine zehn Minuten später saß Jana Jäger im Frisörstuhl von Meisterin Clara Christina Balken. »Wie immer?«

»Ja, bitte. Den Pony kürzen, rundum die Spitzen kappen und alles hübsch fluffig föhnen. Dann geht es mir bestimmt wieder besser.«

»Darf ich fragen, was los ist?«

Bereitwillig redete sich Jana ihren Ärger von der Seele. Sie erzählte die ganze Geschichte, angefangen vom Streit mit Alexander über das Verschwinden Marias und die erfolglose Suche bis hin zur Abstrafung durch ihren Chef. Danach fühlte sie sich deutlich besser. Zum Abschied zeigte sie der Frisörin ein Bild, auf dem Maria einen selbstgepflückten Blumenstrauß in beiden Händen hielt und glücklich in die Kamera lächelte. Clara Christina Balken versprach, sich vorsichtig umzuhören.

Wie vereinbart, traf sie Frank Streffer diskret am Wachtberger Einkaufszentrum auf dem kleinen Parkplatz hinter der Tankstelle. Sie ließen ihre Autos stehen und gingen, vorbei am Verteilerkreis, hinüber auf die andere Seite des Wachtbergrings zum Scheunenmarkt, dem Paradeladen des Obsthofes Schuster. Dieser erfolgreiche Betrieb unterhielt zahlreiche Obst- und Gemüsestände in der Region. Der Scheunenmarkt war mit Abstand das größte und ungewöhnlichste Geschäft des Obsthofes in der Gegend. Frank Streffer wollte eigentlich den Inhaber sprechen, doch der Chef war leider auf Terminen. Statt seiner gesellte sich eine kräftige, dunkelhaarige Mitvierzigerin zu den Polizisten und stellte sich als Betriebsleiterin Franziska Hauser vor. Kaum hatte sie Jäger und Streffer die Hand gegeben, schaute sie bereits ungeduldig auf ihre Armbanduhr.

»Womit kann ich Ihnen helfen? Ich habe wenig Zeit.«

»Da sind Sie nicht die Einzige. Das hören wir öfter«, meinte Jana Jäger spitz und lächelte säuerlich.

Frank Streffer zeigte der Betriebsleiterin ein aktuelles Foto von Maria. Dasselbe, das Jäger gerade im Frisörsalon präsentiert hatte, auf dem die Kleine den Blumenstrauß in beiden Händen hielt.

»Haben Sie dieses Mädchen schon einmal gesehen?«, fragte er ohne Umschweife.

»Nein. Wieso? Sollte ich?«

»Hätte ja gut sein können. Immerhin gehen tagtäglich viele Menschen hier ein und aus. Da hören und sehen Sie bestimmt viel. Und diese ungewöhnlich hübsche Kleine bleibt einem doch in Erinnerung.«

»Das mag sein«, sagte Frau Hauser unkonzentriert, während ihr Blick kritisch zwei Angestellte verfolgte, die gerade die Gemüsefächer auffüllten. »Ich habe sie aber wirklich noch nie gesehen. Warum fragen Sie überhaupt nach ihr? Was ist mit dem Kind?«

»Wir suchen sie«, antwortete Jana Jäger denkbar knapp. »Können Sie das Bild möglichst an alle Mitarbeiter in allen Verkaufsstellen weiterleiten, damit sie die Augen offen halten? Das wäre sehr hilfreich für uns.«

»Natürlich.« Die Betriebsleiterin nickte wenig begeistert. Jana Jäger bat sie noch um ihre Mobilnummer, damit sie das Foto sofort per Handy übermitteln konnte. »Bitte, melden Sie sich umgehend, wenn Sie von ihren Leuten irgendetwas Sachdienliches erfahren.«

Das Dahlien-Hotel in Niederbachem war die größte der drei Herbergen in der Gemeinde Wachtberg. Karla Epstein, die Chefin des Drei-Sterne-Hauses, reagierte ähnlich wie zuvor die Betriebsleiterin des Scheunenmarktes. Auch sie war akut gestresst. Sie musste gerade eine elfköpfige Gruppe einquartieren, deren Buchung aus unerfindlichen Gründen nicht aufzufinden war. »Suchen Sie das Kind? Ist es verloren gegangen?«

»Ja. Leider«, sagte Streffer. »Wir müssen Sie aber bitten, die Sache vorerst nicht an die große Glocke zu hängen. Das würde uns überhaupt nicht helfen.«

»Nein, natürlich nicht. Die arme Mutter muss ja umkommen vor Angst. Ich kann Ihnen aber bedauerlicherweise nicht dienen. Das Mädchen habe ich noch nie gesehen.«

Jana Jäger hatte nichts anderes erwartet. Das wäre ein sehr ungewöhnlicher Glückstreffer gewesen. »Vielleicht könnten Sie ja diskret die Augen offen halten«, bat sie Frau Epstein abschließend.

Auch die Hotelchefin versprach, die Polizei sofort zu benachrichtigen, wenn es etwas zu vermelden gäbe.

108

Metzgermeister Eddie Fuchs wollte schon gehört haben, dass in einer der Besuchergruppen etwas Schlimmes passiert sei. »Hier an der Theke wird so einiges erzählt.« Aber auch er hatte Maria noch nie gesehen und wusste im Grunde genauso wenig wie die anderen befragten Geschäftsleute. Doch sein Laden in Pech galt als die heimliche Nachrichtenzentrale von Wachtberg. Deshalb lohnte sich ein Besuch bei ihm immer, selbst wenn man nichts von seinen exzellenten hausgemachten Wurst- und Fleischwaren kaufen wollte. Als jahrelange Kundin war sich Jana Jäger noch immer nicht sicher, was bei Fuchs besser war, seine Leberwurst oder sein Humor.

»Soviel zum Thema Vertraulichkeit und Verschwiegenheit im Kreise unserer Freunde in Europa«, sagte Jäger süffisant zu Streffer, als sie die Metzgerei verlassen hatten. »Die Geschichte macht schon die Runde. Bald weiß hier jeder über das Verschwinden von Maria Bescheid. Wir müssen uns schnell etwas einfallen lassen.«

Streffer sah sie zweifelnd an. »Ist es denn überhaupt sinnvoll, weiterhin so unauffällig zu ermitteln? Vielleicht sollten wir die Strategie komplett auf den Kopf stellen.«

»Da bin ich mir nicht so sicher. Zumal wir ja jetzt wissen, dass Maria entführt worden sein muss. Da kann uns zu viel öffentliche Aufmerksamkeit sehr schnell schaden.«

»Schwierige Entscheidung«, sagte Streffer. »Was hältst du davon, wenn wir den Mittelweg einschlagen? Wenn wir ganz kontrolliert in die Region hineinhorchen?«

»Was meinst du damit, Frank?«

»Wir halten die Medien nach wie vor raus, aber aktivieren per Funk die Bediensteten im ÖPNV von Bonn und dem Rhein-Sieg-Kreis und alle Taxifahrer. Die kriegen doch ziemlich viel mit.«

Gestörtes Verhältnis

Peter Paul Pinsel, Janas Chef, hatte Hopp noch nie leiden können. Diesen großen, gut aussehenden, selbstsicheren Typ fand er widerlich. Einfach zum Kotzen. Der Kerl war so ziemlich das genaue Gegenteil von ihm selbst, und das passte Pinsel ganz und gar nicht. Während er sich meist miesepetrig durch die Widrigkeiten des Alltags kämpfte, war Hopp immer gut gelaunt, wenn man ihm begegnete. Er hatte Humor, was man vom Ersten Hauptkommissar nicht behaupten konnte. Er schien sich regelmäßig zu bewegen und topfit zu sein, während Pinsel beim Treppensteigen spätestens im dritten Stock die Puste ausging. Dieser Schönling besaß dichtes und kräftiges gewelltes blondes Haar. Pinsel hingegen war seit seinem dreißigsten Geburtstag unweigerlich auf die Vollglatze zugesteuert, die er nun seit Jahren unglücklich trug. Hopp schien ziemlich beliebt zu sein und etliche gute Freunde zu haben. Bei größeren Veranstaltungen war er meist von Leuten umringt, was Pinsel alles abging. Und Hopp hatte eine tolle Frau – Jana Jäger, die begabte Hauptkommissarin seiner Abteilung. Peter Paul Pinsel, der seit Jahren allein lebte, war eifersüchtig auf ihn. Was er sich allerdings nicht eingestand.

Am meisten störte ihn aber an diesem Kerl, dass er zu allem Überfluss auch noch Journalist war. Ausgerechnet Journalist. Angehörige dieser Berufsgruppe waren für den Leiter der Mordkommission, unabhängig von ihrer individuellen Erscheinung, bereits aus professionellen Gründen das reinste Ärgernis. Schlimm genug, dass er sie manchmal brauchte und dass er auf ihre Hilfe angewiesen war, wenn er schnell die Bevölkerung mobilisieren wollte und deshalb mit der Journaille kooperieren musste. Grundsätzlich hielt er diese Leute für Schmierfinken, die unwichtiges Zeug schrieben. Bestenfalls. Denn wenn es richtig schlecht lief, was leider oft der Fall war, störten sie ganz erheblich seine Arbeit: Wenn sie zum Beispiel auf eigentlich gesicherten Tatorten herumtrampelten und Spuren zerstörten. Wenn sie entgegen eindeutigen polizeilichen Anweisungen heimlich und auf eigene Faust recherchierten. Wenn sie ohne vorherige Abstimmung in ihren Gazetten über Falldetails berichteten, von denen sie unerklärlicherweise erfahren hatten. Wenn sie Klarnamen von Verdächtigen veröffentlichten, die ihnen zugespielt worden waren. Wenn sie sich bei offiziellen Pressemeldungen der Polizei nicht an vorgegebene Sperrfristen hielten. Wenn sie Verdachtsmomente als Fakten darstellten. Wenn sie mit ihren Artikeln die Bevölkerung verängstigten, statt sachlich aufzuklären und die Situation zu beruhigen. Wenn, wenn, wenn ... Peter Paul Pinsel hätte diese Aufzählung von unerträglichen Störungen seiner Arbeit endlos fortsetzen können. Und dieser Boulevardschreiber Hopp erlaubte sich alle diese Dreistigkeiten – ohne Ausnahme. Dieser impertinente Typ war beim Verschwinden der kleinen Italienerin auf dem Drachenfels sogar vor Ort gewesen. Irgendetwas war da faul. Pinsel würde das in Erfahrung bringen. Er würde es förmlich aus ihm herauspressen, dessen war er sicher.

Zum Einstieg in die Vernehmung schlug der Erste Hauptkommissar einen freundlichen, fast anbiedernden Ton an. »Herr Hopp, darf ich Sie fragen, was Sie am Freitag auf dem Drachenfels wollten?«

»Waren Sie noch nie mit Gästen auf diesem berühmten Berg, um ihnen die sagenumwobene Ruine und die Schönheit des Rheinlands zu zeigen?«, antwortete Hopp spitzzüngig mit einer Gegenfrage.

»Sie wollen mir also allen Ernstes erzählen, dass Sie Starjournalist nichts Besseres zu tun haben, als irgendwelchen Besuchern den Drachenfels zu zeigen? Dass ich nicht lache ...«

Tun sie es ruhig, dachte Hopp amüsiert, sie haben ja sonst nichts zu lachen. »Genau so ist es«, antwortete er jedoch knapp, wobei er den Kriminalbeamten überheblich angrinste.

»Das glaube ich Ihnen nicht. Nur weil Sie Leute aus einer Partnerstadt, die Sie bisher gar nicht kannten, zufällig ein paar Tage bei sich wohnen lassen, müssen Sie doch nicht Ihre Zeit mit ihnen verbringen.«

»Stimmt. Muss ich nicht. In diesem Fall hatte ich aber Lust dazu, weil sie sehr nett sind. Wissen Sie überhaupt, wie das ist, wenn man jemanden nett findet oder von irgendwem nett gefunden wird?«, fragte Hopp respektlos. Dabei schlug er lässig die Beine übereinander und legte entspannt beide Hände in den Schoß.

Pinsel hatte große Mühe, die Fassung zu bewahren. Doch er schaffte es, Hopps Provokationen zu ignorieren und blieb gelassen. »Sprechen Sie denn überhaupt Italienisch?«

Du Pfeife kannst doch auch nicht ermitteln und verdienst trotzdem deine Brötchen damit, hätte Hopp am liebsten frech geantwortet. Oder: Keine Ahnung, wie jemand wie du auf diesen wichtigen Posten kommen konnte. Mit dem Parteibuch vielleicht? Mit dem schwarzen? »Nein«, erwiderte er stattdessen trocken. »Aber mein Gast spricht sehr ordentlich Deutsch. So gut jedenfalls, dass wir uns wunderbar über Gott und die Welt unterhalten können. Wenn ich mich mit jedem so problemlos verständigen könnte wie mit Giulia Peroni, dann wäre ich sehr glücklich.«

»Okay, lassen wir das einstweilen so stehen«, sagte Pinsel unzufrieden. Nachdenklich schichtete er ein paar Unterlagen aufeinander, richtete die Kanten des Stapels millimetergenau aus und schob ihn dann von links nach rechts über den Tisch. Abrupt wechselte er das Thema: »Was wissen Sie über die anderen Leute, mit denen Sie in Königswinter unterwegs waren?«

Hopp dachte ernsthaft über diese Frage nach, doch ihm fiel beim besten Willen so gut wie nichts Sinnvolles ein, was er darauf hätte antworten können.

»Wenig bis gar nichts. Es sind Nachbarn aus Wachtberg, die ich bis vorgestern nicht kannte. Eine alleinstehende Frau, Mitte Dreißig, aus Pech und ein Ehepaar, etwa zehn Jahre älter als ich, aus Villip. Sie hatten ihre italienischen Gäste dabei, jeweils alleinerziehende Frauen, so um die dreißig Jahre alt, mit ihren Jungs. Beide Knirpse im Grundschulalter«, sagte Hopp.

112

»So viel wissen wir mittlerweile selbst«, blaffte der Erste Hauptkommissar, »aber was sind das für Leute? Was machen sie beruflich? Welchen Eindruck haben Sie von ihnen? Sind sie seriös und vertrauenswürdig? Haben sie wohl Geld? Oder könnten sie vielleicht finanzielle oder andere Probleme haben?«

»Das sind jetzt genau sechs verschiedene Fragen auf einmal. Wenn Vernehmungen nicht grundsätzlich anderen Regeln folgen als Interviews, dann stellt man sinnvollerweise eine Frage nach der anderen. Das habe ich zumindest so gelernt und seither auch recht erfolgreich praktiziert.« Selbstgefällig lehnte er sich locker zurück.

»Klugscheißer. Ich hätte jetzt gern eine sinnvolle Antwort von Ihnen.«

»Auf welche der einzelnen Fragen zuerst?«

»Was das für Leute sind.«

»Keine Ahnung. Woher soll ich das denn wissen? Wir waren nur kurz beisammen und haben nichts Persönliches miteinander gesprochen. Sie machen zumindest keinen üblen Eindruck. «

»Sie wollen mir also weismachen, dass Sie den ganzen Tag mit diesen Leuten durch die Gegend laufen und sich dabei nicht unterhalten? Das ist doch völlig unglaubwürdig.«

Langsam aber sicher geriet Pinsel in Rage. Abrupt stand er auf und stellte sich eng hinter Hopp, um ihn zu verunsichern. Was nicht wirklich gelang.

»Ich habe doch gar nicht behauptet, wir hätten uns nicht unterhalten. Sondern nur, dass wir nicht so persönlich geworden sind. Ich erzähle doch irgendwelchen Zufallsbekanntschaften nicht direkt bei der ersten Begegnung intime Details aus meinem Leben. Und ehrlich gesagt, frage ich sie auch nicht sofort danach.«

»Ziemlich ungewöhnlich für einen Angehörigen Ihres Berufsstands«, kommentierte Pinsel süffisant. »Journalisten leben doch bekanntlich von ihrer Neugier.«

»Wenn der Herr Kommissariatsleiter meinen… Mit Schnüfflern kennt er sich von Amts wegen ja bestens aus«, konterte Hopp sarkastisch.

Das wurde Pinsel eindeutig zu viel. Seine Geduld war am Ende. Erregt sprang er herum und schlug mit der flachen Hand donnernd auf den Tisch. »Jetzt reicht's, Hopp, unterlassen Sie diese Unverschämtheiten, beantworten Sie endlich ohne Umschweife meine Fragen!«

Da er mit seiner konfrontativen Gesprächsführung bei Hopp kein bisschen weiterkam, ging Pinsel dazu über, simple Fakten abzufragen. Vielleicht erfuhr er auf diese Weise irgend etwas, das die Kripo noch nicht wusste.

»Wie haben Sie und die anderen Teilnehmer des Ausflugs auf den Drachenfels denn überhaupt zusammengefunden, wenn Sie sich bisher nicht kannten?«

Hopp hatte keine Lust, eine weitere Runde Streit mit dem Kriminalbeamten auszufechten. Das wurde ihm zu anstrengend. Also ging er sachlich auf die Frage ein.

»Josephine Franzen, die Vorsitzende des Forums Freunde in Europa, hat das arrangiert. Sie wusste, dass wir jeweils Gäste mit kleinen Kindern beherbergen, und hielt es für eine gute Idee, dass wir alle gemeinsam etwas unternehmen. Also hat sie uns miteinander verabredet.«

»Und wer von Ihnen hatte den Einfall, zum Drachenfels zu fahren?«, fragte Pinsel weiter.

»Das waren die Wengers, das Ehepaar aus Villip. Wir anderen haben dem Vorschlag einfach zugestimmt. Mir fiel auch nichts Besseres ein.«

»Wer wusste denn sonst noch von diesem Ausflugsziel?«

»Josephine Franzen selbst und Jana Jäger natürlich. Auch Hannes Dörfler, der Stellvertreter von Frau Franzen im Forum. Dann Sofia und Lorenzo Baggio aus dem italienischen Vorstand, die bei Josephine Franzen zu Gast sind und bei der Verabredung am Donnerstagabend dabei waren. Ansonsten fällt mir niemand mehr ein. Wieso wollen Sie das wissen?«

»Wir stellen hier die Fragen, und Sie antworten. Die Spielregeln kennen Sie doch, Herr Hopp. Aber ausnahmsweise werde ich

114

Ihnen diese eine Frage beantworten. Irgendjemand muss Maria auf dem Drachenfels mitgenommen haben, wenn sie dort nicht verunglückt ist. Und das ist sie nach unseren bisherigen Erkenntnissen nicht. Da Kinder jedoch selten zufällig verschwinden, ist es wichtig zu wissen, wer in die Ausflugspläne eingeweiht war«, erklärte Pinsel nüchtern. »Was denken Sie denn, Hopp, was dort oben passiert ist? Wie erklären Sie sich das Verschwinden der Kleinen?«

»Wir haben Maria nur ganz kurz für zwei, maximal drei Minuten aus den Augen verloren. So, wie ich sie kennengelernt habe, wäre sie in dieser fremden Umgebung niemals alleine weggelaufen. Also muss sie jemand verschleppt haben.«

»So ist es. Nur wer?«

»Keine Ahnung. Aber aus dem Kreis des Partnerschaftstreffens? Das kann ich mir nicht vorstellen. Wie sollte derjenige das bewerkstelligt haben? Wo sollte er Maria versteckt halten? Und warum überhaupt? Das passt doch vorne wie hinten nicht zusammen.«

»Wenn Sie dabei an die italienischen und französischen Besucher denken, dann haben Sie wahrscheinlich recht. Die konnten das wohl kaum bewerkstelligen. Für einen der deutschen Gastgeber wäre das allerdings problemlos machbar gewesen«, resümierte Pinsel kalt lächelnd. »Für Sie zum Beispiel, Herr Hopp. Sie wussten rechtzeitig von dem Besuch, Sie kannten seit dem Vorabend das Ausflugsziel, Sie sind hier mit der Gegend vertraut, Sie kennen sicherlich Verstecke, Sie haben jede Menge Kontakte. Sie hatten also sowohl die Mittel als auch die Gelegenheit. Für Sie wäre es ein Leichtes gewesen, zusammen mit einem Komplizen das Mädchen zu entführen.«

»Ich? Sie verdächtigen mich? Das ist kompletter Schwachsinn. Welches Motiv sollte ich dafür haben? Wenn ich nicht irre, ist das für Kriminalisten eine ganz entscheidende Frage.«

Hopp konnte sich kaum noch beherrschen. Er lachte schallend.

»Ich weiß es nicht, Hopp. Noch nicht. Aber wir werden es ganz sicher bald herausfinden. Halten Sie sich zu unserer Verfügung. Sie dürfen Wachtberg nicht verlassen.«

Bisher hatte Alexander Hopp diesen eingebildeten Chef der Mordkommission ohnehin nicht gerade für die hellste Kerze auf der Torte gehalten. Aber dieser Verdacht schlug dem Fass die Krone ins Gesicht.

Er konnte ihn doch nicht allen Ernstes verdächtigen, Maria entführt zu haben! Das konnte wirklich nicht wahr sein, so blöd war dieser intellektuell limitierte Einfaltspinsel nun auch wieder nicht. Der wollte ihn wahrscheinlich nur provozieren und aus der Reserve locken. Oder doch nicht? Hopp war irritiert. Er wusste weder, wie diese Situation einzuschätzen war, noch wie er sich jetzt verhalten sollte. Ihn überkam ein heftiges Déjà-vu. Er fühlte sich wieder so wie vor etwa 25 Jahren, als er das erste Mal von der Kriminalpolizei in die Mangel genommen worden war.

Damals war er Oberstufenschüler, hatte noch etwas mehr als ein Jahr bis zum Abitur. Völlig überraschend hatte die Kripo ihn aus der Schule geholt. Im Polizeipräsidium hatte man ihn einen ganzen Tag lang verhört. Hopp war Schülersprecher seines Gymnasiums gewesen und zugleich Stellvertreter des Bonner Stadtschülersprechers Dirk Drexler. Der war eine coole Socke, hatte souverän den engagierten Jungpolitiker gemimt und alle beeindruckt – und damit an der Nase herumgeführt. Angeblich hatte er systematisch alle möglichen öffentlichen Geldquellen für die Schülervertretung der Stadt angezapft. Einen großen Teil des Geldes sollte er mit fingierten Rechnungen geschickt für sich selbst abgezweigt haben. Die Kriminalpolizei behauptete, er habe sich so rund 100.000 Mark unter den Nagel gerissen. Alexander Hopp konnte sich das nicht vorstellen, ihm war es nicht aufgefallen. Mit der Kasse hatte er zwar nie etwas zu tun gehabt. Aber selbst wenn, hätte er wahrscheinlich keinen Verdacht geschöpft. Weil er den eloquenten Drexler mochte. Weil er es toll fand, wie leidenschaftlich der sich für die Interessen der Bonner Schülerschaft engagierte. Weil er sogar bewunderte, wie dieser Typ komplizierte Situationen raffiniert meisterte. Und vor allem, weil er dem anscheinend so integren Drexler blind vertraute.

Wenn die Anschuldigungen der Polizei stimmten, dann hatte Hopp sich von ihm blenden lassen. Dann hatte seine Vertrauensseligkeit den Coup wahrscheinlich erst möglich gemacht. Wäre er Drexler gegenüber kritischer und misstrauischer gewesen, hätte der sich niemals so bereichern können.

Bis zum späten Abend war Alexander Hopp im Polizeipräsidium gesessen und von mehrfach wechselnden Besetzungen verhört worden. Mal freundlich, mal hart, mal provokativ, mal sachlich. Die Kriminalbeamten hatten ihm partout nicht glauben wollen, dass er von der Unterschlagung nichts mitbekommen hatte.

Konspiratives Treffen

Hallo, leeve Jung«, begrüßte Otto Springer seinen Freund Hopp wie immer am Telefon. »Da hast du aber nochmal fett Schwein gehabt.«

»Selber leeve Jung. Wie meinst du das, Otto? Womit habe ich Schwein gehabt?« Hopp war irritiert.

»Dass du eine gute Ausrede hattest, dir gestern Abend nicht mit mir das Effzeeh-Spiel in der Kupferklause angucken zu müssen. Damit bist du nämlich um ein echt deprimierendes Fußballerlebnis herumgekommen. Das Gekicke war wieder die reinste Katastrophe.«

Hopp wusste inzwischen aus dem Internet, dass sein geliebter 1. FC Köln mal wieder hundsmiserabel auf Schalke gespielt und vollkommen verdient verloren hatte. Anders als sonst hatte er jetzt jedoch keine Antenne für dieses Lieblingsthema.

»Erst hat man kein Glück und dann kommt auch noch Pech dazu«, ereiferte sich Springer weiter. »Klar, die Leistung über neunzig Minuten war total desolat. Aber bis kurz vor Schluss stand es immerhin noch Unentschieden. Und dann kassieren die in der letzten Minute der Nachspielzeit noch ein Tor. Per Elfmeter. Wieder nach umstrittenem Eingreifen des Videoschiedsrichters. Das war jetzt das siebte oder achte Mal, dass wir per Videobeweis beschissen worden sind. Das ist echt nicht zu ertragen.«

Alexander Hopp reagierte nicht auf Springers Bericht, nahm die Aufregung des Freundes ungewöhnlich emotionslos zur Kenntnis.

»Was ist los, Alex? Wieso sagst du gar nichts? Das kann dich doch nicht kalt lassen, dass der Effzeeh immer wieder verpfiffen wird. Deshalb rutschen die Kölner doch langsam aber sicher wieder in die Abstiegszone.«

»Es lässt mich auch nicht kalt, Otto. Aber mich beschäftigt gerade ein ganz anderes Problem«, antwortete Hopp zögernd, während er darüber nachdachte, wie offen und umfassend er Springer vom Verschwinden Marias erzählen sollte. Er würde den Freund unweigerlich mit in die Sache hineinziehen, darüber war er sich im Klaren. Wenn Springer Bescheid wüsste, ließe er sich von nichts und niemandem abhalten, in den Fall einzusteigen.

»Was ist los, Jung? Spuck's aus. Raus mit der Sprache.«

»Maria, die kleine Italienerin, die bei mir zu Besuch ist ... Sie ist weg.«

»Weg? Was soll das heißen? Wann? Wo? Und wie überhaupt?«, Springer forderte, wie erwartet, genauere Angaben.

Also berichtete Hopp seinem besten Freund nun doch ausführlicher vom plötzlichen Verschwinden Marias auf dem Drachenfels. Von der verzweifelten Suche auf dem Berg.

Von der Verhaftung eines steckbrieflich Gesuchten, der aber wahrscheinlich nichts mit dem Verschwinden der Kleinen zu tun hatte. Von der großen Suchaktion und dem Einsatz des hypermodernen Alarmhubschraubers. Vom fast ergebnislosen Schnüffeln der Polizeihunde. Von seiner irrwitzigen Vernehmung auf dem Polizeipräsidium und seinem exklusiven Status als Hauptverdächtiger. Und davon, dass Jana aus disziplinarischen Gründen und wegen ihrer persönlichen Verwicklung von dem Fall abgezogen worden war.

»Das ist ja irre. Das kann doch alles nicht wahr sein. Kann ich euch irgendwie helfen, Alex?«

Auf Anhieb wusste Hopp darauf keine Antwort. Er hatte keinen richtigen Überblick über die Lage. Im Grunde wusste er noch nicht einmal, was Maria überhaupt passiert war. Folglich hatte er auch keine Ahnung, welche Maßnahmen jetzt sinnvoll waren und was sie selbst unternehmen konnten. Aber die Anteilnahme des Freundes freute ihn. Zwar hatte er nichts anderes erwartet, dennoch war Ottos Hilfsbereitschaft alles andere als selbstverständlich. Spontan verabredeten sie sich für den Abend in der Kupferklause. Dort konnten sie mit ein paar Bier die Aufregung wegspülen und dabei in Ruhe die diffuse Situation sowie ihre eigenen Optionen besprechen.

Leicht verspätet kam Hopp zur Verabredung in die Kupferklause in Villip. Seine Halswirbelsäule hatte ihn mal wieder geärgert. Das passierte ihm öfter, wenn er unter Stress stand. Dann lastete der Druck regelrecht auf seinen Schultern und bescherte ihm einen steifen Nacken. Um die schmerzhaften Verspannungen so schnell wie möglich loszuwerden, hatte er kurzfristig einen Termin bei der Therapeutin seines Vertrauens ergattern können. Das war pures Glück gewesen, denn normalerweise war Maren Flamme über Wochen ausgebucht.

Die Inhaberin der Physio-Praxis-Pech wusste Hopp in solchen Situationen fast immer zu helfen. Zuverlässig fand sie binnen Sekunden die kritischen Stellen und knetete ihn mit energischen Handgriffen gezielt durch. Danach fühlte er sich meist deutlich wohler und entspannter. Auch diesmal hatte es wieder funktioniert.

Otto Springer saß gemütlich an der Theke und unterhielt sich angeregt mit Klaus Kupfer, der an diesem Abend höchstpersönlich die Bar schmiss. Sie kannten sich seit Jahrzehnten und Hopp kannte die beiden ebenfalls seit einer gefühlten Ewigkeit. Kupfer war früher so etwas wie der Kultwirt der Bonner Gastroszene gewesen. Als Zwanzigjähriger war er in die damalige Bundeshauptstadt gekommen, um hier an der renommierten Universität zu studieren. Sein Studium hatte er mit Nebenjobs in diversen Studentenkneipen finanziert. Doch noch vor dem Examen übernahm er, für alle Bekannten überraschend, eine verkommene Spelunke in der Altstadt. Mit großem Elan und vielen Ideen ging er das Projekt an. Er besorgte sich genug Kapital, um die Kneipe komplett neu einzurichten, taufte sie Kuddelmuddel und veranstaltete dort viele originelle Partys.

Der Erfolg ließ nicht lange auf sich warten. Kupfer brach sein Studium ab und konzentrierte sich voll auf die Wirtschaft. Wenig später war Kuddelmuddel die Nummer 1 der Bonner Studentenkneipen. Auf dem Höhepunkt seiner gastronomischen Karriere übernahm sich Kupfer und eröffnete zusätzlich ein ambitioniertes Restaurant – und fuhr seine beiden Betriebe um Haaresbreite an die Wand. Gerade rechtzeitig bekam er die Kurve, verkaufte alles und zog sich nach Wachtberg zurück. Mit dem Erlös finanzierte er die gemütliche Kupferklause im malerischen Villip, wo er es deutlich ruhiger angehen ließ. Er zog eine gesetztere und arriviertere Kundschaft an, übertrug Fußballspiele live auf einer Großleinwand und mit zwei Fernsehapparaten, die geschickt im L-förmigen Gastraum aufgestellt waren. Und hier gab es großartige gutbürgerliche Küche zu anständigen Preisen. Otto und Alexander liebten besonders die frischen Bratkartoffeln und den hausgemachten Kartoffelsalat. Seit Jahren waren sie Stammgäste in der Kupferklause.

»Hallo, Alex«, begrüßte ihn Kupfer fröhlich, »lange nicht gesehen. Hast du so viele Skandale zu enthüllen, dass du vor lauter Titelgeschichten-Schreiben nicht mal mehr zum Effzeeh-Gucken kommst?«

Otto Springer klopfte seinem Freund anerkennend die Schulter: »Gestern hast du jedenfalls alles richtig gemacht. Hier hast du nichts verpasst. Ich wünschte, ich hätte diese miese Bolzerei auch nicht mitansehen müssen.«

»Ihr kennt unseren Verein doch«, antwortete Hopp lachend, »heute Kreisklasse und morgen Weltklasse. Die werden sich schon wieder fangen und die Bundesliga halten. Klaus, mach mal bitte drei Kölsch, und alle auf meinen Deckel!«

»Dein Wunsch in Gottes Gehörgang. Du bist und bleibst ein unverbesserlicher Optimist, Alex. Woher nimmst du nur die Hoffnung, dass diese Gurkentruppe sich wieder berappelt?« Springer liebte es, seinen Freund mit provokanten Sprüchen zu foppen, um dann mit einem gewagten Schwenk abrupt das Thema zu wechseln.

»Jetzt erzähl mal ausführlich, wie euer Ausflug zum Drachenfels gestern gelaufen und was genau dort oben passiert ist.«

Hopp leerte das Kölsch in einem Zug, wischte sich den Schaum vom Mund, holte tief Luft und rekapitulierte haarklein den Ablauf des Vormittags: vom morgendlichen Einkauf im Haribo-Shop bis zum ungeplanten Besuch des Weinfestes auf dem kleinen Marktplatz von Königswinter.

»Moment mal, stopp, Alex«, rief Otto Springer. »Habt ihr auf dem Weinfest Kontakt zu Fremden gehabt, hat einer oder eine aus eurer Gruppe irgendwen kennengelernt?«

»Das kann ich nicht mit Sicherheit sagen. Alle haben sich an irgendwelchen Ständen etwas zu essen oder zu trinken gekauft. Ich zum Beispiel habe für meine italienischen Mädels Reibekuchen besorgt. Dabei habe ich natürlich zwangsläufig mit dem Verkäufer geredet. Zu diesem Zeitpunkt war die gesamt Gruppe ziemlich weit über den ganzen Platz verteilt. Ich hatte deshalb nicht immer jeden von uns im Blick.«

»Und ihr hattet nur mit dem Reibekuchenmann zu tun oder habt ihr noch mit sonst jemandem gesprochen?«

Konzentriert überlegte Hopp, starrte dabei an Kupfers linkem Ohr vorbei auf die Batterie der harten Getränke im verspiegelten Regal hinter der Bar. Mit Daumen und Zeigefinger der linken Hand massierte er sein unrasiertes Kinn. Im Schnelldurchgang liefen noch einmal die abgespeicherten Bilder des gestrigen Tages durch seinen Kopf.

»Doch, da war so eine nette Verkäuferin in einem Souvenirladen. Direkt neben der Reibekuchenbude. Die Kleine hatte dort ein Plüschtier in der Auslage entdeckt, das sie unbedingt haben wollte. Das Ding war potthässlich, aus Plastik und viel zu teuer. Mit Müh und Not konnten Giulia und ich es ihr ausreden.«

Hopp berichtete weiter, dass sie vom Weinfest aus zu Fuß zur Zahnradbahn gelaufen und mit ihr hoch zum Drachenfels gefahren waren; wie auf dem Aussichtsplateau alle wild durcheinander gerannt waren; dass sie sich oben bei der Ruine glücklicherweise wieder zusammengefunden und verabredet hatten, sich eine Viertelstunde später im Restaurant zu treffen; wie er mit Giulia und Maria langsam zurückgegangen war, dabei die Kleine aber kurz vor dem Restaurant für wenige Minuten aus den Augen verloren hatte und dass auch niemand sonst wusste, wo sie war; dass schließlich alle Suchaktionen, zuerst ohne und dann mit Polizei, erfolglos geblieben waren.

»Dort oben kann man nicht einfach so verlorengehen. Das ist unmöglich. Das Gelände ist ziemlich klein, einigermaßen übersichtlich und auch gut gesichert. Jemand muss das Mädchen absichtlich mitgenommen haben. Anders ist ihr Verschwinden nicht zu erklären«, mischte sich nun Klaus Kupfer ein, der bislang nur zugehört hatte. Gleichzeitig tauschte er die leeren Kölschgläser gegen frisch gefüllte aus. »Für eine Entführung ist das Gelände auf dem Drachenfels meiner Meinung nach allerdings bestens geeignet. In dem Touristengewimmel fällt sowas doch überhaupt nicht auf. Vorausgesetzt, das Opfer wehrt sich nicht heftig und schreit nicht laut um Hilfe.«

Hopp stellte sich vor, wie Maria sich wohl in dieser Situation verhalten haben könnte. Wahrscheinlich irritiert und ruhig und unauffällig. Sie war ziemlich schüchtern. Außerdem hatten sie auch keine Schreie gehört.

»Aber wer könnte der Entführer sein? Von den ausländischen Besuchern kommt sicher niemand in Frage. Selbst wenn Giulia Probleme mit jemandem aus der Reisegruppe haben sollte, der deshalb motiviert sein könnte, ihr zu schaden, kann der es kaum gewesen sein. Er kennt sich doch dort nicht aus. Wie hätte er uns denn unbemerkt auf den Drachenfels folgen sollen? Und vor allem kann er hier in der Umgebung doch kein sicheres Versteck für die Kleine organisiert haben. Bisher hat sich übrigens auch noch immer kein Entführer gemeldet.«

Otto Springer spann den Faden sofort weiter. »Die Wachtberger können wir mit ziemlicher Sicherheit ausschließen. Gut, die kennen sich hier in der Gegend bestimmt alle aus, und viele hätten auch einen Keller oder Schuppen, wo sie das Mädchen verstecken könnten. Aber das Wichtigste fehlt: das Motiv. Warum sollte einer der Gastgeber Maria entführt haben? Sie und ihre Mutter waren noch nie in unserer Gegend, bisher kannten sie hier niemanden.

Selbst wenn die Familie Peroni Geld hätte, könnte das kaum einer wissen. Haben sie denn Geld?«

»Nein. Soviel ich weiß, sind das einfache, ordentliche Habenichtse.«

»So unwahrscheinlich es auch klingt, das muss ein schrecklicher Zufall sein. Irgendein Krimineller war auf der Suche nach einem geeigneten Opfer und hat sich die Süße im Gewühl auf dem Drachenfels spontan geschnappt«, folgerte Klaus Kupfer. »Und wenn der sich nicht bald meldet, dann will er wahrscheinlich gar kein Lösegeld.«

Entsetzt starrte Hopp den Gastwirt über die Theke hin an. Der wischte betreten das Spülbecken, das längst blitzblank war. Minutenlang schwiegen die drei Männer ratlos.

Dann wurde es Springer zu viel. Ruckartig richtete er sich auf, nahm entschlossen sein Glas und trank einen kräftigen Schluck. »Egal, wer es ist und was er will. Wir müssen ihn schnellstens ausfindig machen. Wir können hier nicht tatenlos herumhängen. Lasst uns Maria suchen.«

»Das tut die Polizei doch längst. Die Kripo hat die Soko Pechmariechen für diesen Fall eingerichtet. Außerdem stellt mir Jana die Koffer vor die Tür, wenn ich mich in die Ermittlungen einmische. Sie hat mich mehr als eindringlich gewarnt.«

»Keine Sorge, Alex. Wir werden ihr keinen Grund zur Aufregung liefern. Wir mischen uns doch nicht ein, sondern machen nur unseren Job und recherchieren auf unsere Art. Damit ergänzen wir die Arbeit der Polizei und informieren sie umgehend, falls wir etwas rauskriegen. Wir sind quasi freiwillige Helfer der Polizei. Dagegen kann niemand etwas haben.«

Springer grinste breit.

»Und wie stellst du dir das praktisch vor, Otto?« Hopp war skeptisch.

»Ganz einfach: Wir klappern ganz Königswinter systematisch ab. Wir folgen Schritt für Schritt euren Spuren. Wir befragen all eure Kontakte: den Reibekuchenmann, die Souvenirverkäuferin, das Bahnpersonal, die Serviceleute auf dem Drachenfels und jeden, der dir sonst noch einfällt. Und wenn dabei nichts herauskommen sollte, dann fangen wir eben von vorne an.«

Zweite Vermisste

Als Frank Streffer am späten Abend endlich dazu kam, in seinem Büro alle Notizen und Protokolle der bisherigen Recherchen und Vernehmungen zu sichten, zu sortieren und auszuwerten, klopfte es zaghaft an die Tür. Ein frisch der Polizeischule entsprungener junger Kollege, mit dem Streffer bisher noch kaum geredet hatte, steckte seinen feuerroten Haarschopf durch den Türspalt.

»Hier ist jemand für Sie, der etwas über ein vermisstes Mädchen zu melden hat«, sagte er und schob im gleichen Augenblick eine Frau in das Büro. Dann schloss er sofort wieder die Tür von außen.

Verkrampft stand die Frau mitten in dem engen, vollgestopften Raum. Ihr Alter war schwer zu schätzen. Das ovale Gesicht zeigte kaum Farbe. Die Frisur sah wirr und ungepflegt aus, die wasserstoffblonden Haare hatten sicherlich schon bessere Tage erlebt. Irgendwie wirkte die Frau jugendlich, konnte aber ebensogut 28 Jahre alt sein wie 48. Wahrscheinlich lag die Wahrheit auch in ihrem Fall in der Mitte. Wenn sie sich zurechtmachte, war sie bestimmt ziemlich attraktiv. Mit beiden Händen umklammerte sie fest die Henkel einer großen Tasche vor ihrer Brust. Ihre Bluse war farblos und augenscheinlich falsch geknöpft.

Streffer begrüßte sie freundlich. »Guten Abend. Was kann ich für Sie tun?«

Unsicher sah die Frau den Kommissar an, atmete mehrmals tief durch und schien innerlich einen langen Anlauf nehmen zu müssen. Dann antwortete sie stockend, mit belegter Stimme und leichtem, kaum identifizierbarem Akzent. »Meine Tochter ist weg. Seit heute Nachmittag, genauer gesagt.«

In Streffers Hinterkopf schrillten sämtliche Alarmglocken.

Er hatte nach der kurzen Einführung des jungen Kollegen gehofft, die Frau könnte etwas zum Wiederauffinden der ver-

126

schwundenen Maria Peroni beitragen. Doch dem war offensichtlich überhaupt nicht so.

Hastig nahm er einen Stapel Akten von dem einzigen und ziemlich verschlissenen Besucherstuhl vor seinem Schreibtisch. Dann bat er die Frau, Platz zu nehmen. Behutsam stieg er in dieses mutmaßlich schwierige Gespräch ein.

»Fangen wir doch einfach von ganz vorne an. Ich bin Oberkommissar Frank Streffer. Wer sind Sie, und woher kommen Sie?«

»Meine Name ist Marta Krämer, und ich wohne in Friesdorf. Meine Tochter Marie ist nicht nach Hause gekommen.«

»Wie bitte? Wie heißt Ihre Tochter? Könnten Sie das kurz wiederholen? Ich habe Sie nicht ganz verstanden«, hakte Streffer nach.

Er hatte die Frau sehr wohl verstanden.

»Marie heißt sie. Vor zwei Wochen ist sie erst neun Jahre alt geworden.«

»Wo war Marie denn vorher gewesen? Oder anders gefragt: Von wo ist sie nicht nach Hause gekommen?«

»Vom Turnen. Samstags geht sie immer zum Training im Turnverein.« Marta Krämer flüsterte fast.

»Wo genau war denn das Training?«

»In der Turnhalle.«

»Natürlich, aber in welcher?«

»In der Turnhalle der Bodelschwingh-Schule am Woltersweiher in Friesdorf. Das ist die Grundschule im Ort, die Maria auch besucht.«

»Und wann war das Training zu Ende?«

»Wie immer, um 16 Uhr, soweit ich weiß.«

»Wann haben Sie Ihr Kind denn vermisst, und was haben Sie anschließend unternommen?«

»So kurz nach 17 Uhr habe ich auf die Uhr geguckt, weil sie noch immer nicht zu Hause war. Da habe ich mir aber noch keine Sorgen gemacht, weil Marie sehr zuverlässig ist. Ich dachte mir, dass sie bestimmt noch auf einen Sprung zu einer ihrer Freundinnen aus der Trainingsgruppe mitgegangen ist.«

»Und dann?« Streffer hielt die Fragen möglichst knapp, um den gerade entstehenden Redefluss der Frau in Gang zu halten.

»Als sie nach sechs Uhr noch nicht zurück war, habe ich bei den Eltern der anderen Kinder aus dem Turnverein angerufen. Jede Familie hat ja eine Liste mit den Adressen und Telefonnummern aller Teilnehmer. Ich weiß natürlich auch, welches Kind aus der Gruppe Marie besonders gern mag und besser kennt. Aber sie war nirgends, keiner hatte sie gesehen oder wusste, wo sie stecken könnte. Alle anderen Kinder waren pünktlich nach Hause gekommen. Einige von ihnen meinten, meine Tochter sei gleichzeitig mit ihnen an der Turnhalle aufgebrochen.«

Marta Krämer fing an zu weinen.

»Das muss noch nichts Schlimmes bedeuten.« Streffer versuchte, die niedergeschlagene Mutter zu beruhigen. »Es kommt oft vor, dass Kinder für ein paar Stunden verschwinden. Meist tauchen sie von selbst wieder auf, und die Sache hatte einen ganz einfachen, harmlosen Grund.«

»Aber jetzt ist es schon nach zehn Uhr, und sie ist noch immer nicht zurück.«

»Deshalb werden wir auch sofort die Suche nach Ihrer Tochter einleiten. Hat Marie ein Handy? Dann könnten wir sie orten und ein Bewegungsprofil seit Verlassen der Turnhalle erstellen.«

»Nein, sie hat noch keins. Obwohl sie schon seit längerer Zeit ständig drängelt.«

»Was hat sie denn an?«

»Jeans und Sweatshirt in verschiedenen Blautönen. Und Sneakers, die sind rosa.«

»Haben Sie ein Foto von Marie für uns?«.

Wortlos reichte die Frau dem Kommissar ein kleines Porträtfoto, das sie aus einem Kartenschlitz ihrer Geldbörse zog. Das Bild war leicht verschlissen. Offensichtlich war es bei der Einschulung des Kindes aufgenommen worden, was rund drei Jahre her sein musste. Es zeigte ein strahlendes, hübsches Mädchen mit dunklen Augen und schwarzem lockigen Haar.

128

Frank Streffer verschlug es für einen Augenblick die Sprache. Kaum hatte Marta Krämer sein Büro verlassen, rief Streffer Jana Jäger an. Beim dritten Klingeln nahm sie ab.

»Frank, so spät am Samstagabend? Da muss es um was Dringendes gehen, wenn du jetzt noch im Dienst bist«, frotzelte sie. »Also, was ist los?«

»Wir haben ein zweites vermisstes Kind«, stöhnte Streffer mehr, als er sprach. »Und jetzt halt dich fest, Jana. Es ist auch ein Mädchen. Es heißt Marie. Es hat schwarze Locken und dunkle Augen und sieht der kleinen Italienerin zum Verwechseln ähnlich. Fast wie ...«, er stockte ein wenig, um die Spannung zu steigern, »die größere Schwester von Maria Peroni. Sie verschwand heute Nachmittag in Bonn, nach dem Turntraining in der Halle einer Friesdorfer Grundschule.«

»Ach, du Scheiße! Das gibt's doch nicht. Das darf doch nicht wahr sein. Was hat das zu bedeuten, Frank?«

Jana Jäger stellte die Frage mehr sich selbst als Streffer.

»Irgendetwas an dieser Doublette irritiert mich. Nur so ein Bauchgefühl. Es rumort, aber ich kann es gerade nicht einordnen. Keine Ahnung, warum.«

»Welchen Einruck hat denn die Mutter auf dich gemacht?«

»Sympathisch, aber sehr angespannt und erschöpft und irgendwie auch ein bisschen ungepflegt. Sie machte ziemlich präzise Angaben in einwandfreiem Deutsch, allerdings mit ganz leichtem Akzent, wenn ich mich nicht täusche.«

»Mit was für einem Akzent denn? Osteuropäisch? Skandinavisch? Südeuropäisch?«

»Das kann ich nicht genau lokalisieren. Am ehesten noch südeuropäisch«, antwortete Streffer.

»Dann lass sicherheitshalber ihren familiären Hintergrund abklären. Was sind das für Leute? Was machen die Eltern, woher kommen sie? In welchen Verhältnissen leben sie? Ist irgendwer aus der Familie wegen irgendetwas aktenkundig? Du weisst ja, dass bei den meisten Gewaltverbrechen, was wir auch hier nicht aus-

129

schließen können, die Täter aus dem engsten familiären Umfeld stammen.«

Jana Jäger dachte kurz über die Verschärfung der Lage nach. »Was auch immer hinter dieser Geschichte steckt. Damit hat sich unser Erfolgsdruck verdoppelt. Mindestens. Wir sollten beide Fälle unbedingt zusammenziehen.«

Streffer war hundemüde. Dennoch musste er noch eine letzte Aufgabe erledigen, ehe er endlich nach Hause fahren konnte. Er fuhr seinen Computer hoch und schrieb eine kurze Nachricht an die Mitglieder der Soko. »Dringend. Sofort die Suche nach Marie Krämer aus Bonn-Friesdorf, neun Jahre alt, einleiten. Detaillierte Personenbeschreibung anbei. Seit heute Nachmittag vermisst. Und schnellstmöglich nach Querverbindungen zwischen Giulia und Maria Peroni und der Familie Krämer suchen. Auch alle alten Fälle verschwundener oder entführter Kinder sichten. Morgen Vormittag erwarte ich Bericht.«

Dicke Luft

Entführt? Kleines Mädchen am Drachenfels verschwunden. Die fette Schlagzeile füllte fast die halbe Titelseite der Regionalausgabe des *Blitz* am Sonntag.

»Hast du das gelesen? Wie kann das sein? Woher haben die das?« Frank Streffer war aufgebracht, als er Jana Jäger vereinbarungsgemäß am Sonntagmorgen anrief, um sie auf dem Laufenden zu halten.

»Nein, Frank, das haben wir nicht mitbekommen. Dieses Revolverblatt ist in unserem Haushalt tabu.« Sie blieb gelassen. »Das kann so herausgekommen sein, wie sonst auch immer wieder Infos über unsere Ermittlungen durchsickern, nämlich durch ein Leck in der Truppe.«

»Ein Leck in der Soko? Das kann ich mir nicht vorstellen. Die meisten Kollegen kenne ich alle richtig gut, und ich vertraue ihnen. Die wissen doch ganz genau, was auf dem Spiel steht.«

»Da bin ich mir nicht so sicher. Da würde ich längst nicht für jeden meine Hand ins Feuer legen. Aber es kann natürlich auch durch unsere Befragungen durchgesickert sein, obwohl wir versucht haben, unauffällig vorzugehen und alle Leute uns versprochen haben, dicht zu halten. Trotzdem gibt es jetzt natürlich jede Menge Mitwisser und damit auch jede Menge potentieller Informanten für die Presse. Da brauchen wir uns nicht über den Artikel zu wundern.«

Jana ging mit ihrem Mobiltelefon in die Küche, um sich an ihrem neuen, sündhaft teuren Vollautomaten eine Tasse Kaffee zu brühen. Müde lehnte sich Streffer in seinem ausgeleierten Bürostuhl zurück.

»Da hast du allerdings recht. Bei solchen Ermittlungen haben wir ja nie alles unter Kontrolle. Aber daran können wir sowieso nichts ändern.« Seine Verärgerung über die reißerische Titelgeschichte hakte er kurzerhand ab.

»Wir müssen uns aber gut überlegen, was diese krasse *Blitz*-Geschichte für den Fall bedeuten kann, und entsprechend das weitere Vorgehen planen.«

Ihm war klar, dass sie in absehbarer Zeit sowieso mit einem großen Aufruf an die Presse gehen müssten, wenn sie bei der Suche nach Maria Peroni und der Bonner Marie nicht bald erfolgreich wären.

»Jetzt ist es eben anders durchgesickert. Bestenfalls rüttelt das die Bevölkerung auf, und wir bekommen verwertbare Hinweise. Wenn es dumm läuft, ruft die Nachricht vielleicht Trittbrettfahrer auf den Plan. Und im schlimmsten Fall fühlt sich der Entführer unter Druck gesetzt und reagiert sogar über.«

Diese drei Möglichkeiten erschienen Jana Jäger im Augenblick am wahrscheinlichsten.

Streffer stimmte der knappen Situationsanalyse zu und versprach ihr, noch einmal das Gespräch mit dem Chef zu suchen, um möglichst die Wogen zu glätten. Er wollte ihn bitten, Gnade vor Recht ergehen zu lassen und ihr wieder die Leitung der Ermittlungen zu übertragen. Sie habe einen kräftigen Schuss vor den Bug bekommen, was als disziplinarische Sanktion reichen müsse. Jetzt müsse es gut sein. Nicht dass sie glaube, er fühle sich mit der Führungsrolle in der Soko überfordert. Aber in einem so aufsehenerregenden, schwierigen Fall wolle er eben nicht auf die eingespielte Zusammenarbeit mit seiner vertrauten Partnerin verzichten.

»Zusammen sind wir am besten. Wir können es uns jetzt einfach nicht leisten, dich so unnötig ins Abseits zu stellen.«

»Das sehen offensichtlich nicht alle so, Frank. Danke für deine Unterstützung. Bring dich dadurch nur bitte nicht selbst in die Bredouille. Okay? Aber ehe ich es vergesse: Gibt es schon neue Erkenntnisse über das zweite vermisste Mädchen?«

»Leider nein. Die Kollegen sind noch dran, die Familie zu durchleuchten, ihr Umfeld abzuchecken und nach Querverbindungen zwischen beiden Fällen zu suchen. Ich melde mich sofort, wenn wir was haben.«

132

Josephine Franzen und Giulia Peroni waren außer sich vor Empörung über den in ihren Augen rücksichtslosen *Blitz*-Artikel. »Wie können die sowas schreiben? Die gefährden doch fahrlässig das Leben von Maria«, wetterte Josephine empört und stemmte beidseitig energisch die Fäuste in ihre Taille. »Manche Journalisten sind einfach gewissenlose Schweine. Gut, dass ich mit diesem schmutzigen Gewerbe nichts mehr zu tun habe.«

»Da kannst du recht haben«, stimmte ihr Alexander Hopp ohne Wenn und Aber zu. Er befürchtete allerdings nicht nur gefährliche Konsequenzen für das vermisste Kind, sondern auch massiven Ärger mit seinem eigenen Arbeitgeber.

Der Anruf aus der Chefredaktion des *Kurier* ließ nicht lange auf sich warten. Nikola Schnells Sekretärin teilte Hopp gewohnt schnippisch mit, die Chefin erwarte ihn in seinem Büro. Umgehend! Damit hatte Hopp gerechnet. Es war sonnenklar, dass Schnell nach der morgendlichen Lektüre des *Blitz* am Sonntag stinksauer war und ihn zum Rapport bestellen würde.

Eine halbe Stunde später wedelte sie bei Hopps Eintreten in ihr Büro erregt mit der Zeitung und knallte sie wütend auf den Schreibtisch. »Haben Sie das gelesen?«

Hopp war ehrlich. »Dieses Schmierblatt lese ich nicht.«

»Sollten Sie aber besser, damit Sie wissen, welche Stories Sie verpennt haben und wie die Kollegen uns damit vor aller Welt zum Affen machen.«

Dich muss keiner mehr zum Affen machen, das machst du doch tagtäglich selbst, dachte Hopp bissig. »Wenn Sie meinen...«

»Wenn ich das richtig verstanden habe, dann gehört das vermisste Kind zu einer italienischen Gruppe, die in Ihrem Kaff in Wachtberg zu Gast ist. Richtig?«

»Bei uns im schönen Pech, ganz genau.«

»Die Geschichte spielt also quasi vor Ihrer Haustür. Und Sie wollen davon überhaupt nichts mitbekommen haben? Das müssen Sie mir mal erklären.«

Hopp hatte weiterhin keine Lust zu lügen. Das hatte er nicht nötig, das lag weit unter seiner Würde. Außerdem könnte er sich damit nur noch mehr in Teufels Küche bringen. Selbst, wenn er hier und jetzt mit irgendeiner phantastischen Geschichte durchkäme, was ziemlich unwahrscheinlich war, dann wäre er spätestens morgen oder übermorgen endgültig aufgeschmissen, wenn die volle Wahrheit herauskäme. Wenn Schnell erst erführe, dass das vermisste Kind sein persönlicher Gast war und er selbst bei dessen Verschwinden auf dem Drachenfels dabei war, würde ihn das todsicher den Job kosten.

»Sagen Sie das bitte noch einmal. Ich glaube, ich habe mich gerade ziemlich verhört«, fauchte Schnell, sprang hektisch auf und postierte sich bedrohlich nahe vor Hopp, fast Nase an Nase. »Die Kleine wohnt nicht nur mit ihrer Mutter bei Ihnen, Hopp? Sie waren bei dem Ausflug auf dem Drachenfels sogar höchstpersönlich dabei?«

Wie zu befürchten war, hatte die Chefredakteurin keinerlei Verständnis für Hopps aufrichtige Erklärungen. Seine fehlende Distanz zu dem Fall, weil er schließlich selbst beteiligt war, hielt sie für »eine fadenscheinige Schutzbehauptung« und für »total unprofessionell«. Das Argument, die Zusammenhänge und Hintergründe seien noch völlig unklar und es gebe bisher kaum gesicherte, berichtenswerte Fakten, fand sie »lächerlich« und »dilettantisch«, weil das doch bei jedem zweitem Thema vorkäme und für die Kollegen des *Blitz* offensichtlich kein Hindernis dargestellt habe. Und die Gefahr, seine private Beziehung aufs Spiel zu setzten, wenn er die Anweisung der Polizei, sich herauszuhalten, missachtete, weil er ausgerechnet mit der ermittelnden Kommissarin liiert war, interessierte Nikola Schnell einfach nicht. »Was gehen mich Ihre häuslichen Probleme an?«

Am Ende dieses unerquicklichen Gesprächs verpasste die Chefredakteurin Hopp eine erste Abmahnung und erklärte ihre drastischen Bedingungen für eine weitere Zusammenarbeit »auf Bewährung«. Ab sofort habe er sie mindestens zweimal täglich über den

Stand der Ermittlungen sowie seiner eigenen Recherchen auf dem Laufenden zu halten. Dann werde sie, und nur sie als Chefredakteurin, persönlich entscheiden, ob und wann und wie sie über den Fall Peroni berichten würden. Im übrigen gelte diese Vorgehensweise auch über die aktuelle Geschichte hinaus bis auf Weiteres für alle Themen, mit denen Hopp sich künftig befassen werde. Es sei allerhöchste Zeit, dass er endlich mal wieder eine fette Story liefere. Der Wettbewerb sei hart, die Verkäufe gingen zurück, das Budget werde immer knapper, andere Bewerber scharrten mit den Hufen, außerdem habe er sich mit seiner Sonderrolle enorm angreifbar gemacht – und bei den Kollegen wenig beliebt.

Wenn sie nicht bald Luft holt, fällt sie in Ohnmacht und knallt mir direkt vor die Füße, dachte Hopp. Was für ein bizarres Schauspiel… Es amüsierte ihn, wie die Chefredakteurin sich in höchste Rage geredet hatte, mit hochrotem Kopf in ihrem Büro herumturnte und wild mit den Armen fuchtelte.

»Jetzt ist endlich Schluß mit Ihren Extratouren!«, hörte er Nikola Schnell sagen. »Ab sofort arbeiten Sie genau so wie alle anderen Kollegen in der Redaktion. Sie schreiben gefälligst separate Fassungen Ihrer Artikel für die Online-Ausgabe. Sie liefern mir regelmäßig hübsche Beiträge für unsere Social-Media-Kanäle. Und Sie schieben hier Dienste bei der Blattproduktion, wenn Not am Mann ist.« Sie unterbrach ihren Redefluss kurz, um einmal tief Luft zu holen. »Und wenn Sie sich künftig nicht strikt an meine Anweisungen halten, dann werde ich Sie sofort feuern. Und zwar fristlos.«

Hopp nahm die Drohungen seiner Chefredakteurin schon lange nicht mehr ernst. Das glaubst du doch selbst nicht, Zicki Niki, dachte er. Hunde, die bellen, beißen bekanntlich nicht. In aufrechter Haltung, die Hände locker in den Schoß gelegt und milde lächelnd, ließ er diesen massiven Anschiss gelassen über sich ergehen. Dann erhob er sich selbstsicher und verließ mit einem freundlichen Gruß das Büro.

Bei der morgendlichen Sitzung der Soko Pechmariechen herrschte so miserable Stimmung, wie sie Frank Streffer selten erlebt hatte. Mit ihren Ermittlungen im Umfeld der Peronis war die Polizei keinen Schritt weiter gekommen. Niemand aus der italienischen Reisegruppe hatte etwas Sachdienliches zu sagen gewusst, und ein Tatverdächtiger war auch nicht unter ihnen auszumachen. Die Befragungen der Nachbarn von Hopp, von Franzen und Dörfler sowie der wichtigsten Geschäftsleute in Wachtberg waren noch unergiebiger verlaufen. Alle kannten Giulia und Maria nicht einmal, hatten von dem Treffen der Partnerstädte wenig mitbekommen und interessierten sich kaum dafür.

Das gleiche Ergebnis bei den Recherchen in Königswinter.

Der Erste Hauptkommissar Pinsel war mit dem Stand der Ermittlungen äußerst unzufrieden. Wie eine furchteinflößende Statue baute er sich mit verschränkten Armen und beleidigter Miene vor seiner Mannschaft auf.

»Wir haben nichts und wissen nichts Konkretes im Fall von Maria Peroni. Bisher habe ich auch noch keinen halbwegs plausiblen Ansatz gehört. Und zu allem Überfluss gibt es seit gestern eine zweite vermisste, kleine Marie aus Friesdorf. Was hat das zu bedeuten? Hängen die Fälle etwa zusammen? Kann mir das vielleicht jemand erklären?«

Die meisten Teilnehmer der Besprechung schauten teilnahmslos ins Nichts des funktional ausgestatteten, ziemlich kahlen Konferenzraums und zeigten nicht die geringste Reaktion. So versuchten sie, sich unauffällig wegzuducken. Einige zuckten ratlos mit den Schultern. Streffer fühlte sich als kommissarischer Soko-Leiter in der Pflicht, wenigstens irgendwas zu sagen, auch wenn er auf Pinsels Fragen keine Antwort wusste.

»Natürlich müssen wir davon ausgehen, dass es zwischen diesen Fällen eine Verbindung gibt. Zwei kleine Mädchen, beide dunkelhaarig, beide einander zum Verwechseln ähnlich, beide mit demselben Vornamen, Maria beziehungsweise Marie – das kann kein Zufall sein. Zumal Marta Krämer, die Mutter der Vermissten

136

aus Bonn, nach ersten Informationen eine gebürtige Italienerin ist. Da muss es Zusammenhänge geben. Allerdings habe ich noch nie von einem Serienentführer gehört. Bisher zumindest.«

»Was Sie mutmaßen und was Sie bislang gehört oder nicht gehört haben, reicht aber nicht und interessiert mich auch nicht«, blaffte Pinsel. »Wir brauchen handfeste Ergebnisse. Der *Blitz*-Artikel setzt uns gewaltig unter Druck. Die Pressemeute bedrängt uns. Noch kann Pressesprecher Vogel sie mir vom Hals halten. Aber sicher nicht mehr lange. Auch der Polizeipräsident wird ungeduldig und verlangt, dass wir endlich etwas Brauchbares liefern. Sogar Düsseldorf soll sich bereits eingeschaltet haben, der Innenminister hat angeblich höchstpersönlich beim Präses angerufen.«

Kriminaloberkommissar Harald Neumann, der einige Jahre Streffers Partner gewesen war, ehe ihm die junge Jana Jäger zugeteilt wurde, meldete sich. Streffer wusste, dass er etwas Wichtiges zu sagen haben musste. Denn für gewöhnlich fiel Neumann eher durch seine schrillen Hawai-Hemden auf als durch Wortbeiträge. »Über direkte Kontakte zwischen den beiden Mädchen oder ihre Familien haben wir noch nichts herausgefunden. Allerdings sind wir auf einen merkwürdigen alten Fall gestoßen.«

»Was sollen wir denn jetzt mit einem alten Fall? Wir haben zwei komplizierte frische Fälle, die …«, warf Pinsel unwirsch ein, um den Beitrag abzuwürgen.

»… die eventuell mit einem anderen zusammenhängen, der sich vor knapp dreißig Jahren ereignet hat«, fiel Neumann nun seinerseits dem Ersten Hauptkommissar ins Wort. Streffer war baff. Das hatte er noch nie erlebt. Seine Neugier war geweckt.

»Was ist damals passiert, Harald?«

»Ein kleines Mädchen verschwand. Sechs Jahre alt, dunkelhaarig. Ähnlicher Typ wie Maria Peroni und Marie Krämer. Sie hieß übrigens Marianne, lebte mit ihren Eltern in Königswinter. Sie wurde auf Pützchens Markt entführt.«

Fast alle starrten Neumann an. Niemand rührte sich. Es war mucksmäuschenstill.

Dann räusperte sich der Erste Hauptkommissar betreten. »Berichten Sie bitte weiter, Herr Neumann.«

»Damals gab es zwei Verdächtige. Einen fast 60jährigen Handelsvertreter aus Köln und einen 25jährigen Busfahrer aus Königswinter. Der Handelsvertreter ist mittlerweile verstorben. Der Busfahrer ist heute 55 Jahre alt und wohnt noch immer in Königswinter. In Römlinghoven, um genau zu sein.«

»Gibt es Hinweise, die diesen Mann mit unseren beiden vermissten Mariechen in Verbindung bringen?«, wollte Pinsel wissen.

»Bisher nicht. Aber was nicht ist, kann noch werden.« Neumann verzog keine Miene.

»Dass alle drei Mädchen sehr ähnlich aussehen beziehungsweise aussahen und auch noch quasi gleich heißen, ist schon ein starkes Indiz«, meinte Streffer nachdenklich. »Allerdings lässt mich die lange Zeitspanne zwischen den Fällen zweifeln. Kann es sein, dass ein Entführer dreißig Jahre Pause einlegt, ehe er wieder zuschlägt? Und dann sogar gleich zweimal innerhalb von zwei Tagen?«

»Klingt unwahrscheinlich. Wäre aber möglich«, spekulierte Harald Neumann. »Lasst uns doch an dem Typen in Römlinghoven dranbleiben und ihm spontan auf die Pelle rücken.«

Streffer war dafür. »Das sehe ich genauso. Allerdings dürfen wir uns jetzt nicht zu sehr auf diese eine Spur versteifen. Parallel dazu müssen wir irgendetwas unternehmen, um zu beiden Mädchen neue Informationen zu bekommen und konkrete Spuren zu finden, die wir verfolgen können.«

Der Kriminaloberkommissar war mit seinem Latein fast am Ende. Im Fall Maria Peroni hatte die Polizei die Betroffenen, ihre Familien und Nachbarn befragt. Sie hatte deren Umfelder analysiert und Königswinter und den Drachenfels auf den Kopf gestellt. Sogar der neue Alarmhubschrauber und die Diensthundestaffel waren zum Einsatz gekommen.

Alles ohne greifbares Ergebnis. Dasselbe auch im Fall Marie Krämer. Fast alle möglichen Ermittlungsmaßnahmen waren angewandt worden. Die Erkenntnisse jedoch waren mehr als mau. »Wir

138

müssen schnellstens eine neue Welle anstoßen«, sagte Streffer, »uns läuft die Zeit davon.«

»Was schwebt Ihnen vor, Streffer?«, fragte Peter Paul Pinsel irritiert. Der Begriff *Welle* war dem Ersten Hauptkommissar nicht ganz geheuer.

»Wir müssen an die Öffentlichkeit. Wir müssen eine große Medienkampagne starten«, erklärte Streffer. »Bilder beider Mädchen veröffentlichen, im Internet, in den Zeitungen und im Fernsehen. Dazu Suchmeldungen im Radio. Sachdienliche Hinweise aus der Bevölkerung sind jetzt dringend nötig.«

»Und das soll uns weiterhelfen?« Neumann blieb skeptisch. »Das bringt uns doch nur wieder einen Wust wirrer Anrufe von einsamen alten Leuten und notorischen Querulanten ein. Viel Arbeit, wenig Ertrag. Das hatten wir oft genug.«

»Mag sein. Aber das ist die einzige Option, die uns geblieben ist. Aufwand hin oder her. Den müssen wir in Kauf nehmen. Wir brauchen frische Impulse, sonst stehen wir bei Null, wenn der Busfahrer aus Königswinter nicht unser Mann sein sollte.«

»Aufwand und Ertrag ihrer Welle sind das eine. Das andere ist, die unerwünschten Nebenwirkungen ohne Schaden zu überstehen. Wir müssen unbedingt eine Pressekonferenz anberaumen. Die Journalisten werden uns mit Anfragen bombardieren, wenn sie durch die Suchmeldungen von dem zweiten verschwundenen Mädchen erfahren.« In Peter Paul Pinsels Gesicht zeigte sich blanke Panik. »Für diese Medienfuzzies brauchen wir Antworten. Oder zumindest einen pfiffigen Ansatz, den sie schlucken. Sonst machen wir uns lächerlich. Liefert Leute! Schnell!«

Streffer schüttelte verständnislos den Kopf. »Wir machen hier gewissenhaft unseren Job, Chef. Alle tun, was sie können. Hätten wir einen Zauberer im Team, wären die Fälle längst gelöst.«

Auf dem Weg in sein Büro ging Streffer kurz bei Julius Vogel vorbei. Er mochte den extrovertierten Polizeisprecher, über den sich viele im Präsidium ob seines schrillen Kleidungsstils die Mäuler zerrissen. Vogel saß an seinem Schreibtisch und surfte gedankenverloren im Worldwide Web.

»Wir haben ein zweites vermisstes Mädchen, Julius. Aber das weißt du sicher inzwischen. Wir müssen dringend eine große Suchwelle anstoßen.«

»Haben wir denn Bilder von den Kleinen?«

»Klar, haben wir. Schreibe doch bitte eine knackige Suchmeldung. Dann können wir das Informieren der Medien gern untereinander aufteilen«, sagte Streffer. »Du kennst dich ja am besten mit dem Internet aus. Vielleicht kümmerst du dich um Facebook, Instagram, Twitter, Snapchat und was es da sonst noch Nützliches gibt. Und um die Zeitungen natürlich. Ich aktiviere in der Zwischenzeit meine guten Kontakte beim WDR und bei Radio Bonn-Rhein-Sieg.«

»Okay, Frank. Können wir gerne so machen. War's das?«

»Nicht ganz.« Streffer lächelte verschmitzt. »Lade bitte parallel zu einer Pressekonferenz ein.«

»Für wann?«

»Am besten für gestern, wenn es nach PPP geht. Aber Quatsch beiseite. Möglichst für heute Nachmittag.«

Der große Konferenzsaal im Polizeipräsidium war überfüllt. Einige Journalisten standen sogar an der zweiflügeligen Tür in den Flur hinaus. Jana Jäger war gerade noch rechtzeitig gekommen, um einen Stehplatz an der Rückwand mit guter Sicht auf das Podium zu ergattern. Sie wollte sich diese Pressekonferenz nicht entgehen lassen. Auch wenn sie von dem Fall abgezogen war, konnte ihr niemand die passive Teilnahme als Zuhörerin verwehren. Womöglich ergab sich aus den Fragen der Journalisten sogar eine neue Idee für ihre eigenen inoffiziellen Ermittlungen. Von den Antworten der Kollegen erwartete sie allerdings nicht viel. Denn dank ihrem Partner Streffer war sie bestens darüber informiert, was die Soko unternahm, was sie wusste, und vor allem, was sie noch nicht wusste.

Frank Streffer rutschte nervös und schwitzend auf seinem Sitzplatz in der Mitte des Podiums hin und her, flankiert vom Ersten Hauptkommissar Pinsel zu seiner Linken und Julius Vogel zur Rechten. Wieder einmal war Vogel, wie um seinem Namen alle Ehre zu machen, bei diesem öffentlichen Auftritt auffällig farbenfroh gekleidet: hellblaues Jackett, gelbes Oberhemd und rote Fliege. Er klopfte zum Test mit dem Zeigefinger auf das vor ihm angebrachte Mikrofon und stellte zufrieden fest, dass es scharf gestellt war.

»Guten Tag, meine Damen und Herren, ich begrüße Sie zur heutigen Pressekonferenz. Wie Sie mittlerweile alle unseren Meldungen vom heutigen Tage entnehmen konnten, suchen wir nach zwei verschwundenen kleinen Mädchen. Über den Stand der Ermittlungen werden Sie der Leiter der Mordkommission, Peter Paul Pinsel, ganz links von mir, sowie der leitende Ermittler, Kriminaloberkommissar Frank Streffer, informieren. Sparen Sie sich bitte Ihre Fragen auf, bis die beiden Kollegen ihren Bericht beendet haben. Bitte übernehmen Sie nun, Herr Hauptkommissar.«

»Gern, Herr Vogel«, begann Pinsel mit belegter Stimme, weshalb er verlegen zweimal kurz in die linke Faust hustete. Mit etwas klarerem Ton sprach er dann weiter. »Am Freitagnachmittag verschwand auf bisher ungeklärte Weise die sechsjährige Maria Peroni bei einem Ausflug auf den Drachenfels. Mit ihrer Mutter ist sie derzeit als Mitglied einer großen italienischen Besuchergruppe beim Treffen der Partnerstädte in Wachtberg zu Gast. Und seit gestern wird zudem die neunjährige Marie Krämer vermisst. Sie kehrte nicht vom Training in der Schulturnhalle zurück. Die Details dieser Fälle kennt niemand besser als der leitende Ermittler, Kriminaloberkommissar Frank Streffer, an den ich nun das Wort übergebe. Bitte, Herr Kollege.«

Seine Aufregung hatte Streffer mittlerweile einigermaßen in den Griff bekommen. Doch nun erschrak er, als ihm sein Chef unvermittelt den Schwarzen Peter zugeschoben hatte. Erst stockend, dann immer flüssiger und besser verständlich berichtete er, was auf dem Drachenfels am Freitagnachmittag geschehen war. Was die Polizei vor Ort sofort unternommen hatte und mit welchen weiteren Maßnahmen die Soko Pechmariechen in den vergangenen beiden Tagen in Königswinter und Wachtberg ermittelt hatte. Er legte eine kurze Pause ein, um einen Schluck Wasser zu trinken. Dabei behielt er sein Publikum im Blick.

Mindestens drei Dutzend Gesichter sahen ihn erwartungsvoll an – aufmerksam und kritisch, aber nicht unfreundlich. Über Marie Krämer hatte er weit weniger zu berichten. Sie war ja erst seit gestern vermisst. Mehr als die klassische Durchsuchung des Wohnhauses der Familie, Recherche der privaten Verhältnisse und Befragungen von Nachbarn und Freunden hatten noch nicht stattfinden können. Damit endete sein kurzer Vortrag. Kein Satz über erste Erkenntnisse oder verwertbare Ergebnisse der Ermittlungen. Kein Wort über einen plausiblen Ansatz. Keine Silbe über mögliche Zusammenhänge zwischen dem Verschwinden der zwei Mädchen. Zumal deren Mütter beide aus Italien stammten.

»Gehe ich recht in der Annahme, dass Sie noch immer nicht die geringste Ahnung haben, was mit dem Mädchen auf dem Drachenfels passiert ist? Und noch weniger, was die verschwundene Kleine aus Friesdorf betrifft?«, fragte spitz ein Journalist des Westdeutschen Rundfunks.

Jana Jäger kannte ihn gut und mochte seine direkte, freimütige Art sehr gern. Sie war wirklich gespannt, wie es jetzt weitergehen würde.

»Das kann man so nicht sagen«, antwortete Julius Vogel schnell und ausweichend, um Streffer zur Hilfe zu kommen.

»Was kann man denn sagen?«, hakte der *Blitz*-Reporter nach, der den Artikel in der Sonntagsausgabe geschrieben hatte. »Ist die Kleine auf dem Drachenfels verunglückt? Hat sie sich verirrt? Oder ist sie womöglich entführt worden?«

»Dazu können wir aus ermittlungstaktischen Gründen momentan keine Angaben machen«, erklärte nun der Chef der Mordkommission.

»Wieso denn nicht?«, insistierte der Boulevardjournalist. »Was soll schon groß passieren, wenn Sie uns wenigstens bestätigen, dass das Mädchen wohl kaum verunglückt sein kann.«

»Weil Sie daraus dann schließen werden, dass sie entführt worden sein muss und wir das dann morgen in Ihrem Blatt quasi als Tatsache lesen dürfen.«

»Und wenn schon.«

Der Reporter verschränkte die Arme und lehnte sich selbstbewusst in seinem Stuhl zurück. Pinsel war ihm gerade auf den Leim gegangen.

»Das steht keinesfalls fest. Und ihre vorschnelle Behauptung einer Entführung würde unsere Ermittlungen erheblich stören«, schob Pinsel erklärend nach, um sich einigermaßen glimpflich aus der Affäre zu ziehen.

»Aber zwei kleine Mädchen verschwinden. Innerhalb kürzester Zeit. Sie sehen sich nicht nur sehr ähnlich, sondern haben auch fast denselben Namen. Was soll denn, bitte schön, sonst dahinter stecken, wenn nicht eine Entführung?« Der Ton des WDR-Mannes war deutlich aggressiver geworden.

»Dafür gibt es keinen einzigen konkreten Hinweis. Dennoch schließen wir es natürlich nicht aus.«

»Wieso haben Sie dann überhaupt zu dieser Pressekonferenz eingeladen, wenn Sie uns nichts sagen können oder wollen?«

Diese Frage eines älteren Redakteurs der Bonner Lokalzeitung rief im großen Saal höhnisches Gelächter und Kopfschütteln der Journalisten hervor.

Stotternd versuchte Pressesprecher Vogel die aufgebrachten Journalisten zu beruhigen, doch niemand hörte ihm mehr zu. Die meisten hatten sich erhoben und verließen verärgert oder sogar lauthals fluchend den Konferenzraum, unter ihnen auch still und unerkannt die Kriminalhauptkommissarin Jana Jäger, die leider genau das hatte mitansehen müssen, was sie befürchtet hatte.

Kuriose Forderung

Das kleine Café Bauer im Bonner Stadtteil Oberkassel war proppenvoll. Das war fast immer so. Alle Nierentischchen und gepolsterten Sesselchen im Wirtschaftswunder-Stil der fünfziger Jahre waren besetzt, vornehmlich von ebenso betagten wie betuchten Damen, die sich lebhaft unterhielten. Dennoch war es nicht besonders laut in dem kleinen, eng möblierten Gastraum. Die Stoffbespannung der Wände und die üppigen, mit Volants besetzten Vorhänge dämpften die Geräusche.

Jana Jäger erkundigte sich bei einer der älteren Servicedamen, ob in Kürze Platz für zwei Personen frei werde. In den nächsten fünf bis zehn Minuten werde sie sicherlich zwei bis drei Tische abkassieren, erwiderte die freundliche Frau und bot an, einen davon für sie vorzumerken, wenn sie denn so lange warten wolle. Jana Jäger nahm gern an. Da winkte auch schon eine elegant gekleidete und auffällig schmuckbehangene ältere Dame an dem Tisch in der hinteren rechten Ecke nach der Kellnerin wegen der Rechnung.

Nachdem die Kundin abkassiert, das Geschirr abgeräumt und ersetzt worden war, übernahm Jäger diesen Tisch. Sie war etwas früher dran, weil auf dem Weg dorthin weit weniger Verkehr gewesen war, als erwartet. Also studierte sie gründlich die Karten für Speisen und Getränke, obwohl sie eigentlich längst wusste, was sie bestellen wollte: ein Stück Käsekuchen mit Mandelsplittern und Rosinen, der Klassiker des Hauses, und einen Cappuccino.

Mit einer Viertelstunde Verspätung erschien Frank Streffer, der gehetzt und erregt wirkte, was doppelt ungewöhnlich war. Er war der pünktlichste Mensch, den Jäger kannte, und er ließ sich selten aus der Ruhe bringen.

»Ist nach eurer chaotischen Pressekonferenz noch etwas Wichtiges passiert?«, fragte sie ihn unverblümt, statt ihn zu begrüßen.

»Warst du etwa bei dieser peinlichen Vorstellung im Saal, Jana? Ich habe dich gar nicht bemerkt. Nachher gab es intern natürlich noch zusätzlichen Stress. Wir haben im Team über diese missratene PK gestritten. Das war doch von vornherein absehbar, dass wir von der Journalistenbande zerrissen würden, wenn wir ihnen überhaupt nichts liefern. Ich wollte bei diesem Stand der Ermittlungen keine Pressekonferenz abhalten. Aber gewisse Herren in Führungspositionen waren da anderer Ansicht. Und jetzt haben wir den Salat.«

»Tja, das war wirklich eine Vollblamage. Ist aber nicht mehr zu ändern. Hake es also ab. Lass uns nach vorn gucken. Hast du was Neues?«

»Allerdings.« Streffer nahm einen großen Schluck von dem alkoholfreien Hefeweizen, das ihm die Kellnerin gerade serviert hatte. Er hatte mordsmäßigen Durst, und außerdem genoss er es, seine Kollegin ein bisschen auf die Folter zu spannen. »Du wirst sehen, das ist irre, das kann kein Zufall sein.«

»Was denn? Nun spuck's schon aus«, drängelte Jäger.

»Marta Krämer, die Mutter der verschwundenen Maria aus Friesdorf, ist gebürtige Italienerin. Sie hieß mit Mädchennamen Cantuccini und stammt ebenfalls aus der Lombardei. Ihr Heimatort liegt schlappe fünfunddreißig Kilometer von dem der Peronis entfernt.«

»Das ist wirklich unglaublich. Die Geschichte wird immer verrückter. So viele Zufälle kann es tatsächlich nicht geben«.

Jäger war verblüfft und ließ sich ruckartig in die Rückenlehne ihres Sesselchens zurückfallen. »Deshalb können wir nicht ausschließen, dass Marta Krämer die Peronis kennt. Und dass es persönliche Berührungspunkte gibt, vielleicht sogar ein einziges Motiv für beide Fälle.«

Konzentriert aß sie das letzte Stückchen Käsekuchen und kratzte mit einem kleinen Löffel den letzten Milchschaum aus der Tasse.

»Das ist denkbar, obwohl wir dafür noch keinerlei Indiz haben. Die Cantuccinis aus Treviglio sind eine einfache, unauffällig lebende Familie. Nur ein Cousin Martas, der in Mailand wohnt, ist mehrfach straffällig geworden – Einbrüche, Diebstähle und eine

Körperverletzung. Aber nichts wirklich Großes bisher«, berichtete Streffer. »Und die Krämers sind eine alteingesessene, gutbürgerliche Bonner Familie. Alle Mitglieder sind in ihrer Gemeinde oder in örtlichen Vereinen aktiv. Sie sind angesehene Leute. Niemand von ihnen hat sich bisher irgendetwas zuschulden kommen lassen.«

»Das muss überhaupt nichts heißen. Die größten Mafiabosse leben nach außen hin völlig bieder und lammfromm«, sagte Jana. »Haben die Krämers denn vielleicht Geld?«

»Sieht nicht so aus. Marta ist Hausfrau. Ihr Mann Robert arbeitet als Ingenieur bei der Telekom und verdient bestimmt nicht schlecht, aber wahrscheinlich auch nicht übermäßig üppig. Richtig reich ist die Familie jedenfalls nicht. Auch die Großeltern haben nicht viel, die leben in ziemlich bescheidenen Verhältnissen.«

Streffer trank den Rest Weizenbier, wischte sich mit dem Handrücken den Mund ab und sah Jana verschmitzt an. »Einen Knaller hab ich übrigens noch.«

»War mir klar, so, wie du mich angrinst.«

Begeistert berichtete Streffer von dem dreißig Jahre alten Fall aus Königswinter, auf den sie bei der Recherche im Archiv gestoßen waren und der so viele bemerkenswerte Parallelen zu den derzeitig Vermissten aufwies. Alle drei Mädchen sahen einander fast zum Verwechseln ähnlich, waren im Grundschulalter und trugen fast denselben Namen. Und alle drei Fälle ereigneten sich im Großraum Bonn-Rhein-Sieg.

»Marianne wurde nie gefunden. Damals gab es zwei Hauptverdächtige, denen die Kollegen leider nichts nachweisen konnten«, sagte Streffer. »Einer von ihnen lebt noch. Als Busfahrer in Königswinter. Er ist jetzt 55 Jahre alt.«

»Königswinter, erst 55, das könnte passen.«

»Was bedeuten würde, dass wir es mit einem Serienentführer zu tun hätten. Mit einem, der es ausschließlich auf junge, dunkelhaarige Mariechen abgesehen hätte.«

»Ungewöhnlich, aber möglich. Auch wenn es noch keine konkreten Hinweise auf eine Verbindung zwischen diesen Fäl-

146

len gibt, sollten wir das Verschwinden von Maria und Marie ab sofort intensiver zusammen betrachten und nach konkreten Verknüpfungen mit dem Fall aus den Neunziger Jahren suchen«, sagte Jäger. »Ich recherchiere als nächstes in der italienischen Besuchergruppe in Wachtberg. Vielleicht ist ja zufällig jemand aus Treviglio dabei, vielleicht kennt irgendwer zumindest die Cantuccinis oder vielleicht weiß einer sogar Handfestes über sie zu berichten. Bei Giulia Peroni fange ich damit an. Und du solltest den damaligen Verdächtigen in Königswinter aufstöbern.«

Streffer nickte und sah erstaunt in sein leeres Bierglas.

»Auf den setzte ich Neumann und seinen neuen Partner Becker an. Ich selbst klappere alle Angehörigen der Krämer-Sippe ab und quetsche sie über ihre Kontakte in der Wachtberger Partnerstadt aus.«

Josephine Franzen stellte die große Einkaufstasche auf die Arbeitsplatte der neuen anthrazitgrauen Einbauküche. Endlich war sie in einer kurzen Pause zwischen den vielen Veranstaltungen des eng getakteten Partnerschaftstreffens dazu gekommen, im täglich geöffneten Scheunenmarkt in Berkum das Nötigste einzukaufen. Sie hatte fast nichts mehr im Haus gehabt, und am frühen Abend würden die beiden Besuchergruppen aus den Partnerstädten in ihren Bussen nach Hause reisen.

Ihren persönlichen Gästen Lorenzo und Sofia Baggio, dem italienischen Vorsitzenden und seiner Ehefrau, wollte sie für die lange Fahrt reichhaltige Lunchpakete mit Wachtberger Leckereien und Getränke mitgeben. Zufrieden verstaute sie im Kühlschrank, was sie eingekauft hatte, als das Telefon klingelte.

»Ja, bitte«, meldete sie sich kurz angebunden und in Gedanken ganz bei der Vorbereitung der Verabschiedung.

»Eine Million Euro. Ich verlange eine Million Euro für die Kleine«, sagte eine dumpf hallende und verzerrt klingende Stimme am anderen Ende der Leitung. »Übergabe morgen. Wann und wo, erfahren Sie später. Und: Keine Polizei, sonst–«

147

Dann legte der Anrufer abrupt auf, ohne die Drohung auszusprechen, die Franzen allerdings auch so verstanden hatte. Verstört legte sie das Telefon beiseite und setzte sich schwerfällig in den alten Ohrensessel in der Wohnzimmerecke.

Ihr wurde schummrig, im Kopf drehte sich alles, der Blick vernebelte sich, um den Magen krampfte es sich zusammen, die Knie wurden butterweich, Schweiß brach ihr aus, sie zitterte am ganzen Körper, und sie konnte keinen klaren Gedanken fassen.

Ganz langsam und ganz tief atmete sie immer wieder ein und aus. So, wie sie es als Schülerin während der Pubertät gelernt hatte, als sie sich im Sportunterricht übernommen hatte und gegen eine Ohnmacht kämpfte.

Wie lange sie so hilflos im Sessel gesessen hatte, wusste sie nicht, als sie wieder aufstand. Einigermaßen gefasst ging sie zum Telefon zurück. Waren fünf Minuten vergangen oder fünfzehn? Keine Ahnung. Sie wählte Hopps Mobilnummer.

Bereits beim zweiten Klingelton nahm ihr Freund das Gespräch schon an.

»Hallo, Josy! Was gibt's?«

»Jemand hat sich gerade bei mir telefonisch gemeldet. Er verlangt eine Million.«

»Also doch eine Entführung«, antwortete Hopp erschrocken. »Hat er sonst noch was gesagt? Und war es überhaupt ein Er?«

»Ja, die Stimme klang zwar sehr verstellt, aber es war ganz sicher ein Mann. Übergabe soll schon morgen sein. Und ansonsten das Übliche: auf keinen Fall Polizei!«

»Wann und wo soll die Übergabe morgen stattfinden?«

»Das würde ich später erfahren, hat er gesagt. Was machen wir denn jetzt, Alex?«

»Keine Ahnung, Josy. Ich komme, so schnell es geht, mit Jana und Giulia bei dir vorbei. Dann sehen wir weiter.«

Eine gute halbe Stunde später trafen sie ein.

Inzwischen hatte Josephine Franzen ihren Stellvertreter Hannes Dörfler informiert, er möge bitte die Leitung des letzten offi-

148

ziellen Programmpunktes am Nachmittag übernehmen, weil sie kurzfristig verhindert sei.

Giulia hatte völlig verheulte Augen und rang um Fassung. Jana hingegen wirkte konzentriert und fast gelassen.

»Eine Million«, sagte Josephine langsam, »woher sollen wir bis morgen eine Million Euro nehmen? Hat die etwa jemand von euch?«

»Natürlich nicht«, antwortete Alexander, »aber die Frage ist doch erst einmal, ob wir uns überhaupt mit dem Entführer–«

»Ihr? Ihr lasst euch auf keinen Fall mit ihm ein«, fiel ihm Jana ins Wort. »Das ist eine verdammt komplizierte und gefährliche Situation. Dafür gibt es Spezialisten bei der Polizei.«

»Die wir aber nicht einschalten dürfen.« Josephine klang diese Forderung des Anrufers mehr als deutlich im Ohr.

»Das sagen Entführer immer«, entgegnete Jana.

»Aber wenn wir uns nicht daran halten, und er bemerkt das, dann gefährden wir wahrscheinlich das Leben von Maria«, gab Josephine zu bedenken.

»Nein, nein. Bitte keine Risiko eingehen«, meldete sich erstmals Giulia aufgeregt zu Wort.

»Das will hier niemand, Giulia. Aber sind wir denn sicher, dass dieser Anrufer Maria überhaupt in seiner Gewalt hat?« Alexander schaute fragend in die Runde. »Wieso meldet er sich erst jetzt, zwei Tage nach dem Verschwinden Marias? Und außerdem, was ich besonders bemerkenswert finde, wieso ausgerechnet kurz nach der Veröffentlichung des *Blitz*-Artikels?«

»Du meinst, das könnte bloß ein Trittbrettfahrer sein?« Jana Jäger kratzte sich nachdenklich den Hinterkopf und runzelte die Stirn.

»Das ist doch vorstellbar, oder nicht? Jemand mit hoher krimineller Energie liest zufällig diesen Artikel, der ihn auf eine Idee bringt. Es werden zwar keine Namen genannt, dafür aber das Treffen der Partnerstädte und das Forum Freunde in Europa als Veranstalter. Mit diesen Infos den Namen Josephine Franzen und ihre Telefonnummer im Internet zu finden, ist ein Kinderspiel. Da kann sich jemand einfach an den Fall drangehängt haben, um schnell Kasse zu machen.«

Hopps Theorie klang einleuchtend, zumal er jedes Glied der Kausalkette durch immer heftigeres Kopfnicken bekräftigte. Jana pflichtete ihm bei, hatte dann aber noch eine alternative Erklärung. »Das kann natürlich sein. Bisher habe ich es ja selbst für äußerst unwahrscheinlich gehalten, dass ein Entführer Lösegeld erpressen wolle. Trotzdem ist aus der Verzögerung nicht zwingend zu schließen, dass es sich um einen Trittbrettfahrer handelt. Vielleicht hat der Entführer uns absichtlich zwei Tage schmoren lassen, um uns noch nervöser zu machen und unsere Zahlungsbereitschaft zu erhöhen, damit er die Sache ohne komplizierte Verhandlungen schnell zu Ende bringen kann. Wir müssen den Anruf ernst nehmen. Wir dürfen nicht das geringste Risiko eingehen. Deshalb werde ich jetzt sofort meine Kollegen informieren. Ich bin Polizistin, ich muss das tun. Unser Team kann auch die geforderte Million besorgen und wird die Aufgabe so oder so lösen. Keine Angst, Giulia! Wir holen Maria zurück!«

Giulia Peroni starrte Jana Jäger ungläubig und fassungslos an. Dicke Tränen liefen ihr über die geröteten Wangen.

Die Milde des Spätsommers schien verflogen zu sein. Die Temperaturen waren binnen eines Tages frostig geworden. Der Himmel war bleigrau, die Luft neblig und trüb, und Alexander Hopp fühlte sich bereits in einen unbehaglichen November versetzt, den er überhaupt nicht leiden konnte. Warm und wetterfest gekleidet, machte er sich mit Elvis auf den Weg rund um die Reitanlage in der ehemaligen Grube Laura in Oberbachem bis hoch zum Golfplatz. Er lief gerne zwischen den Obstplantagen hindurch, auch wenn die Bäume längst abgeerntet waren. Ein wunderbarer Weg.

Es reizte ihn, oben kurz im Eagle einzukehren. Das Lokal war gemütlich, das Essen sehr ordentlich und der Blick von dort über den ungewöhnlichen Waldplatz des Golfclubs atemberaubend.

Er entschied sich dagegen. Die Sicht war heute einfach zu schlecht. Also marschierte er weiter, den schnurgeraden Waldweg entlang in Richtung Rodderberg.

So trüb wie das Wetter waren auch seine Gedanken.

War es richtig, dass Jana den Anruf des Entführers und seine Forderungen sofort bei der Soko gemeldet hatte? Aus dienstlicher Sicht war sie dazu verpflichtet, aber war es auch angemessen und im Sinne von Marias Sicherheit?

Natürlich forderten Entführer immer, die Polizei solle herausgehalten werden, weil sie sich die Sache so leicht wie möglich machen und ihr eigenes Risiko verringern wollten.

Andererseits gab es bei der Polizei Spezialisten für solche Situationen, die auch über exzellente technische Ausrüstung verfügten. Da konnten aus heiterem Himmel bedrohte und deshalb psychisch überlastete Privatmenschen nicht mithalten.

Dennoch war der Einsatz der Polizei ein Spiel mit dem Feuer, das oft genug katastrophal endete.

Aber egal, was er selbst davon hielt, die Entscheidung war gefallen, und Hopp hatte keinen Einfluss auf den weiteren Verlauf des Geschehens. Frank Streffer und seine Leute hatten die Verantwortung übernommen. Sie würden die morgige Geldübergabe abwickeln und dabei hoffentlich den Täter schnappen und Maria befreien.

Er selbst konnte nicht helfen.

Eigentlich hatte er mit Otto Springer verabredet, gemeinsam in die Suche nach Maria einzusteigen und in Königswinter jeden Stein umzudrehen. Doch das war angesichts der neuen Lage unsinnig. Außerdem hatte er Jana ausdrücklich versprechen müssen, sich aus dem Fall herauszuhalten. Für ihre Beziehung war es sicher besser, wenn er Wort hielt. Er wollte sich erst gar nicht vorstellen, wie seine Liebste reagieren würde, wenn sie ihn bei eigenmächtigen Ermittlungen erwischen würde.

Trotzdem konnte er morgen nicht tatenlos zu Hause hocken, sein Handy anstarren und auf die Vollzugsmeldung warten.

Am liebsten wollte er sich mit Springer möglichst in der Nähe des Geschehens aufhalten, falls er Ort und Zeit der Übergabe herausbekommen könnte.

Jana würde ihm das mit Sicherheit nicht erzählen. Aber das müsste zu recherchieren sein. Sie waren Reporter. Es war ihr Job, zur rechten Zeit am richtigen Ort zu sein, um möglichst exklusiv über aktuelle Ereignisse zu berichten.

Das konnte ihnen niemand verübeln.

Selbst Jana nicht.

Energisch klatschte Frank Streffer in die Hände. »Ruhe, Leute! Lasst uns endlich loslegen. Wir haben nicht viel Zeit, dafür aber jede Menge zu tun.«

Rund zwei Dutzend Beamte saßen und standen zur Lagebesprechung im Konferenzraum des Polizeipräsidiums. Für den brisanten Einsatz bei der Lösegeldübergabe im Entführungsfall Maria Peroni hatte die Soko Verstärkung aus der Beratungsgruppe Entführungen des LKA bekommen. Zusätzlich würde morgen ein zwanzigköpfiges mobiles Einsatzkommando bereitstehen.

KK 11-Chef Pinsel nickte und ergriff das Wort. »Also, was wissen wir über Entführer, Forderung und Übergabesituation? Und was brauchen wir dafür personell und technisch? Ich werde übrigens vor Ort die Einsatzleitung übernehmen.«

»Der Entführer ist nach Aussage von Frau Franzen, bei der er sich telefonisch gemeldet hat, männlich. Seine Stimme wirkte stark verfremdet. Franzen ist sich aber trotzdem sicher, dass er ohne jeden Akzent sprach«, erklärte Streffer. »Somit sollten wir von einem hier lebenden Deutschen ausgehen. Ohnehin haben alle Ermittlungen in den Besuchergruppen aus Italien und Frankreich keinerlei Hinweis auf einen potentiellen Entführer ergeben. Mehr wissen wir momentan leider nicht über den Täter.«

Größere Wortbeiträge blieben aus, und so wurde innerhalb weniger Minuten deutlich, dass die Soko eigentlich überhaupt keine verwertbaren Informationen hatte. Niemand hatte eine

Ahnung, wer der Entführer sein könne und wie man sich taktisch auf ihn einstellen solle. Ohne jedes Wissen über den Täter und ohne Kenntnis der Uhrzeit, des Ortes und der Bedingungen der Geldübergabe war eine effektive Vorbereitung des Einsatzes aber unmöglich. Die Soko brauchte deutlich mehr Fakten, die hoffentlich der nächste Anruf des Entführers liefern würde.

»Dafür müssen umgehend Fangschaltungen eingerichtet werden«, forderte Streffer, »nicht nur beim Anschluss von Frau Franzen, sondern sicherheitshalber auch bei denen von Alexander Hopp und Jana Jäger.«

Beim Stichwort Jäger fiel Peter Paul Pinsel siedend heiß ein, was er eben anzuordnen vergessen hatte.

»Apropos Jana Jäger. Die Hauptkommissarin wird mit sofortiger Wirkung wieder in diesen Fall eingebunden. Die Verdachtsmomente gegen sie sind hinfällig. Gemeinsam mit dem Kollegen Streffer wird sie in bewährter Manier dieses Team führen. Bitte benachrichtigen Sie Jäger umgehend.«

Das schnelle Ende der Soko-Sitzung war absehbar. Neben der Einrichtung der Fangschaltungen gab es wenig Zielführendes zu tun. Allenfalls konnte die Million Euro Lösegeld besorgt werden. »Kümmern Sie sich um Düsseldorf, Streffer«, kommandierte der Erste Hauptkommissar. »Der Innenminister muss uns das Geld genehmigen. Und denken Sie daran, dass es in möglichst kleinen Scheinen zur Verfügung gestellt wird.«

»Und was ist mit dem zweiten vermissten Mädchen?«, fragte der besonnene Kriminaloberkommissar Neumann. »Darüber haben wir heute überhaupt nicht gesprochen.«

»Das stimmt, Harald. Aber durch den Anruf des Entführers von Maria und durch seine Forderung, morgen das Geld zu übergeben, stehen wir hier besonders unter Druck. Die Befreiung der kleinen Peroni hat kurzfristig Priorität.«

Frank Streffer war der Frage ausgewichen.

In der Aufregung wegen der komplizierten Übergabe, bei der sie vielleicht sogar improvisieren mussten, hatte er die verschwundene Marie Krämer tatsächlich vergessen. Peinlich. Vielleicht war er gerade doch überfordert. Gut, dass Jana ihm ab sofort wieder zur Seite stehen würde.

»Vielleicht kennen wir den Entführer ja schon«, meldete sich Kommissar Michael Becker zu Wort. Mit dem neuen Partner von Hauptkommissar Neumann hatte Streffer bislang noch nicht zusammengearbeitet. Er war von Pinsel zur Soko abkommandiert worden. Gemeinsam mit Neumann und dem jungen Rothaarigen hatte er sich um die Hintergrundrecherche in allen Datenbanken gekümmert und alte Akten im Archiv durchforstet, um Berührungspunkte zwischen den beiden Fällen zu finden. Dabei waren sie auf den Busfahrer gestoßen, der vor dreißig Jahren dringend tatverdächtig gewesen war, die sechsjährige Marianne auf der Beueler Großkirmes entführt zu haben.

»Wir haben diesem Typen einen spontanen Besuch in Römlinghoven abgestattet. Davon war der ganz und gar nicht begeistert.«

Augenblicklich wurde Streffer hellhörig. »Was ist passiert? Wie hat er sich verhalten?«

»Na ja. Erst mussten wir gefühlt hundertmal klingeln, ehe er überhaupt an die Tür kam. Die hat er nur einen Spalt geöffnet und hineinlassen wollte er uns auch nicht.«

Streffer konnte sich die Situation lebhaft vorstellen. Es kam häufig vor, dass Leute merkwürdig und abweisend reagierten, wenn plötzlich die Polizei vor ihrer Tür stand. Vor allem, wenn sie Dreck am Stecken hatten.

»Er war ziemlich pampig. Hat uns angebrüllt, dass er schon einmal zu Unrecht verdächtigt worden sei und dass er noch immer die Schnauze voll habe. Dann hat er uns die Tür vor der Nase zugeknallt«, berichtete Becker. »Wenn Sie mich fragen, sind wir da an der richtigen Adresse.«

KK II-Chef Pinsel rieb sich begeistert die Hände. Sein Instinkt sagte ihm, dass sie unmittelbar vor dem Durchbruch stünden. Und dass ihm der Erfolg und die gebührende Anerkennung sicher seien.

»Bleiben Sie dran an dem Busfahrer. Observieren Sie ihn rund um die Uhr. Ich sehe zu, dass der Staatsanwalt uns einen Durchsuchungsbeschluss für sein Haus gibt. Dann knöpfen wir uns den Mistkerl gründlich vor.«

Frank Streffer ging das alles ein bisschen zu schnell. Heftig trat er auf die Euphoriebremse.

»Bei aller Begeisterung über eine möglicherweise heiße Spur sollten wir die bekannten Details nicht aus dem Blick verlieren. Denn zwischen den beiden aktuellen Fällen gibt es zwar Parallelen, aber auch einen ganz gravierenden Unterschied. Und ich sehe nur wenige Übereinstimmungen mit der Entführung vor dreißig Jahren.« Er drehte sich kurz um und ging zum Whiteboard an der Wand, um die Fakten anzuschreiben.

Er skizzierte drei Spalten und notierte über jede einen der Mädchennamen: Maria, Marie, Marianne. Links neben der ersten Spalte fügte er die Aspekte hinzu.

»Gut, die Mädels heißen alle drei quasi Maria«, er setzte in der Rubrik Namen dreimal ein Häkchen. Ebenso bei Alter und Aussehen.

»Die Mütter von Maria Peroni und Marie Krämer sind Norditalienerinnen, kommen aus zwei Kleinstädten, die nur gut dreißig Kilometer auseinander liegen. Sie oder ihre Familien könnten einander sogar kennen.«

Streffer notierte bei den Aspekten Familie und Querverbindung jeweils Häkchen für Maria und Marie, ebenso beim Aspekt Zeitpunkt des Verschwindens. In Mariannes Kolumne setzte er drei Fragezeichen. Dann legte er eine kleine Pause ein und schaute in die Runde der konzentriert zuhörenden Kollegen.

»Und jetzt zu den gravierenden Unterschieden. Marianne ist damals zwar entführt worden, aber es wurde nie Lösegeld gefordert. Leider tauchte sie auch nie wieder auf. Zumindest für Maria hat sich jetzt ein Entführer gemeldet und eine Million gefordert. Da gibt es also offensichtlich verschiedene Tatmotive, was nicht gerade für denselben Täter spricht. Und bei Marie Krämer haben wir bisher kein Indiz, das auf eine Entführung hindeuten würde.«

Energisch setzte Streffer bei Entführung zwei Haken und ein Fragezeichen, danach bei Lösegeldforderung einen Haken, einen Querstrich und ein Fragezeichen. »Wenn es sich allen Fällen um denselben Täter handeln würde, hätte der das doch jetzt wahrscheinlich zu erkennen gegeben. Sicher hätte er auch für Marie Krämer Lösegeld gefordert. Und der Entführer hätte dreißig Jahre lang geschlafen. Wieso?« Alle Soko-Mitglieder nickten. Keiner von ihnen konnte sich vorstellen, dass ein Entführer beide Mädchen in seiner Gewalt hatte, aber nur für eines von ihnen Geld forderte oder es sogar auf zwei verschiedene riskante Übergabetermine anlegte. Dass es aber fast zeitgleich zwei parallele Kindesentführungen im Bonner Raum mit verschiedenen Tätern geben könne, hielten die Beamten erst recht für unwahrscheinlich. Weshalb ein Täter, der sein Opfer wahrscheinlich getötet hatte, dreißig Jahre lang pausiert, um bei der nächsten Entführung dann Lösegeld zu fordern, erschien völlig rätselhaft. Die Ratlosigkeit im Konferenzraum des Polizeipräsidiums war mit Händen zu greifen.

Bekanntes Szenario

Innerhalb von vier Tagen schien sich alles in das glatte Gegenteil verkehrt zu haben: das Wetter, die Aussichten, die Stimmung. Am Donnerstagabend waren in der Milde des Spätsommers die Wachtberger Gastgeber wie ihre gerade angereisten französischen und italienischen Gäste bester Laune und voller Vorfreude auf vier spannende gemeinsame Tage gewesen. Bei der Begrüßung der Besucher vor der Hans-Dietrich-Genscher-Schule war die Stimmung ausgelassen gewesen.

Doch jetzt, am frühen Sonntagabend, kurz vor der Rückreise, wirkte alles düster – der bleigraue Himmel, die anstehende langweilige Heimfahrt und vor allem die ungeklärte Situation der entführten Maria. Langsam füllten sich die drei Reisebusse mit schweigsamen und traurig dreinblickenden Passagieren. Still und bedrückt verabschiedeten sich alle voneinander. Keine Spur von dem fröhlichen Stimmengewirr, der Überschwänglichkeit, den herzlichen Umarmungen und Küssen und Verabredungen für das kommende Jahr, wie es nach allen vorangegangenen Treffen bei der Abreise üblich gewesen war.

Auch Josephine Franzen und ihr Stellvertreter Hannes Dörfler waren wie ausgewechselt. Mit ernster Miene und wenigen Worten verabschiedeten sie jeden Besucher persönlich. Die Sorge um das verlorene Mädchen schien beide zu lähmen.

Giulia Peroni war gar nicht erst zur gemeinsamen Rückfahrt ihrer Gruppe erschienen. Wie mit der Polizei vereinbart und mit den Vorständen der Partnerschaftskomitees besprochen, würde sie bei Alexander und Jana in Wachtberg bleiben, bis die Entführung beendet und Maria hoffentlich wohlbehalten wieder bei ihr sein würde. Ohne ihr Kind nach Italien zurückzufahren, war für sie undenkbar. Zudem wollte die Polizei nicht ausschließen, dass sie bei der weiteren Entwicklung des Falles vor Ort gebraucht werden könnte.

Der ebenso ersehnte wie gefürchtete Anruf kam kurz vor 19 Uhr. Josephine Franzen zitterte am ganzen Leib, als sie das Gespräch annahm.

»Eine Million«, wiederholte die schon bekannte, dumpf und verzerrt klingende Stimme. »Eine Million in 200-Euro-Scheinen. In einem braunen Versandrohr aus Pappe verpackt. Morgen früh exakt um 8:30 in den Abfalleimer an der Eingangstreppe zum Trinkpavillon im Bad Godesberger Kurpark.«

»Eine Million. In 200-Euro-Scheinen. In einem Papprohr. In den Abfalleimer am Trinkpavillon. Im Kurpark«, wiederholte Josephine Franzen langsam wie in Trance. Wie konnte sie den Kerl jetzt in ein Gespräch verwickeln? Die Polizei hatte ihr eingetrichtert, den Entführer möglichst lange hinzuhalten, um Zeit zu gewinnen. Und ihm am besten Fragen zu stellen, um herausfinden zu können, ob er über konkretes Täterwissen verfügte.

»Exakt. Sie kommen alleine.«

»Aber ich weiß gar nicht, woher wir das Geld so schnell besorgen sollen. Und wie es Maria geht, wissen wir auch nicht. Kann ich sie vielleicht mal kurz sprechen?«

Wie zu erwarten, ließ sich der Entführer auf dieses durchsichtige Spiel nicht ein. »Bringen Sie morgen Ihr Handy mit. Wenn Sie das Geld abgeliefert haben, verschwinden Sie sofort. Und noch einmal: Keine Polizei, sonst ist die Süße tot.«

Abrupt legte der Entführer auf.

Bei der Annahme des Anrufs durch Franzen war die Fangschaltung der Polizei angesprungen. Wenn alles glatt lief, konnte der Anrufer nun rasch lokalisiert und vielleicht sogar identifiziert werden. Kriminaltechniker würden das aufgezeichnete Gespräch anschließend gründlich analysieren, um Rückschlüsse für die Vorbereitung der Geldübergabe zu gewinnen. Zwar war die Funkzelle schnell bestimmt, der Entführer hatte aus der Bonner Altstadt angerufen. »Der Mann war in der Nähe vom Frankenbad«, rief Frank Streffer in die Runde seiner gespannt wartenden Soko-Kollegen.

Doch damit hatte es sich auch schon. Präzisere Informationen ließen sich leider nicht erzielen. Der Anrufer hatte ein Prepaid-Handy benutzt. Er war nicht zu identifizieren.

»Verdammte Scheiße«, ereiferte sich der sonst so ruhige Kommissar Neumann, »der Kerl ist nicht auf den Kopf gefallen. Wahrscheinlich hilft uns die Ortung auch wenig.«

Streffer stimmte ihm enttäuscht zu. »Da dürftest du recht haben, Harald. Der Entführer wird wohl kaum von Zuhause aus angerufen haben. Der ist bestimmt hinaus auf die Straße oder auf den Platz vor dem Schwimmbad gegangen. Wer weiß, ob der überhaupt in der Altstadt wohnt.«

Da die Stimmung in den Keller zu sacken drohte, übernahm der Erste Kriminalhauptkommissar Pinsel kurzerhand das Kommando. »Jammern hilft uns nicht weiter, Leute. Kopf hoch! Erst einmal abwarten, was uns die Gesprächsanalyse noch bringt. Lasst uns jetzt das vorgegebene Szenario besprechen, um uns optimal auf die Übergabesituation vorzubereiten.«

Zwar hatte noch kein Mitglied dieser Sonderkommission persönlich eine Entführung miterlebt. Aber alle waren von den LKA-Experten gründlich auf die bevorstehende Herausforderung vorbereitet worden. Mit einer Übergabe in aller Öffentlichkeit hatte die Soko gerechnet. Nicht zuletzt, weil diese Variante in vielen bekannten Fällen bevorzugt worden war und natürlich in zahlreichen Krimis geschildert wurde.

Was die Polizisten allerdings irritierte, war die merkwürdige Kombination aus Ort und Zeit, den geforderten 200-Euro-Scheinen und dem Versandrohr. Was sollte das, was hatte der Entführer damit vor?

»Um diese Uhrzeit ist der Kurpark an Wochentagen ziemlich belebt. Viele Fußgänger und Fahrradfahrer durchqueren das Gelände auf dem Weg zur Arbeit«, meinte Streffer. »Das macht die Lage für den Entführer wie für uns ziemlich unübersichtlich.«

»Darauf setzt der Typ doch gerade. Das hält er sicher für seinen Vorteil. Wenn viele unterwegs sind, müssen wir auch viele im

159

Blick haben und können uns nicht so intensiv auf einzelne Personen konzentrieren«, ergänzte Jana Jäger.

Frank Streffer nickte zustimmend. »Das sehe ich auch so, und damit hat er wohl recht. Zumal das Gelände groß und ohnehin nicht leicht zu sichern ist. Es gibt kaum Gelegenheiten, um sich dort gut zu verstecken. Einige Kollegen können miteinander verkabelt, aber wie stinknormale Passanten gekleidet, möglichst unauffällig durch den Park laufen. Das war's dann schon.«

Nachdenklich rieb sich Jana Jäger mit beiden Handflächen die Schläfen. »In der Nähe dieses Mülleimers wird uns kaum etwas anderes übrig bleiben. Aber wir sollten die größeren Gebäude im Park und drumherum checken. Vielleicht kriegen wir von verschiedenen Dächern gute Sicht auf die kritische Stelle und können dort Kollegen mit Ferngläsern, Kameras und Richtmikrofonen postieren.«

»Gute Idee, Jana«, sagte Neumann. »Aber wieso will der Mann das Geld ausgerechnet in diesem Versandrohr?«

»Ich denke, die auffällige Röhre ist für ihn einfach im Papierkorb zu finden und gut zu greifen. Dann muss er nicht groß herumwühlen und kann sich schnell aus dem Staub machen.«

»Okay, verstehe. Und die Zweihunderter verlangt er, weil die Million in kleinerer Stückelung wahrscheinlich nicht in das Rohr passen würde«, spekulierte Streffer weiter. »Das wäre vermutlich zu viel Papier.«

»Das kann sein und wir werden es ja bald sehen, Streffer. Besorgen Sie sofort das Geld«, sagte Peter Paul Pinsel.

»Wollen Sie ernsthaft eine Million Euro in die Röhre stecken? Eine Million? Echtes Geld?« Harald Neumann war verwundert.

Sein Partner Becker sprang ihm zur Seite: »Das ist ein Vermögen. Für eine vage Chance. Das können wir doch nicht riskieren.«

Pinsel winkte energisch ab. »Besser den Verlust einer Million riskieren als das Leben dieses unschuldigen Mädchens. Wer hier im Raum würde es denn auf seine Kappe nehmen, wenn wir Maria nicht wiederbekämen?«

160

Alle schwiegen betreten, niemand meldete sich. »Bitte nicht so viele auf einmal, und nicht vordrängeln«, kommentierte Pinsel sarkastisch und kam sofort wieder zur Sache. »Also, Streffer organisiert das Geld in Düsseldorf. Die vorbestellte Stückelung nutzt uns allerdings nichts mehr. Ein anderer durchsucht das Materiallager im Keller nach einer passenden Versandröhre. Falls keine dort ist, weitere Dienststellen abtelefonieren oder irgendeinen Büroartikelhändler auftreiben. Wir brauchen unbedingt dieses Ding.«

Ich kümmere mich inzwischen um die Spezialkräfte, die auf den Dächern Position beziehen sollen«, entschied Jäger. »Und noch etwas: Ich selber werde morgen anstelle von Josephine Franzen das Geld zum Papierkorb bringen.«

»Ist das nicht zu riskant? Was ist, wenn der Entführer weiß, wie Frau Franzen aussieht oder dich vielleicht zufällig aus einem Zeitungsartikel kennt?« Frank Streffer war nicht wohl bei diesem Rollentausch.

Pinsel, als Führungskraft alter Schule ohnehin kein Freund endloser Diskussionen, erstickte die aufkeimende Debatte kurzerhand. »Genau so wird es gemacht. Das Risiko dürfte gering sein. Wir können davon ausgehen, dass der Entführer den Namen und die Telefonnummer von Franzen aus dem Internet hat, aber nicht genau weiß, wie sie aussieht. Außerdem wird Jäger sicherheitshalber Kleider von ihr tragen. Ich lasse jedenfalls nicht zu, dass diese ungeschulte Person in eine gefährliche Situation geraten könnte.«

Harald Neumann fiel noch etwas ein. »Wie reagieren wir denn eigentlich, wenn der Entführer mit uns Schnitzeljagd spielt? Wenn er uns von einem Ziel zum anderen schickt? Das hat der legendäre Kaufhauserpresser Dagobert schon vor dreißig Jahren so gemacht.«

Soko-Chef Pinsel reagierte gelassen. »Das werden wir nicht verhindern können. Für diesen Fall müssen wir ausreichend Personal strategisch geschickt über das Godesberger Stadtgebiet verteilen. Mehr können wir präventiv nicht tun. Leider.«

Die Besprechung war damit beendet. Sofort machten sich vier Beamte auf den Weg, um die Gebäude im Kurpark und in der unmittelbaren Umgebung zu inspizieren. Der rothaarige Kollege übernahm die wichtige Aufgabe, die Transportröhre zu besorgen.

»Morgen früh, Punkt 8 Uhr 30? Im Kurpark? In den Abfalleimer an der Eingangstreppe zum Trinkpavillon?« Hopp wiederholte erstaunt die wichtigsten Infos, die ihm Josephine Franzen gerade telefonisch durchgab. Sie war zwar zum Stillschweigen verdonnert worden, aber gegenüber Alex Hopp konnte das ihrer Ansicht nach nicht gelten. Der stand von Anfang an im Zentrum dieser unsäglichen Geschichte und gehörte ihrer Meinung nach quasi zum Ermittlerteam. Außerdem musste sie jetzt einfach mit einem vertrauten Menschen reden. Sie zwar zu aufgeregt. Sie hielt diesen Druck kaum aus.

Das Gespräch mit Franzen zu beenden und seinen Freund Springer anzurufen, erledigte Hopp quasi gleichzeitig.

Otto Springer pfiff leise in das Mikro seines Handys, als er hörte, wo, wann und in welcher Form die Übergabe des Lösegeldes stattfinden sollte. »Verdammt clever«, sagte er anerkennend. »Da wird die Polizei ihre Zielperson erst eindeutig erkennen können, wenn sie die Beute schon in den Händen hält. Und wenn dann gerade keiner der Beamten nahe genug an dem Erpresser dran ist, kann er in alle Richtungen abhauen.«

»Stimmt, Otto. Aber an Ort und Stelle kann sich die Polizei den Kerl sowieso nicht schnappen, weil er Maria ganz sicher nicht dabeihaben wird. Ihr bleibt also gar nichts anderes übrig, als ihn vorsichtig bis zu seinem Versteck zu verfolgen.«

Mit geschlossenen Augen stellte sich Hopp die Szene bildhaft vor. »Im Kurpark wird es übrigens Jana sein, die wahrscheinlich am nächsten an dem Kerl dran ist. Sie wird dort, als Josephine Franzen verkleidet, die Million überbringen. Da kann sie schlecht selbst die Verfolgung aufnehmen.«

»Dann sollten wir sehen, dass auch wir nicht allzu weit weg sind. Vielleicht irgendwo am Kleinen Theater oder ein Stückchen weiter in Richtung Koblenzer Straße«, schlug Springer vor.

»Das ist jetzt reine Lotterie, ob wir richtig postiert sein werden, wenn der Kerl das Geld holt, oder nicht«, erwiderte Hopp zweifelnd. »Ob wir dann das Geschehen gut beobachten und fotografieren können, ist ja die eine Sache. Aber in dieser riskanten Situation möglichst nahe bei Jana zu sein, ist die andere. Und die ist mir am wichtigsten.«

Fiese Finte

Das Papprohr war prall gefüllt. Darin steckten, wie verlangt, eine Million Euro in Form von 5.000 gebündelten 200er Scheinen. Mit Popeline-Mantel und Strickmütze von Josephine als Frau Franzen verkleidet, trug Jana Jäger die wertolle Lieferung unter ihren linken Arm geklemmt durch den kühlen herbstlichen Morgen im Bad Godesberger Kurpark.

Normalerweise war sie bei solchen Einsätzen in der gleichen Verfassung wie bei wichtigen Judokämpfen: ebenso locker wie konzentriert. Doch jetzt fühlte sie sich ungewöhnlich nervös. Sie zitterte sogar etwas. Zwar war ihre Aufgabe, die Röhre mit dem Lösegeld in den angegebenen Mülleimer vor dem Trinkpavillon der Kurfürstenquelle zu deponieren, eigentlich nicht schwer. Und sie hatte auch keine Angst um sich selbst. Aber bei dieser Aktion konnte eine ganze Menge schiefgehen, was letztlich das Leben der kleinen Maria gefährden würde. Was, wenn der Mülleimer voller Abfall wäre und das Papprohr gar nicht hineinpasste? Oder wenn ein Passant das Rohr zufällig im Vorbeigehen entdeckte und gut gebrauchen konnte? Und was, wenn der Entführer entgegen aller Wahrscheinlichkeit doch wusste, wie Josephine Franzen aussah, und die Maskerade durchschaute? Das wäre mit Sicherheit das Allerschlimmste.

»Bangemachen gilt nicht«, sagte sie zu sich selbst und ging energisch weiter.

Über ein Mikro, das hinter dem Revers des Mantels gut versteckt war, und einen unsichtbaren, kabellosen In-Ear-Kopfhörer war Jana Jäger mit ihren Kollegen verbunden. Ein gutes Dutzend auf die gleiche Art verbundene Kriminalbeamte waren in Zivil im Park unterwegs: Frank Streffer und sechs andere Soko-Mitglieder als Fußgänger, die in der Nähe des Kleinen Theaters, der Tennisanlage und der Trinkhalle über die Gehwege schlenderten; zwei fuhren Fahrrad; eine junge Polizistin schob einen Kinderwagen vor sich her, in dem neben einer Puppe auch ihre Dienstwaffe und Pfefferspray untergebracht waren; die Diensthundeführerin Eva Backes ging, sportlich gekleidet, mit ihrem Malinois-Rüden Rocky Gassi; und zwei ältere Kollegen saßen auf verschiedenen Bänken, der eine las Zeitung, und der andere fütterte mit Brotkrümeln die Spatzen.

Auf dem Dach der nahen Stadthalle, das einen guten Überblick auf die entscheidende Stelle des Kurparks bot, und hinter zwei kleinen Fenstern im Obergeschoss des Theatergebäudes waren jeweils zwei Polizisten mit leistungsstarken Richtmikrofonen und Videokameras postiert.

Die mobile Leitstelle, von wo aus der Erste Hauptkommissar, unterstützt von zwei Technikern, Regie führen wollte, war in einem weißen Kastenwagen einer bekannten Beueler Wäscherei untergebracht. Der parkte unauffällig gegenüber der Stadthalle an der Ecke der Rigal'schen Wiese. Alle Funkverbindungen standen, die Tonqualität war einwandfrei, die Monitore in der Leitstelle zeigten gestochen scharfe Bilder des Mülleimers und seiner Umgebung, wie Pinsel bei einem letzten Check wenige Minuten vor 8:30 Uhr zufrieden feststellte. Sogar die Funkzelle, in der die Übergabestelle lag, stand ihnen lückenlos offen. Vorübergehend durften sie alle Handys überwachen, die dort gerade eingeloggt waren. Was das Team in der kurzen Zeit vorbereiten konnte, war gut organisiert. Trotzdem waren die Nerven aller Beteiligten zum Zerreißen gespannt.

Um 8:29, kurz vor dem Ziel, verlangsamte Jana Jäger ihren Schritt. Sie hatte nur noch gut dreißig Meter bis zum Mülleimer zu gehen. Sie wollte das Lösegeld, wie verlangt, exakt um 8:30 Uhr in den Mülleimer stecken. Sicher ist sicher. Einen Verdächtigen konnte sie weit und breit nicht entdecken. Plötzlich klingelte das Handy von Josephine Franzen, das sie, wie vom Entführer gefordert, bei sich trug. Mit verschwitzt feuchten Fingern nahm sie das Gespräch an und hörte die knarzende, verzerrte Stimme, die sie von der Aufzeichnung des gestrigen Anrufes nur zu gut kannte.

»Neue Anweisung: In genau sechs Minuten. Punkt 8:35 Uhr. U-Bahnstation Bad Godesberg-Bahnhof. Auf Gleis 1 in Fahrtrichtung Bonn in den zweiten der vier Mülleimer.«

»Was ist denn mit Jäger los?«, fragte Peter Paul Pinsel aufgeregt die beiden Techniker zu seiner Linken und Rechten im Lieferwagen. Gebannt starrten die drei auf die Monitore. »Mit wem telefoniert sie denn? Ausgerechnet jetzt? Warum hat sie das Papprohr noch nicht in den Mülleimer gesteckt? Es ist fast 8 Uhr 30? Und wo läuft sie nun hin? Was soll das?«

Die Beamten schauten sich ratlos an. Allgemeine Verunsicherung in der mobilen Einsatzzentrale an der Rigalschen Wiese.

»Was ist los, Chef?«

»Was sollen wir machen?«

»Gibt es neue Anweisungen?«

Innerhalb weniger Sekunden prasselten hektische Nachfragen der irritierten Polizisten im Park auf Pinsel ein.

»Einen Moment Ruhe, Leute!« Pinsel wies alle Mitarbeiter harsch an, kurz die Klappe zu halten. »Der Kerl spielt anscheinend wirklich Schnitzeljagd mit uns. Jäger meldet sich gerade.«

Während sie im Laufschritt zur U-Bahn-Station eilte, informierte Jana Jäger die Leitstelle und zugleich alle Kollegen per Funk über die neue Anweisung des Entführers. Selbst sie als gut trainierte Sportlerin durfte keine Sekunde vergeuden, wenn sie die rund fünfhundert Meter bis zur Haltestelle Hauptbahnhof ganz sicher schaffen und dort das Geld exakt um 8:35 Uhr auf Gleis 1 abliefern wollte.

»Wie bitte? In der U-Bahn? Um diese Zeit? Ist der Typ irre? Da wimmelt es doch nur so von Leuten«, schrie Pinsel fassungslos in sein Mikro und fasste sich mit beiden Händen entsetzt an den hochroten Kopf. »Weiß der denn nicht, dass der U-Bahnhof lückenlos von Kameras überwacht wird? Was hat er nur vor?«

»Er will sich bestimmt in der Anonymität der Masse verstecken. Die vielen Menschen im U-Bahnhof sollen ihn quasi schützen«, antwortete Streffer sachlich.

166

»Wir werden es gleich erfahren«, sagte Jäger, während sie weiterrannte. »Ich bin jedenfalls dorthin unterwegs und werde wohl bis 8 Uhr 35 auf dem Gleis sein. Seht zu, dass ihr die Station noch irgendwie gesichert bekommt.«

Doch wie sollte das in den wenigen verbleibenden Minuten zu machen sein? Die meisten Kollegen im Park waren zu weit weg. Die näher postierten MEK-Leute mussten sich fernhalten, um den Entführer nicht zu provozieren. Die Operation drohte aus dem Ruder zu laufen.

In der mobilen Leitstelle brach Hektik aus.

Einsatzleiter Pinsel brauchte fast eine Minute, bis er sich einigermaßen gefangen hatte und seine Leute mit klaren Kommandos in die neue Lage einweisen konnte.

»Streffer und Neumann, ihr seid wohl am nächsten dran. Versucht, so schnell und so unauffällig wie möglich zur U-Bahn auf Gleis 1 zu kommen. Streffer überwacht den Mülleimer, Neumann sichert den südlichen Aufgang, um den Fluchtweg abzuschneiden. Ihr beiden Fahrradfahrer rast zum weiter entfernten Nordeingang. Seht zu, dass ihr zeitig runterkommt und macht dann dasselbe – Mülleimer observieren, Aufgang sichern.«

»Okay!«

»Wird gemacht!«

»Bin unterwegs!«

»Geht klar, Chef!«

»Alle anderen, die zu weit weg sind, und alle MEK–Leute sofort in die Fahrzeuge und zu den Ausgängen des U-Bahnhofs fahren. Oben die Ausgänge dicht machen. Da darf keine Maus mehr durchkommen. Aber weiter verdeckt bleiben!«, kommandierte Pinsel hektisch. Er hoffte, dass seine Leute mit etwas Glück noch rechtzeitig am Bahnhof eintreffen würden.

Mittlerweile war es 8 Uhr 32. In den nächsten drei Minuten musste alles stehen. Und wenn nicht? Pinsel wurde speiübel bei dem Gedanken.

Chaotische Verfolgung

Hopp und Springer hatten sich etwas entfernt, am Rande der Koblenzer Straße, geschickt positioniert. Von dort hatten sie sowohl freien Blick auf Jana und den bestimmten Mülleimer als auch guten Sichtkontakt zueinander. Als sie sahen, dass sie telefonierte, statt das Papprohr im Mülleimer zu deponieren, dann abrupt die Richtung wechselte und direkt auf sie zu kam, verständigten sie sich wortlos. Springer hob fragend beide Schultern, Hopp antwortete mit einer deutlichen Kopfbewegung in Richtung Bahnhof. Springer nickte.

Gleichzeitig drehten sich beide um und gingen Jana seitlich versetzt in Schritttempo voraus. Mit mehreren kurzen Seitenblicken versicherten sie sich, dass sie weiter zum Bahnhof rannte. Sie würde sie in wenigen Sekunden überholen. Jana erkannte Alex und Otto nicht, als sie zwischen ihnen hindurchlief. Beide wechselten kurze, unmissverständliche Handzeichen und hefteten sich mit etwas Abstand an ihre Fersen.

Wie erwartet, standen mindestens fünfzig Menschen an Gleis 1 der U-Bahnstation. Fast alle waren auf dem Weg zur Arbeit oder zur Schule. Jana Jäger kam noch rechtzeitig an. Soeben zeigte die Uhr 8:34. Sie schlängelte sich zwischen den Wartenden zum zweiten Mülleimer. Als sie gerade die Pappröhre mit dem Lösegeld in den Behälter steckte, gingen Hopp und Springer unbemerkt hinter ihr vorbei. Um keine Aufmerksamkeit zu erregen, sahen sie Jana nicht an, sondern unterhielten sich angeregt miteinander.

Schließlich stellten sie sich, näher am Vorderausgang zur Bahnhofstraße, zu den anderen Wartenden. Hopp drehte Jana sicherheitshalber den Rücken zu. Doch Springer hatte über Alexanders linke Schulter sowohl Jana als auch den mit einer Million Euro gefüllten Mülleimer im Blick. Niemand auf dem Bahnsteig schien sich für dieses große, braune Versandrohr zu interessieren, das ein gutes Stück aus dem Abfallbehälter herausragte.

Nun ging Jana Jäger in normalem Schritttempo zurück zum Ausgang am Bahnhof, von wo sie gerade gekommen war. Drei Treppenstufen auf einmal nehmend, kam ihr Streffer entgegengerannt. Beide würdigten einander keines Blickes. Andere Beamte konnte sie auf die Schnelle nicht entdecken, ohne sich auffällig umzuschauen. Hatten es überhaupt noch welche geschafft? Pünktlich um 8:35 fuhr die Linie 16 in Richtung Bonn-Zentrum auf Gleis 1 ein. Die Türen des Zuges sprangen auf. Nur zwei Passagiere stiegen aus, aber alle Wartenden drängten in die Bahn hinein. Als der Bahnsteig fast menschenleer war, sprang plötzlich jemand aus dem mittleren Waggon. Mit Basecap, schwarzem Hoody und Sonnenbrille gut vermummt, sprang er vier große Schritte zum Mülleimer, griff die Verpackungsröhre, und hechtete direkt wieder zurück in die Bahn.

Sofort schlossen sich hinter ihm die Türen. Der Zug fuhr ab. Die überraschende Aktion hatte kaum fünf Sekunden gedauert, wenn nicht weniger. Streffer war völlig perplex. Er hatte nicht schnell genug reagieren können und die U-Bahn verpasst. Zwei andere Polizisten der Soko liefen gerade aus unterschiedlichen Richtungen in der U-Bahn-Station ein, völlig außer Atem. Und vor allem zu spät.

Als die U-Bahn zum Stehen gekommen war, standen Hopp und Springer zufällig direkt an der ersten Türe des vorderen Waggons. Reaktionsschnell richtete Springer eine Minikamera, die er im rechten Ärmel seines schwarzen Jacketts versteckt hielt, auf die Szene. Mit etwas Glück würde er im Moment spektakuläre Fotos davon schießen, wie der Entführer sich das Lösegeld schnappte.

»Los, komm«, sagte Hopp geistesgegenwärtig, »wir müssen unbedingt mit!«

Ohne zu zögern sprangen beide in den Wagen, ehe sich die Türen schlossen.

»Wow! Was für ein Stunt!«, flüsterte Springer, als die Bahn anfuhr. »Was machen wir denn jetzt?«

Hopp zuckte die Schultern.

169

»Hast du erkennen können, ob Polizisten mit im Zug sind?«
Springer schüttelte den Kopf. »Nein. Aber ich glaube, von der
Soko hat es niemand in den Zug geschafft. Jedenfalls habe ich keinen gesehen.«
»Wenn das so ist, dann hat die Polizei den Entführer verloren.
Damit ist das Geld futsch. Und auch die einzig mögliche Verbindung zu Maria. Ich fürchte, wir sehen sie nie wieder.«
Springer dachte kurz nach. »Also sollten wir ihn auf keinen Fall
entwischen lassen. Komm, wir gehen im Wagen so weit nach hinten, bis wir den Kerl im mittleren Waggon sehen können. Ich pro-
biere, ihn dann wieder zu fotografieren.«
»Einverstanden«, sagte Hopp entschlossen. »Gleichzeitig versuche ich, Jana schnell Bescheid zu sagen, dass wir an ihm dran sind.«
»Da wird sie ja begeistert sein.« Springers Sarkasmus war nicht
zu überhören. Er grinste von einem Ohr bis zum anderen.
»Ja und nein. Besser wir als keiner«, antwortete Hopp weniger
überzeugt, als es klang. Er war sich seiner Sache ganz und gar nicht
sicher.
»Jetzt kann ich ihn sehen. Der Typ steht da seelenruhig mitten
im Gang. Mit dem Versandrohr unterm Arm. Der hat vielleicht
Nerven«, raunte Springer.
Hopp war gerade dabei, Josephine Franzens Handy anzurufen,
das Jana mit sich führte.
»Hallo, Jana. Wir sind in der 16 nach Bonn. Einen Waggon
weiter als der Entführer. Wir können ihn durch die Verbindungs-
scheibe beobachten. Wenn er aussteigt, werden wir ihm unauffällig auf den Fersen bleiben. Dann informieren wir dich sofort, wo
wir sind und was er macht.«
»Wie bitte, ihr seid im gleichen Zug wie der Täter? Wie kann
das denn sein?«
»Reiner Zufall, Jana. Erkläre ich dir später«, erwiderte Hopp
ausweichend und beendete sofort das Telefonat.
In diesem Moment drosselte der Zug sein Tempo. Langsam
fuhr er in die nächste Haltestelle ein, Plittersdorfer Straße.

170

»Hier wird er wohl kaum aussteigen. Das ist ihm bestimmt zu nahe am Kurpark und vor allem am Bahnhof«, spekulierte Springer. Dabei ließ er den Vermummten keine Sekunde aus den Augen. »Außerdem kann er von hier ziemlich schlecht weg. Die Straßen in dieser Ecke von Bad Godesberg sind eng und voll und oft zugeparkt.«

»Aber lange wird er auch nicht mehr in dieser Bahn bleiben, damit der Polizei keine Zeit bleibt, alle Stationen dicht zu machen und in Mannschaftsstärke den Zug zu entern«, vermutete Hopp. »Ich tippe auf die nächste Haltestelle. Die wäre deutlich günstiger für ihn, weil sie direkt an der breiten Kreuzung von B 9 und Wurzerstraße liegt. Von dort kommt man schnell auf die Südbrücke und die Autobahn.«

»Kann ich mir auch gut vorstellen. Aber lass uns vorsichtshalber noch ein Stückchen näher an den Ausgang rücken.« Sofort bewegte sich Springer in Richtung Waggontür.

Fünf Menschen standen auf dem Bahnsteig der Haltestelle Plittersdorfer Straße und stiegen in den Zug ein. Niemand kam heraus. Konzentriert beobachteten Hopp und Springer die Türen des nächsten Waggons, um nicht überrascht zu werden, falls der Entführer wider Erwarten doch auf den letzten Drücker aus der Bahn springen würde. Doch nichts passierte. Mit lautem Plopp schlossen sich alle Türen, der Zug fuhr weiter.

»So, Otto, gleich ist es bestimmt soweit. An der Haltestelle Wurzerstraße wird er versuchen zu türmen. Oder spätestens an der nächsten Station am Hochkreuz.«

»Ich bin bereit, Alex, wir werden ihn nicht entkommen lassen.« Springer stellte sich direkt vor die Tür und legte den Zeigefinger seiner rechten Hand auf den rot leuchtenden Öffner.

In der U-Bahn-Station Wurzerstraße stiegen wieder ein paar Fahrgäste ein, aber auch zwei aus. Eine sportlich in Anorak, Jeans und Sneakers gekleidete junge Frau.

Und ein Mann: mit Basecap, schwarzem Hoody und Sonnenbrille vermummt, unter dem Arm eine große, dunkelbraune Versandröhre aus Pappe. Scheinbar gelassen, aber zielstrebig ging er zum Ausgang.

Äußerlich ruhig verließen Hopp und Springer die Bahn. Tatsächlich schlug beiden das Herz bis zum Hals. Sie hielten kurz an, damit der Entführer sie nicht als Verfolger bemerken konnte. Wie Ortsunkundige, die den richtigen Weg suchten, schauten sie sich um und lasen die Wegweiser. Dann entschieden auch sie sich für denselben Ausgang, den der Vermummte gerade erreichte. Langsam folgten sie ihm, wobei sie sich lebhaft und laut über die schlechten Leitsysteme in deutschen Bahnhöfen und Flughäfen unterhielten. Als sie sich sicher waren, dass der Entführer sie nicht mehr hören konnte, wechselten sie sofort das Thema.

»Was erwartet uns jetzt da oben?«, fragte Springer. Seine Stimme klang belegt.

»Gute Frage, Otto. Eigentlich kann es nur zwei Möglichkeiten geben. Entweder wird er von einem Komplizen mit dem Auto abgeholt, oder er hat einen Fluchtwagen in unmittelbarer Nähe geparkt«, mutmaßte Hopp. »Zu Fuß, mit dem Fahrrad oder gar mit dem Bus wird er sich wohl kaum aus den Staub machen wollen.«

»Dann lass uns einen Zacken zulegen, falls da ein Chauffeur mit laufendem Motor für ihn bereitsteht.«

»Und dann? Weiter verfolgen könnten wir ihn nur, wenn er zu Fuß abhaut. Was er nicht tun wird. Wenn er ein Auto nimmt, haben wir keine Chance.«

»Also müssen wir ihn eben schnappen, ehe er wegfahren kann.« Springer hatte den einzig denkbaren Schluss gezogen.

Hopp nickte nur, während er schneller ging und zugleich sein Handy aus der Jackentasche zog, um Jana zu informieren. »Wir sind an der Haltestelle Wurzerstraße. Dicht hinter dem Kerl«, gab er ihr kurz durch. »Alles Weitere gleich.«

»Ihr dürft auf keinen Fall ...«, rief Jana erregt ins Telefon.

Doch Hopp hatte aufgelegt.

Auf der Straße sahen sie den Vermummten sofort. Rund fünfzig Meter entfernt ging er zielstrebig auf den Parkstreifen am Anfang

172

der Wurzerstraße zu, wo mehrere Autos abgestellt waren.
»Wenn dort sein Wagen steht, schnappen wir ihn«, sagte Hopp.
»Ja. Am besten, indem wir ihn überrumpeln. Wir nehmen ihn in die Zange. Einer kommt von der Beifahrerseite und lenkt ihn kurz ab, damit der andere ihn beim Einsteigen packen kann.«
»Gut. Du lenkst ihn ab und ich versuche ihn zu überwältigen«, antwortete Hopp.
»Nä, nä, leeve Jung, lass mich das mal machen. Ich bin einfach stärker als du«, flachste Springer. Entschlossen marschierte er auf die Fahrertür eines dunkelblauen, verbeulten VW Polo zu, die der Entführer gerade öffnen wollte. Dabei hatte er seine Umgebung für einen kurzen Moment nicht im Blick.
»Entschuldigen Sie, bitte! Wissen Sie wo hier die nächste Post-Filiale ist?« Hopp überraschte den Vermummten, als er ihn vom Bürgersteig aus quer über das Wagendach ansprach. Erschrocken sah er kurz hoch. Das war die Gelegenheit für Otto Springer, ihn von hinten zu packen.

Behände griff er unter beiden Armen des Mannes durch und verschränkte seine Hände hinter dessen Kopf. In einer einzigen fließenden Bewegung schleuderte er ihn dann mit einem gekonnt wirkenden Wurf zu Boden. Wieselflink hockte er sich auf den Rücken des Erpressers und zog seine Arme fest nach hinten, um sie zu blockieren.

»Zwei Kabelbinder. Schnell, Alex! Die stecken in meiner rechten Arschtasche. Fessele zuerst seine Füße, danach die Hände. Ich halte ihn so lange am Boden fest.«

Verzweifelt wehrte sich der Mann. Versuchte, sich mit aller Kraft hochzustemmen, nach hinten auszutreten, sich aus der Umklammerung zu lösen. Doch es half ihm nicht. Springer lag schwer auf seinem Rücken und ließ seine Arme nicht los. Keine halbe Minute später lagerte der Entführer gut verschnürt auf dem Trottoir vor seinem geparkten VW.

Die Papprӧhre mit dem Lösegeld war unter den geparkten Wagen gerollt.

»Wir haben ihn, Jana«, erklärte Hopp seiner Lebensgefährtin umgehend. »Er liegt hier sicher fixiert zu meinen Füßen in der Wurzerstraße, direkt an der Ecke Augustastraße.«

»Seid ihr wahnsinnig, Alex? Damit habt ihr die Operation endgültig gekillt. Wir sind in zwei Minuten dort. Bis dahin unternehmt ihr nichts mehr. Wirklich gar nichts! Verstanden?«

Jana hatte wütend in ihr Handy gebrüllt. Ihr war klar, dass sich die Lage jetzt grundlegend verändert hatte. Zum Schlechten. Sie konnten dem Entführer nun nicht mehr unauffällig bis zu Marias Versteck folgen.

Wenn der geschnappte Mann nicht mit der Polizei kooperierte, würden sie das Mädchen niemals finden.

Maria wäre verloren.

Während Hopp telefonierte, fotografierte Otto Springer schnell die spektakuläre Szenerie, dann den Täter und sein Fluchtfahrzeug. Als er danach die kleine Kamera in der Innentasche seines Jacketts verstaut hatte, klopfte ihm Hopp anerkennend auf die Schulter. »Alle Achtung, Otto. Ich wusste ja gar nicht, dass du so ein gefährlicher Nahkämpfer bist.«

»Gelernt ist gelernt. Wie Fahrradfahren oder Schwimmen, sowas verlernt man nicht.« Er war etwas außer Atem, lächelte aber zufrieden.

»Wie meinst du das? Wo hast du denn so Kämpfen gelernt?« Sein Freund schaffte es auch nach Jahren immer wieder, Hopp zu überraschen.

Springer berichtete ihm hastig und stakkatohaft, dass er als Jugendlicher einige Jahre einer Bonner Ringermannschaft angehört hatte. Sie hatten damals sogar in der höchsten Juniorenliga gekämpft. Wie von selbst waren ihm gerade Griffe gelungen, die er seit Ewigkeiten nicht mehr angewendet hatte.

»Das erzähle ich dir alles mal in Ruhe. Demnächst. Jetzt verschwinde ich lieber flott, ehe Jana mit ihrer Kavallerie hier anrückt. Ich habe keinen Bock, dass sie mir zum Dank für meinen Einsatz die Kamera oder die Fotokarte wegnimmt.«

Otto Springer drehte sich auf dem Absatz herum und sprintete zurück zur U-Bahn.

Kaum war er im Treppenschacht der Station verschwunden, trafen aus verschiedenen Richtungen drei Polizeifahrzeuge mit Blaulicht und heulendem Martinshorn ein. Abrupt hielten sie so, dass der verbeulte VW komplett blockiert wurde. Neun Beamte sprangen aus den Wagen, allen voran Jana Jäger.

Alexander Hopp übergab ihr erleichtert seinen Fang.

»Du Mistkerl! Darüber reden wir später. Das wird ein Nachspiel haben. So geht es jedenfalls nicht länger weiter!«, fauchte ihn Jana herrisch an.

Ich kann es kaum erwarten, Frau Hauptkommissarin, dachte Alexander. Ihm war flau im Magen, und vorsichtshalber verschluckte er die Antwort.

»Wo ist überhaupt die Million?«

»Einen Moment, bitte!«

Hopp ging zu Boden, schob den Kopf und eine Schulter unter den alten Polo und zog das Papprohr hervor.

Wie spät es jetzt wohl war? Wie lange mochte sie schon hier sein? Zwei Tage? Drei Tage? Oder sogar noch länger? In diesem schummrigen Raum hatte Maria ihr Zeitgefühl verloren. Sie hatte große Angst, war völlig übermüdet und hatte so schlimmen Hunger wie noch nie.

Und sie war schlapp. Immer wieder fühlte sie plötzlich ihr Herz rasen. Das war nicht der Rhythmus, den sie gewohnt war.

Zwar dämmerte sie fast die ganze Zeit auf dieser schmutzigen, muffigen Matratze vor sich hin. Aber richtig tief und fest zu schlafen, war ihr in der Aufregung hier noch nicht gelungen. Regelmäßig kam diese merkwürdige fremde Person mit dem stechenden Blick und dem schiefen Lächeln zu ihr und sprach sie immer wieder an. Aber sie verstand kein einziges Wort.

Das war kein Italienisch. Einmal hatte sie versucht, etwas zu fragen. Vergeblich. Wäre sie doch nicht einfach folgsam mitgegangen. Wie selbstverständlich hatte man sie auf diesem Berg an die Hand genommen. Hatte sie freundlich Maria genannt und war mit ihr zur Bahn gegangen. Sie hatte geglaubt, das wäre jemand von den Gastgebern und war ruhig mitgegangen. Hätte sie sich doch nur gewehrt.

Das Essen hier sah immer unappetitlich aus und schmeckte ebenso fürchterlich, wie es roch. Zuletzt hatte sie eine Art Pasta mit Hackfleischpampe bekommen. In ihrer Not hatte sie das sogar probiert. Doch der Fraß schmeckte widerlich. Die Pasta war matschig, die Soße irgendwie ranzig. Kein Vergleich mit dem leckeren Ragù alla Bolognese ihrer Mama, das sie so liebte. Entsetzt hatte sie den Bissen ausgespuckt, den Teller weit weg geschoben und nicht mehr angerührt. Ehe sie so etwas aß, hungerte sie lieber.

Sich selbst fand sie mittlerweile auch ziemlich eklig. Seitdem sie hier war, hatte sie sich weder geduscht noch gründlich gewaschen. Sie trug seit Tagen dieselben Kleider, die abscheulich stanken. Nicht einmal die Unterwäsche hatte sie gewechselt. Das konnte sie überhaupt nicht leiden. Ihre Mutter zog sie sogar oft damit auf, dass sie so penibel und reinlich war und nannte sie deshalb gern »mein Kätzchen«.

Was sollte das alles hier? Wo war sie? Und warum war sie überhaupt hier? Mehrfach hatte Maria versucht, einen Blick nach draußen zu werfen. Mühsam hatte sie ihre Matratze zur Wand gezogen, sie mit aller Kraft geknickt und sich dann darauf gestellt. Aber vergeblich. Sie war viel zu klein, das Fenster lag unerreichbar hoch.

Enttäuscht und erschöpft hatte sie geweint. Aber nur kurz. Dann war ihr klar geworden, dass ihr der Blick aus dem Fenster sowieso nichts genutzt hätte. Was hätte sie dabei schon entdecken können? Sie kannte sich doch hier in Deutschland gar nicht aus.

Aber irgendetwas musste sie schließlich tun. Sie konnte nicht nur so herumhängen. Obwohl sie es eigentlich nicht anfassen wollte, hatte sie vor lauter Langeweile sogar mit diesem hässlichen Plastikzeug gespielt. Das hatte ihr überhaupt keinen Spaß gemacht.

176

Wo war ihre Mama bloß? Warum musste sie so allein in diesem fremden Haus sein? Wieso hatte Mama sie noch immer nicht abgeholt? Marias Gedanken drehten sich pausenlos um die eine Frage: Wo bleibt Mama?

Falsche Fährten

Im Vernehmungsraum des Polizeipräsidiums in Beuel herrschte dicke Luft. In jeder Hinsicht. Jana Jäger und Frank Streffer verhörten den Festgenommenen nun seit einer guten Stunde. Frischer Sauerstoff war inzwischen Mangelware. Und ihre professionelle Gelassenheit verwandelte sich mehr und mehr in blanke Wut. Immer wieder versuchten sie mit neuen Ansätzen und modifizierten Fragen, den Kerl zum Reden zu bringen. Doch das einzige, was er dauernd wiederholte, war: »Ich hab die Kleine nicht.«

»Wir brechen hier ab, Frank«, sagte Jäger zu Streffer und lief zur Tür, die ein uniformierter Kollege sicherte. »Ich brauche jetzt erst einmal einen starken Kaffee. Am besten intravenös.«

»Okay, Jana. Kaffeepause. Aber danach machen wir sofort weiter. Das ist kein Profi. Der hat diesen Stress noch nie erlebt. Der hält das nicht mehr lange durch und knickt bald ein. Ganz sicher!« Streffer war mittlerweile in seinem berüchtigten Bullterrier-Modus angekommen. Er hatte sich in das Verhör verbissen. Er würde nicht mehr locker lassen, ehe der Typ gestand.

»Wir gehen davon aus, dass Sie ein unbeschriebenes Blatt sind. Dass Sie bisher noch nichts auf dem Kerbholz haben. Dass Sie irgendwie in diese Geschichte hineingerutscht sind«, setzte Jäger spürbar sanfter als zuvor das Verhör fort. »Sie haben also beste Chancen, glimpflich aus der Sache herauszukommen, wenn Sie jetzt mit uns kooperieren. Wenn Sie uns helfen, die kleine Maria wiederzufinden. Aber auch nur dann. Reden Sie endlich!«

In zusammengekauerter Haltung, nach vorn gebeugt und die Arme um den Leib geschlungenen, wippte der Mann nervös auf seinem Stuhl vor und zurück. Dann richtete er sich auf, blickte Jana direkt in die Augen und begann, ganz, ganz bedächtig zu sprechen. »Ich habe die Kleine nicht. Wirklich nicht. Ich werde Ihnen alles erklären. Ehrlich. Aber ich kann Ihnen nicht helfen, das Mädchen zu finden. Ich habe mit der Entführung nichts zu tun.«

»Was soll das denn heißen? Sie waren es doch, der eben im U-Bahnhof das Lösegeld abgeholt und sich damit aus dem Staub gemacht hat!«

Der Kommissarin dämmerte so langsam, dass sie auf einen Trittbrettfahrer hereingefallen waren.

»Stimmt. Ich brauchte einfach dringend Geld. Ich habe halt versucht, die schnelle Million zu machen. Hat leider nicht geklappt.« Der Mann lachte verbittert. »Aber ich vergreife mich nicht an kleinen Kindern.«

Und dann erzählte er eine Geschichte, deren Ablauf Alexander Hopp ziemlich exakt vorausgesehen hatte.

»Der Artikel aus der *Blitz* am Sonntag hat mich auf die Idee gebracht. Darin stand nichts von der Forderung eines Entführers. Also dachte ich mir: Probier's einfach mal. Schneller Vogel frisst den Wurm. Zwar standen in der Story keine Namen, dafür aber dieses internationale Treffen in Wachtberg. Im Internet die Kontaktdaten von diesem Forum und von dieser Frau Franzen zu recherchieren – keine große Sache für mich. Ich musste nur noch einen guten Plan für die Übergabe aushecken und den geeigneten Platz dafür finden. Das war's. Alles andere wissen Sie ja schon.«

»Tja, Frank. Das wär's fast gewesen. Und hätte so schön sein können. Wäre, hätte … Scheiß Konjunktiv.«

Jana Jäger war extrem frustriert, als sie nach dem misslungenen Verhör wieder zusammen mit ihrem Partner im Büro saß. Sie waren böse getäuscht worden. Alle Anstrengungen der letzten Tage waren für die Katz gewesen. Seit dem Verschwinden von Maria Peroni auf dem Drachenfels waren die Ermittlungen kaum vorangekommen. Auch im Fall von Marie Krämer hatten sie keinen Ansatz. Sie standen fast wieder am Nullpunkt. Sie hatten nur noch diese vage Spur zu dem uralten Fall in Königswinter, an die sie allerdings nicht wirklich glaubte.

»Wie machen wir denn jetzt weiter? Ist bei den Aufrufen in Funk und Fernsehen etwas Brauchbares herausgekommen? Wenigstens irgendwas?«

179

»Brauchbares? Dass ich nicht lache. 27 Hinweise, von denen keiner auf eines der Mädels passte. Einer wollte Maria bei Andernach auf einem Schiff der Weißen Flotte gesehen haben. Ganz allein. Und ein anderer Marie in Dortmund. In einem Puff. Alles Quatsch.«

Dieses magere Ergebnis war zu erwarten gewesen. Nur selten brachten Suchaufrufe in den Medien die Polizei auf die richtige Spur. Auch wenn Jana Jäger sich wenig von der Hausdurchsuchung in Römlinghoven versprach, musste diese als nächstes in die Tat umgesetzt werden. Sie hatten keine Alternative mehr.

»Hat der Staatsanwalt endlich den Beschluss geschickt?«

Frank Streffer wollte ihr gerade antworten, da klingelte Janas Telefon. »Kriminalpolizei, Jäger. Worum geht's?«

Minutenlang hörte sie mit wachsendem Erstaunen zu. Ihre ohnehin schon schlechte Laune wurde nicht besser davon.

»Das ist ja großartig, Frau Krämer. Ich bin äußerst erleichtert und freue mich sehr für Sie«, sagte sie, obwohl ihr barscher Ton das Gegenteil vermuten ließ. »Allerdings hätten Sie uns sofort informieren müssen. Dann wäre uns eine Menge Arbeit und Aufregung erspart geblieben«, erklärte sie streng. »Kommen Sie morgen zu uns ins Präsidium, damit wir den Abschlussbericht fertig machen können. Schönen Tag noch!«

Frank Streffer schaute Jana Jäger ungläubig quer über die zusammengeschobenen Schreibtische an. »Ist es das, was ich vermute, Jana?«

»Ich denke schon, Frank. Marie Krämer ist wohlbehalten wieder zu Hause.«

Dann berichtete sie ihrem Kollegen genau, was sie soeben von der überglücklichen Mutter erfahren hatte. Ihre Tochter war nicht entführt worden. Nach dem Turntraining war sie tatsächlich nur mit einer etwas älteren Freundin aus dem Sportverein nach Hause gegangen. Die hatte sturmfreie Bude, weil sie mit ihren beiden größeren Geschwistern über das Wochenende allein zuhause war. Die beiden Mädels hatten es sich im Kinderzimmer gemütlich gemacht und fieberhaft mit der Playstation gespielt. Dabei hatten sie nicht nur die Zeit aus den Augen verloren, sondern auch völlig vergessen, Maries Mutter Bescheid zu sagen. Beim Anruf von Frau Krämer, die am frühen Abend auch in diesem Haus nachfragen wollte, ob jemand etwas über Maries Verbleib wisse, war niemand ans Telefon gegangen. Die älteren Geschwister waren kurz draußen gewesen, und die beiden Mädchen hatten das Klingeln schlicht ignoriert, so spannend war das Spiel gewesen. Schließlich waren die Kinder, wohl auch erschöpft vom anstrengenden Turntraining am Nachmittag, völlig übermüdet eingeschlafen und erst am späten Sonntagmorgen wieder wach geworden.

»Am Sonntag? Das ist einen ganzen Tag her. Und die Mutter ruft jetzt erst hier an? Das ist ein Unding, uns nicht sofort Entwarnung zu geben.« Streffer war sauer.

»Da hast du recht, Frank. Aber so ist es halt: Die Bullen werden nicht mehr gebraucht, die Bullen können gehen ...«

Diesen Anruf hatte Hopp längst erwartet.

»Gehe ich recht in der Annahme, dass Sie mir noch keinen neuen Zwischenstand gemeldet haben?«, fragte Nikola Schnell bissig.

Auf die Begrüßung oder einen kurzen pseudohöflichen Smalltalk zur Eröffnung hatte sie wie üblich verzichtet. »Oder sollte der fällige Anruf meiner Aufmerksamkeit entgangen sein?«

»Nein, ist er nicht.« Alexander Hopp versuchte, knapp zu antworten. Er hatte keinerlei Bock auf die Sperenzchen seiner Chefredakteurin.

»Wir hatten aber doch abgemacht, dass Sie mich auf dem Laufenden halten. Täglich.«

»Nein, hatten wir nicht.«

»Wie bitte, Hopp? Habe ich mich verhört? Ich hatte sie unmissverständlich angewiesen, dass sie mir jeden Tag den Stand ihrer Recherchen berichten. Und zwar unaufgefordert!«, schrie Schnell wütend.

Bewirb dich doch bei *Deutschland sucht den Supercholeriker*, dachte Hopp, da würdest du garantiert den ersten Platz machen.

Aber er schwieg.

»Sprachlos, Hopp? Das kenne ich ja gar nicht an Ihnen.« Wenn du mir weiter so auf die Nüsse gehst, dann wirst du mich erst richtig kennen lernen, dachte Hopp. »Ja, das hatten Sie von mir verlangt. Ich habe mich aber dazu nicht geäußert. Eine Abmachung ist meiner Kenntnis nach etwas anderes.«

Immerhin war sein Ton unfreundlich.

»Ach, der Herr Starreporter hat offensichtlich andere Pläne? Was machen Sie denn demnächst? Beruflich, meine ich. Nachdem ich Sie gefeuert habe?«, fragte sie zynisch.

Hopp antwortete nichts mehr. Witzig, dachte er, ein echter Brüller …

Grußlos beendete er das Gespräch. Anschließend war ihm übel. Ein Pfeifen in den Ohren kam und ging, kam und ging. Er schwitzte schlagartig wie ein Schwergewichtsboxer in der zwölften Runde. Dieses aberwitzige Telefonduell hatte ihn ungewöhnlich aus der Fassung gebracht. Um sich zu beruhigen, musste er mehrfach tief ein- und ausatmen. Und danach brauchte er dringend eine Ablenkung. Ein spontanes Mittagsbier in der Kupferklause! Zwölf Uhr war längst vorbei, die Kneipe musste geöffnet haben.

Otto Springer saß überraschenderweise an der Theke und unterhielt sich mit Gastwirt Klaus Kupfer.

»Zwei Doofe, ein Gedanke«, sagte Kupfer lachend, als Hopp sich zu Springer setzte.

»Nach diesem Flop heute Vormittag kann eine angemessene Dosis Alkohol nicht schaden«, meinte Springer. »Ich kann es einfach nicht fassen. Wir waren so nahe dran. Wir haben alles richtig gemacht. Und hatten den Kerl doch. Trotzdem war das ein widerlicher Griff ins Klo. Echt Scheiße.«

Hopp nickte nur matt. Die gewohnte Souveränität schien ihn fluchtartig verlassen zu haben.

182

Kupfer wunderte sich über die beiden Stammgäste, während er ihnen zwei Kölsch zapfte. »Mann, o Mann! So frustriert habe ich euch ja noch nie gesehen. Höchste Zeit, dass ihr auf andere Gedanken kommt.«

»Schön wär's«, antwortete Hopp. »Aber noch schöner fände ich's, wenn wir endlich eine Idee hätten, wie wir Maria wiederfinden können. Fast drei Tage ist die Kleine schon weg, und wir haben keinen Schimmer. Wenn wir nicht bald zumindest den Hauch einer Spur finden, sehe ich schwarz.«

»Ob es die zündende Idee ist, weiß ich nicht, aber mein Gefühl sagt mir noch immer, dass die Lösung des Falles auf der anderen Rheinseite liegt. Dort ist Maria verschwunden und von dort lässt sich der Faden am ehesten wieder aufrollen, wenn überhaupt. Eigentlich wollten wir doch schon in Königswinter recherchieren, ehe sich der angebliche Entführer gemeldet hat«, sprach Otto vor sich hin, vielleicht zu seinem Bierglas, jedenfalls mehr als zu den Freunden.

»Das hat die Polizei doch längst gemacht. Mehrfach und erfolglos, wie du weißt.«

»Ja, weiß ich. Aber dann haben sie eben den entscheidenden Hinweis übersehen. Das Mädchen kann sich nicht in Luft aufgelöst haben. Irgendwer in Königswinter muss irgendetwas mitbekommen haben. Wir müssen dort noch einmal ganz von vorn anfangen. Wir müssen dort jeden befragen, mit dem ihr am Freitag Kontakt hattet. Wir müssen dort jeden Stein umdrehen. Zur Not zweimal. Es muss eine Spur von Maria geben.«

Hopp war klar, was das für ihn bedeuten würde: aktive Recherche parallel zur Arbeit der Polizei. Wortbruch gegenüber Jana. Massiver Beziehungsstress, wenn er den nach der Verfolgung des Trittbrettfahrers überhaupt noch abwenden konnte.

Aber diese üblen, mit höchster Wahrscheinlichkeit eintretenden persönlichen Konsequenzen durften ihn jetzt nicht abschrecken. Er musste jede auch noch so kleine Chance nutzen, Maria wiederzufinden.

»Ist eigentlich dein Gästezimmer gerade frei, Otto? Gewährst du mir Asyl, wenn Jana mich rausschmeißt?« Hopp meinte das weniger scherzhaft, als es klang. »Dieses Schicksal scheint mir gewiss. Aber wenn es sich denn lohnt, dann soll es eben so sein. Lass uns nur erst nach Pech fahren, um Elvis aus der Wohnung zu holen. Und getragene Kleider von Maria. Vielleicht entpuppt sich mein Hund ja überraschend als talentierte Spürnase. Versuchen sollten wir es jedenfalls.«

Heiße Spur

Als erste fuhren Jana Jäger und Frank Streffer mit zwei Kollegen im Dienstwagen bei der kleinen Doppelhaushälfte in Römlinghoven vor. Streffer war lange nicht mehr hier gewesen. So spießig hatte er diesen Königswinterer Ortsteil nicht in Erinnerung.

»Du hast den Durchsuchungsbeschluss, Jana?«, fragte er, während er aus dem Auto ausstieg.

»Wieso ich?« Sie war irritiert. »Du wolltest den Wisch doch einstecken. Sag bloß, den haben wir jetzt nicht dabei?«

»Dann muss es halt erst einmal ohne gehen. Wir können ihn uns ja von Kollegen auf das iPad schicken lassen.«

Sie gingen auf die Haustür zu. Drei Kollegen aus dem zweiten Fahrzeug folgten ihnen, zwei weitere passierten das Gebäude seitlich, um den Gartenausgang zu sichern.

Die Behausung sah trostlos und verwahrlost aus. An allen Fenstern waren verwitterte, braune Kunststoffrollläden herabgelassen. Durch keine einzige Ritze schien Licht zu dringen.

Streffer hielt den Klingelknopf mindestens fünf Sekunden lang gedrückt. Drinnen regte sich nichts. Auch nach der x-ten Wiederholung des Sturmklingelns nicht.

Jana Jäger wurde langsam ungeduldig. »Der Typ scheint nicht da zu sein. Oder er will uns das glauben lassen. Wir gehen trotzdem hinein. Wer hat denn unseren elektrischen Super-Dietrich dabei?«

Einer der Beamten trat vor und machte sich kurz an der Tür zu schaffen, die nach wenigen Sekunden aufsprang.

»Voilà, immer hinein in die gute Stube.«

Drinnen herrschte Chaos. Verdreckte Töpfe, schmutziges Geschirr und benutzte Gläser befanden sich praktisch überall, in der Küche, im Esszimmer, in der Wohnstube. Im Flur stand eine Kommode offen, in der Taschen aufbewahrt wurden. Auf der Treppe zum Obergeschoss lagen getragene, schäbige Klamotten.

Im Schlafzimmer war das Bett zerwühlt und der Kleiderschrank fast komplett geräumt. Der Schreibtisch am Fenster schien auch geplündert worden zu sein: kein Laptop, nirgendwo persönliche Dokumente, kein Geld in der geöffneten Kassette.

Das alles sah nach Flucht aus – kein Zweifel.

»Der ist uns entwischt. Gebt sofort die Fahndung raus. Ich kümmere mich um den Haftbefehl.« Jana Jäger war nun deutlich stärker davon überzeugt, dass in diesem Haus der Entführer lebte. Dass der bereits vor dreißig Jahren verdächtigte Busfahrer jetzt ihr Mann war.

Nur eine Frage ließ sie doch noch zweifeln: Wo war Maria, wo hatte er sie versteckt?

Seit einer guten Stunde waren Hopp und Springer in Königswinter unterwegs. Schritt für Schritt verfolgten sie die Spuren des Gruppenausflugs von Freitag. Allerdings in umgekehrter Richtung. Alexander hoffte, die jüngsten Eindrücke könnten auch die frischesten und ergiebigsten sein. Also begannen sie ihre Recherchen auf dem Drachenfels. Die Servicemitarbeiter im Restaurant konnten sich noch genau an den Aufruhr erinnern, an die verzweifelte Suche nach dem Mädchen und die aufgebrachte Mutter. Aber die Kleine selbst hatte niemand gesehen, weder allein noch in Begleitung eines Erwachsenen. Den Schaffnern der Zahnradbahn fiel sofort die Festnahme eines Verdächtigen und ihre eigene Befragung durch die Polizei ein. Sonst nichts.

Unten im Stadtzentrum wurden die Ergebnisse noch trostloser. Weder die Beschäftigten in der Talstation der Bergbahn noch die Angestellten in den Geschäften der Drachenfelsstraße hatten irgendetwas Auffälliges bemerkt, geschweige denn Verwertbares zu berichten.

Die Reibekuchenbude am Rand des Marktplatzes war zu Hopps großer Enttäuschung geschlossen. Auf diesen Kontakt hatte er besondere Hoffnungen gesetzt. Der Verkäufer hätte sich sicherlich an ihren lustigen kleinen Crashkurs in Sachen deutscher

186

Küchenkultur an der aufgehängten Landkarte erinnert. Entmutigt gingen sie schließlich zu dem kleinen Souvenirshop, der nur wenige Schritte entfernt, neben der Reibekuchenbude unmittelbar am Eingang des Sea Life Aquariums lag.

Die Inhaberin des Ladens war in den vergangenen Tagen mehrfach von der Polizei befragt worden. Sie hatte sich sogleich gut an das hübsche, dunkelhaarige italienische Mädchen erinnern können. Wie es mit seiner Mutter in der Muttersprache heftig gestritten hatte, weil es gern den kleinen Plüschdrachen aus dem Grabbelkorb haben wollte.

Für dieses hellgrüne, zottelige Spielzeug interessierte sich jetzt auch Elvis. Aufgeregt wedelte der Labrador mit dem Schwanz, als er das Plüschtier beschnüffelte und versuchte, es aus der Auslage zu holen.

»Genau um diesen kleinen Drachen ging es, den Ihr Hund da gerade ins Maul nimmt. Den wollte das Mädchen unbedingt haben«, erinnerte sich die Händlerin. »Die Kleine war raderdoll. Erst zog sie einen fetten Flunsch, dann stampfte sie trotzig mit den Beinen auf. Hätte ich der Süßen gar nicht zugetraut.«

»Ich, ehrlich gesagt, auch nicht. Aber ich kenne sonst auch keine italienischen Mädchen«, antwortete Alexander Hopp. »Haben Sie denn in dieser Situation vielleicht irgendwen bemerkt, der in unserer Nähe war, der irgendwie merkwürdig wirkte. Oder der diese Szene besonders interessiert beobachtet hat?«

»Nicht, dass ich wüsste.«

»Überlegen Sie bitte noch einmal ganz genau. Wir haben Zeit.« Hopp strahlte sie mit seinem bewährtesten Lächeln ermutigend an.

Angestrengt dachte die Frau nach, ließ ihren Blick über den Marktplatz schweifen. Konzentriert versetzte sie sich um drei Tage zurück in die Vergangenheit und rief sich Bilder ihrer ersten Begegnung ins Gedächtnis. Plötzlich nickte sie langsam und sah dann zu Hopp auf.

»Jetzt, wo Sie mich so fragen, fällt mir doch noch ein Detail ein. Ich weiß nicht, ob es wichtig ist. Aber da war diese merkwürdige ältere Frau, die hier immer wieder herumschleicht. Die hat alles mit angesehen.«

»Was heißt: mit angesehen?«

»Die stand die ganze Zeit da drüben an der Bank und hat uns beobachtet. Einmal hat sie Maria sogar zugezwinkert. Und ansonsten hat sie das Mädchen irgendwie eigenartig angeschaut. Fast wie verliebt. Ja genau, verliebt. Richtig verliebt.«

»Kennen Sie diese Frau?«, hakte Alexander Hopp erregt nach.

»Nein, kennen ist zuviel gesagt. Sie läuft hier oft über den Platz.«

»Was wissen Sie sonst über sie? Wie sieht sie aus?

»Sie ist mindestens Sechzig, meist sehr unvorteilhaft gekleidet und wirkt immer etwas verwirrt.«

»Und wo wohnt sie?«, wollte Springer wissen. »Oder was macht sie hier in Königswinter?«

»Keine Ahnung, wo sie wohnt. Ich habe noch nie mit ihr geredet. Aber der Reibekuchenmann hat mir mal erzählt, dass sie hin und wieder in der Stadtverwaltung aushilft. Lager aufräumen und Akten vernichten. So was halt.«

»Vielen Dank, gute Frau«, sagte Hopp und schüttelte ihr fast überschwänglich die Hand. »Sie haben uns sehr geholfen. Und noch eine Bitte: Verkaufen Sie diesen Plüschdrachen vorerst nicht.«

Hektisch kramte Alexander Hopp sein Handy aus der Jackentasche, um Jana über die neue Spur zu informieren.

»Überlege bitte erst genau, was du ihr jetzt unbedingt sagen musst und wie du das am besten formulierst. Damit der Ärger sich einigermaßen in Grenzen hält«, warnte ihn Otto Springer.

»Danke für den gut gemeinten Hinweis!«

Als Hopp das gerade antwortete, meldete sich Jana bereits. »Hinweis? Welchen Hinweis? Was meinst du damit, Alex?«

»Das war nicht an dich gerichtet. Ich habe mich nur bei Otto bedankt. Weil er mich auf eine blöde Delle im Boden aufmerksam gemacht hat, über die ich fast gestolpert wäre. Ich habe nicht damit gerechnet, dass du so schnell dran gehst.«

188

»So, so. Was willst du mir denn wirklich sagen? Weshalb rufst du überhaupt an?«

»Wir haben wahrscheinlich eine Spur von Maria!«

»Wie bitte? Hatte ich dich nicht eindringlich gewarnt?«

»Ja, hattest du.« Hopp wich aus. »Lass uns das später klären. Jetzt sollten wir besser schnellstens der heißen Spur folgen.«

»Das tun wir schon. Wir haben einen Hauptverdächtigen. Ich bin mir ziemlich sicher, dass er unser Mann ist. Leider ist er uns eben durch die Lappen gegangen. Aber die Fahndung läuft auf Hochtouren. Alle Bahnhöfe und Flughäfen und Grenzübergänge sind alarmiert. Der Kerl kann nicht weit kommen.«

»Okay, wenn du meinst.«

Hopp wollte schon aufgeben, als Jana doch noch auf seine Information einging. »Was wisst ihr denn? Um was für eine Spur geht es?«

»Die Inhaberin des Souvenirladens am Marktplatz in Königswinter konnte sich gerade erinnern, dass eine merkwürdige ältere Frau uns am Freitag intensiv beobachtet hat. Als Maria ihre große Szene gemacht hat. Als sie unbedingt diesen kleinen Plüschdrachen haben wollte. Habe ich dir das erzählt?«

»Ja, hast du. Ich erinnere mich. Wir haben die Händlerin deshalb auch befragt. Uns hatte sie nichts Sachdienliches zu sagen. Leider. Welche merkwürdige Frau ist ihr denn jetzt noch eingefallen?«

»Eine ältere, ziemlich verwirrte Frau. Die wohl oft hier in der Innenstadt herumläuft. Sie soll Maria die ganze Zeit eigenartig angestarrt haben. Fast wie verliebt.«

»Aha. Und wer ist diese Frau? Was weiß die Verkäuferin sonst über sie?«

»Direkt kennt sie die Alte nicht, sie meint aber, dass sie manchmal in der Stadtverwaltung beim Aktenschreddern aushilft. Du musst unbedingt in der Verwaltung anrufen und Identität und Adresse dieser Frau ermitteln. Ich halte jede Wette, dass sie sich die Kleine geschnappt hat.«

189

»Dann wollen wir mal hoffen, dass du die Wette gewinnst. Zu verlieren hast du jedenfalls nichts mehr. Bei mir zumindest.«

Ist mir klar, Frau Kommissar. Sicherheitshalber habe ich schon bei Otto Asyl beantragt, dachte Hopp. Dann flehte er: »Mach ganz schnell. Bitte, Jana. Gleich ist es 17 Uhr. Dann wird bestimmt niemand mehr auf dem Amt zu erreichen sein.«

»Weiß ich selbst. Schlauberger.«

Eine Viertelstunde später rief Jana aus dem fahrenden Dienstwagen an, den Streffer zum zweiten Mal an diesem Tag in Richtung Siebengebirge lenkte. Wie nicht anders zu erwarten war, hatte die Verwaltungsangestellte im Personalamt der Stadt Königswinter äußerst sperrig reagiert. Mit dem Argument vorgeblichen Datenschutzes hatte sie versucht, Jana Jäger abzuwimmeln und zudem naseweis behauptet, das könne sowieso alles gar nicht sein, die alte Frau sei zwar etwas schräg, aber völlig harmlos.

Erst nach Androhung erheblicher rechtlicher Konsequenzen hatte sie dem Druck der Polizei nachgegeben und endlich die benötigten Informationen herausgerückt. Und plötzlich lag die Lösung des Falles wie ein offenes Buch vor den Ermittlern: Diese verwirrte ältere Frau war die Mutter der vor vielen Jahren auf Pützchens Markt entführten Marianne. Sie also schien Maria auf dem Drachenfels verschleppt zu haben, nicht der Hauptverdächtige, der sich gerade aus dem Staub gemacht hatte.

»Wir fahren im Moment hoch in den Stadtteil Oberdollendorf, wo diese Frau am Ortsausgang, kurz vor der Klosterruine Heisterbach, wohnen soll«, berichtete Jana sachlich. Das Mobile Einsatzkommando sei alarmiert und werde in einer knappen halben Stunde vor Ort sein.

»Und ihr beiden Helden«, kommandierte die Kommissarin barsch, »bleibt diesmal definitiv, wo ihr seid! Ihr haltet euch ab sofort endgültig heraus, sonst kann ich für nichts garantieren. Trinkt euch doch ein Bier, oder noch besser, fahrt einfach brav nach Hause.«

Von wegen, dachte Hopp trotzig, bei dir habe ich sowieso verschissen. Was soll da noch schlimmer werden? Jetzt kommen wir erst recht.

»Bis später«, verabschiedete sie sich ebenso kühl wie unverbindlich.

Niemand öffnete die Tür. Auch beim dritten dreifachen Klingeln nicht. Gerade wollten Jäger und Streffer zum Wagen zurückgehen, da näherte sich eine ältere, ärmlich gekleidete Frau dem Hauseingang. Die Personenbeschreibung passte haargenau, das musste sie sein.

Behutsam stellten sich ihr die beiden Polizeibeamten in den Weg und sprachen sie freundlich an. »Guten Tag, ich bin Hauptkommissarin Jana Jäger von der Kriminalpolizei, und dies hier ist mein Kollege, Kriminaloberkommissar Frank Streffer. Wir würden Ihnen gerne ein paar kurze Fragen stellen.«

Die Frau kniff die Augen zusammen. Sie sagte nichts. Plötzlich schlängelte sie sich wieselflink zwischen beiden durch und lief entschlossen zur Haustür. Hektisch kramte sie einen Schlüsselbund aus einer verschlissenen Lederhandtasche, deren ursprüngliche Farbe nicht mehr zu erkennen war.

Jana Jäger reagierte schnell, stellte sich zu ihr an den Eingang und nahm den Faden sanft wieder auf.

»Es sind wirklich nur ganz wenige, sehr einfache Fragen. Keine große Sache. Dürfen wir?«

»Nein!«, antwortete die Alte mit rauer, brüchiger Stimme.

»Wir suchen ein kleines Mädchen. Können Sie uns da vielleicht weiterhelfen?

»Nein!«

»Sie heißt Maria, ist sechs Jahre alt und sehr hübsch. Schwarze Locken und große, rehbraune Augen. Sie sollen ihr vor ein paar Tagen schon einmal begegnet sein. Erinnern Sie sich?«

»Nein!«, erwiderte die Frau zum dritten Mal. Ihre giftgrünen Augen funkelten die Beamten wütend an. Gleichzeitig öffnete sie einen Spalt breit den Eingang, schlüpfte behände hinein und knallte die Tür vor Jägers Nase zu.

Verdutzt zog Jana Jäger die Schultern hoch.

»Was war das denn?«

»Eine deftige Abfuhr, würde ich sagen. Für mich das beste Zeichen, dass etwas ziemlich faul ist«, antwortete Frank Streffer. »Ich könnte meinen Arsch darauf verwetten, dass die Kleine hier im Haus ist.«

»Ziemlich üppiger Wetteinsatz. Nicht schlecht«, stänkerte Jäger. »Aber was machen wir denn jetzt? Das MEK wird frühestens in zwanzig Minuten hier sein.«

»So lange würde ich nicht warten. Wer weiß, was in der Zwischenzeit drin passiert.« Hopp, an den die Frage eindeutig nicht gerichtet war, hatte sich unbemerkt zusammen mit Springer von hinten den beiden Polizeibeamten genähert, nachdem sie die Szene an der Haustür heimlich und aus sicherer Entfernung beobachtet hatten.

»Das darf ja wohl nicht wahr sein. Meine Güte, seid ihr lästig«, fluchte Jana Jäger laut.

»Aber oft auch verdammt nützlich«, erwiderte Hopp schnoddrig, »jetzt zum Beispiel.«

»Du Spinner! Glaubst du ernsthaft, dass ich euch jetzt mitmischen lasse?«

»Ja, genau das glaube ich. Und ehrlich gesagt, bleibt dir auch nicht viel anderes übrig, wenn du nicht weiter untätig hier warten und dabei Marias Leben riskieren willst. Wer weiß, ob die Frau bewaffnet ist? Und wer weiß, wie sie in dieser Stresssituation reagiert.«

»Das geht dich alles gar nichts an. Hau einfach ab und nimm deinen Otto mit. Aber dalli. Ich will dich nicht mehr sehen.«

»Jetzt lasst beide mal eure privaten Emotionen aus dem Spiel«, Streffer versuchte, die Wogen zu glätten. »Die Situation ist auch ohne euren Zirkus schon heikel genug. Wir müssen schnellstens etwas Geschicktes unternehmen.«

192

»Und was soll das sein? Was, wobei uns diese beiden Bekloppten nützen könnten?«

»Das Haus steht frei auf dem Grundstück. Zu viert können wir es rundum sichern und auf jeder Seite versuchen auszuspähen, ob das Kind da drin ist, in welchem Raum es ist und was die Alte gerade macht.«

»Aber doch nicht mit diesen beiden aufdringlichen Hobbyermittlern. Das ist nicht dein Ernst, Frank!«

»Doch, ist es. Wir können nicht länger warten. Die Alte ist jetzt gewarnt und die Situation ist unkalkulierbar. Jede Minute steigt die Gefahr für Maria, falls sie da drin ist. Und ich bin sicher, dass sie da drin ist.«

Jana Jäger gefiel dieser Plan Streffers ganz und gar nicht. Es kotzte sie regelrecht an, jetzt klein beizugeben. Jetzt auf Alexander und Otto angewiesen zu sein. Jetzt ausgerechnet mit den beiden zusammen zu arbeiten, die sie mehrfach autoritär vom Hof zu jagen versucht hatte.

Fieberhaft dachte sie nach, aber ihr fiel keine Alternative ein.

»Einverstanden«, stimmte sie widerwillig dem Vorschlag ihres Partners zu. »Unter einer Bedingung: Wir verständigen uns permanent über die Handys. Sicherheitshalber stellen wir alle die Dinger auf Vibrationsalarm. Und meine allerletzte Warnung: keine eigenmächtigen Alleingänge. Sonst buchte ich euch wegen Behinderung polizeilicher Ermittlungen ein!«

Grüner Drache

Sofort besetzten sie alle Seiten des Hauses. Jana Jäger blieb an der Eingangstür. Streffer lief zur Rückseite, wo er sich durch ein Gestrüpp kämpfen musste, um in das doppelflügelige Fenster gucken zu können.

Springer war links um die Ecke gebogen und postierte sich vor dem Küchenfenster. Auf Hopps Seite waren alle Fenster von dunkelgrünen, stark verwitterten Holzläden verschlossen. Diese waren dringend sanierungsbedürftig, an mehreren Stellen klafften fingerbreite Spalten. Vorsichtig linste er durch eine Lücke in der Jalousie des linken Fensters, das er am einfachsten erreichen konnte. Das Zimmer war düster, seine Augen mussten sich erst an die schummrigen Lichtverhältnisse gewöhnen. Offensichtlich war das ein Abstellraum, der selten benutzt wurde. Er konnte jedenfalls niemanden darin erkennen.

Das nächste Fenster war schwerer zugänglich. Hopp fluchte leise, als die Dornen wilder Rosenbüsche in seine Beine stachen. Durch einen breiten Riss im Holzladen spähte er in das Zimmer. Trotz des schwachen Lichts nahm er wahr, dass dort eine Matratze auf dem Boden lag, und darauf ein Mensch. Ein kleiner Mensch. Ein Mädchen. Maria. Sie war also hier. Sie hatten sie tatsächlich gefunden!

Auf dem Stuhl in der linken Ecke neben einer Zimmertür bemerkte er die alte Frau, die regungslos dort saß und Maria mit starrem Blick fixierte. Eine Waffe konnte Hopp bei ihr nicht erkennen.

»Die Kleine ist hier«, informierte er Jana umgehend. »Sie liegt auf einer Matratze. In einem kleinen Zimmer in der hinteren rechten Hausecke, von dir aus gesehen. Diese Frau ist bei ihr.«

»Okay. Kannst du sehen, ob die Frau bewaffnet ist?«

»Ich sehe keine Waffen, bin aber nicht sicher, dass sie keine hat.« Hopp flüsterte.

194

Als er das Telefonat gerade beenden wollte, stand die Frau plötzlich auf und verschwand aus dem Raum.

»Sie geht gerade raus, Jana. Sie schließt von außen die Tür. Jetzt sehe ich sie nicht mehr«, berichtete er aufgeregt.

Kaum hatte Hopp aufgelegt, meldete sich Springer. »Jana, verstehst du mich? Ich sehe die Frau. Sie steht hier in der Küche auf der linken Hausseite. Warte kurz.« Er sprach ruhig und leise wie der Kommentator einer Billardpartie und schwieg dann einige Sekunden. »Gerade hat sie den Kühlschrank geöffnet. Sie will anscheinend etwas zu essen machen.«

»Danke, Otto! Sag sofort Bescheid, wenn die Frau die Küche wieder verlässt.«

Sie war unschlüssig, wie sie weiter vorgehen sollten.

»Was würden Sie raten?«, fragte Jana Jäger den Einsatzleiter des MEK. Das Sonderkommando war gerade in voller Besetzung eingetroffen, und Jana hatte ihm kurz die Lage geschildert. »Sollen wir das Haus sofort stürmen oder abwarten, bis der Staatsanwalt einen Durchsuchungsbeschluss geschickt hat?«

Der MEK-Beamte zögerte nicht den Hauch einer Sekunde. Seine Antwort kam wie aus der Pistole geschossen: »Küchenfenster einschlagen, Blendgranate reinwerfen, Haustür rammen. Wir müssen diesen Moment nutzen, wo die Alte nicht bei der Kleinen ist. Die Situation ist ideal, um durch den Flur in das hintere Zimmer zu stürmen und das Mädchen zu befreien.« Der Mann wirkte ebenso entschlossen wie selbstsicher. Er schien nicht die geringsten Zweifel zu haben. »Hier ist schnelles Handeln gefragt. Schließlich ist Gefahr im Verzug. Niemand kann vorhersehen, wie die Entführerin in dieser bedrohlichen Lage noch reagieren wird.«

»Ja, dann …«, sagte Jäger und trat kurz zu Seite, weil bereits zwei athletische MEK-Hünen mit der Ramme antraten.

Ein gezielter Schlag, und krachend flog die Tür in den Flur.

Im Haus explodierte die Blendgranate mit lautem Knall. Ein greller Blitz erhellte das Erdgeschoss.

Sekundenlang war nichts zu sehen.

Fünf MEK-Leute drangen mit gezogenen Waffen in das Haus. Die ersten beiden liefen zur Küche. Die alte Frau war nicht mehr da. Wie konnte das sein? Von drei bewaffneten MEK-Männern begleitet, bewegte sich Jana Jäger zielstrebig zu dem rechten, hinteren Eckzimmer. Die Tür war zu, das Zimmer von innen verschlossen. Was war passiert? Wo war die Frau mit Maria? Was hatte sie vor?

»Wie hat die Alte das denn geschafft? Den Schreck und den Blitz hält normalerweise niemand aus«, wunderte sich einer der MEK-Leute. »Das habe ich ja noch nie erlebt.«

»Wenn sie schon ihr ganzes Leben hier wohnt, kennt sie wahrscheinlich alle Laufwege mit geschlossenen Augen.« Das war die einzige Erklärung, die Jana spontan einfiel. Tatsächlich hatte sie keine Ahnung, was geschehen war und vor allem, was sie jetzt als nächstes tun sollten.

Ihr Handy vibrierte, Alexander rief an. »Ist die Aktion schief gegangen? Die Alte ist wieder hier. Sie hat sich mit Maria in die hinterste Ecke gekauert. Sie hält sie fest umklammert. Ich glaube, sie hat jetzt ein Messer. Beeilt euch!«

»Verstanden, Alex. Beobachte sie weiter! Und wenn sich etwas verändert, sofort melden.«

Kurz erklärte sie dem Einsatzleiter des MEK, was Hopp gerade berichtet hatte. Noch immer wirkte der Mann völlig gelassen. »Wir horchen das Zimmer ab. Ihr Freund soll die Situation weiter durch das Fenster verfolgen. Wenn sich die Frau beruhigt hat, schließen wir vorsichtig die Tür auf und gehen hinein.«

Gespannt warteten sie zehn Minuten. Im Raum war es still. Alexander meldete sich nicht. Die Lage schien sich nach dem Blendgranaten-Chaos entspannt zu haben.

Die Zimmertür war leicht zu öffnen. Die Alte hockte, so wie Hopp es beschrieben hatte, in der äußersten Ecke auf dem nackten Steinboden. Zusammen mit Maria. Mit ihrem linken Arm umklammerte sie das Mädchen, in der rechten Hand hielt sie ein Küchenmesser.

196

Wie angewurzelt blieben Jana Jäger und der Einsatzleiter des MEK im Türrahmen stehen. Sie wechselten nur einen kurzen Blick.

Die Frau rührte sich nicht. Sie sagte auch keinen Ton. Minutenlang schien die Zeit still zu stehen.

Mit jeder verronnenen Sekunde wirkte die Situation unwirklicher und weniger bedrohlich.

»Ich weiß, dass Sie Maria sehr lieb haben.« Jana Jäger sprach ganz ruhig. Ihr ging inzwischen auf, dass diese Frau dem Mädchen wohl niemals etwas antun würde. Wahrscheinlich hatte sie das Messer bei der Attacke in der Küche vor Schreck gegriffen. Reflexartig. Eher zur eigenen Verteidigung. Nicht, um das Kind zu gefährden. Man musste die Frau jetzt beruhigen. Vertrauen schaffen. Musste ihr das Gefühl geben, dass für sie und das Mädchen keine Gefahr bestand.

»Ich weiß, dass Sie Maria nichts Böses wollen. Im Gegenteil. Und wir wollen dem Kind natürlich auch nichts tun.« Immer wieder erklärte sie gebetsmühlenartig: Alles sei gut. Maria sei in Sicherheit. Auch der Frau werde nichts geschehen. Kein Grund zur Aufregung. Die Polizei sei da, um auf sie beide aufzupassen.

»Lassen Sie uns doch bitte zu Maria. Das Kind braucht dringend Medizin. Sie hat ein krankes Herz. Sie macht schon einen ganz geschwächten Eindruck. Bitte!«

Diese einseitige Unterhaltung schien schon eine Ewigkeit zu dauern.

Endlich ließ die Entführerin beide Arme sinken. Sie schaute die Polizisten an der Tür auffordernd an. Langsam ging Jana auf sie zu. Der MEK-Mann folgte ihr vorsichtig in einem Meter Abstand. Beide blieben erst einmal ruhig vor Maria und der Alten stehen. Dann beugte sich Jana behutsam vor und nahm das verschreckte und entkräftete Mädchen in ihre Arme. Rasch trug sie Maria aus dem Haus.

Gleichzeitig nahm der MEK-Beamte die verwirrte Frau fest. Sie leistete keinen Widerstand. Ganz unvermittelt wirkte sie wie

197

leblos. Der hartgesottene Polizist konnte sich nicht entsinnen, dass ihm zuvor eine Person bei ihrer Verhaftung derart Leid getan hatte.

Alexander Hopp, der von draußen durch die Ritze in der Jalousie gespannt die langwierige Aktion verfolgt hatte, stieß einen Freudenschrei aus, als Jana das Mädchen aus dem Haus trug. Otto Springer, der sich im Durcheinander nach dem misslungenen Einsatz der Blendgranate unbemerkt in den Flur geschlichen hatte, fotografierte begeistert die bewegende Szene.

Giulia Peroni weinte hemmungslos, als Hopp ihr am Telefon die Rettung Marias mitteilte. Sie brachte kein Wort heraus.

»Jana ist mit ihr auf dem Weg ins Polizeipräsidium in Bonn-Beuel. Dort wird sie erst einmal gründlich untersucht und gut versorgt«, sagte er zu der völlig aufgelösten Frau. »Ich hole dich gleich in Pech ab und dann fahren wir gemeinsam zu ihr.«

Eine knappe Stunde später trafen sie im Präsidium ein. Maria wurde noch immer von einer Kinderärztin und einer Kinderpsychologin untersucht. Zwar war das Mädchen stark geschwächt, sehr aufgeregt und ziemlich verstört. Aber alles in allem hatte sie die mehrtätige Tortur erstaunlich gut überstanden. Auch ihr empfindliches Herz schien keine nachhaltigen Schäden davongetragen zu haben.

Zuerst hatte die Ärztin ihr die benötigten Tropfen verabreicht und dann eine heiße Schokolade besorgt. Giulia durfte sofort zu Maria. Hopp musste im Flur warten, um den Trubel für das Kind in Grenzen zu halten. Überglücklich fielen sich Mutter und Tochter um den Hals. Während Giulia nicht aufhörte zu weinen, beruhigte sich Maria langsam. Schweigend hielten sie einander umarmt.

Im Nebenraum versuchten Jana Jäger und Frank Streffer geduldig, die Entführerin zu vernehmen. Was deutlich schwieriger war, als erwartet. Sehr erregt, konnte die Frau wenig Verständliches mitteilen. Ihre halben Sätze waren kaum zu verstehen.

Immer wieder sagt sie: »Meine Marianne. Wieder bei mir. Meine Marianne.«

Als sie nicht weiterzukommen schienen, ging Jana Jäger mit Frank Streffer für eine kurze Unterredung in den Flur.

»Das einzige, was ich einigermaßen verstehe ist: meine Marianne. Hält sie Maria tatsächlich für ihr eigenes Kind, das endlich wieder aufgetaucht ist?«

»Ich vermute, ja«, antwortete Streffer. »Sie sagt doch auch: wieder bei mir. Sie hat ihre Tochter vor dreißig Jahren verloren und glaubt in ihrem verwirrten Zustand, sie sei als Kind zu ihr zurückgekehrt. Ohne zu altern. Wahnsinn.«

Jana Jäger nickte nachdenklich. »Das wird die Erklärung sein. Vielleicht bekommen wir später mehr aus ihr heraus, wenn sie sich beruhigt hat. In der Zwischenzeit soll sich ein Arzt um sie kümmern.«

Vorerst beendeten Jäger und Streffer das Verhör. Beiden war eine tonnenschwere Last vom Herzen gefallen.

»Geschafft«, sagte Streffer »dieser Albtraum ist vorbei. Für alle Beteiligten. Was machen wir jetzt mit dieser armen Frau? Stellen wir sie dem Haftrichter vor?«

»Das liegt allein in der Zuständigkeit des Arztes. Er wird die Entführerin eingehend untersuchen und muss dann entscheiden, ob sie in Untersuchungshaft kann oder eher zur weiteren Behandlung in die geschlossene Psychiatrie der Rheinischen Landesklinik gehört.« Jäger ahnte bereits, welche der beiden Optionen die wahrscheinlichere war.

Am späten Abend fand Jana Jäger endlich Zeit, sich die alten Akten der Entführung Mariannes in Ruhe anzusehen. In der Hektik der aktuellen Ermittlungen war sie nicht dazu gekommen.

Die hübsche dunkelhaarige Tochter der mittlerweile verwirrten Frau war am zweiten Septemberwochenende vor dreißig Jahren auf Pützchens Markt verloren gegangen. Zwei vergilbte Fotos zeigten, dass ihre Tochter Marianne damals sehr ähnlich ausgesehen hatte, wie jetzt Maria Peroni. Rein äußerlich hätten beide Schwestern sein können. Marianne war Schulanfängerin gewesen und hatte zur Belohnung für ihre ersten guten Noten einen gemeinsamen Besuch der historischen Beueler Großkirmes spendiert bekommen. An einer Schießbude wollte ihr Vater dort ein Kuscheltier für sein Mariechen gewinnen. Die Mutter hatte ihm fasziniert zugeschaut und dabei kurz nicht auf Maria geachtet. Als die Eltern ihr stolz den geschossenen Plüschtiger überreichen wollten, war sie weg. Spurlos verschwunden. Trotz intensiver Suche der Polizei und mehrfacher Aufrufe in Funk, Fernsehen und Tageszeitungen war sie unauffindbar geblieben.

Damals waren zwar zwei wegen Erregung öffentlichen Ärgernisses vorbestrafte Männer dringend verdächtigt worden, Marianne verschleppt zu haben. Doch keiner von beiden konnte überführt werden. Nach einem knappen Jahr hatte die Polizei die Ermittlungen eingestellt. Monatelang setzte die verzweifelte Familie gemeinsam mit Freunden und Nachbarn die Suche fort. Ohne Erfolg. Marianne war wie vom Erdboden verschluckt und blieb es bis heute.

An dieser Tragödie war die Beziehung der Eltern zerbrochen. Die alleinstehende Mutter hatte mehr und mehr den Bezug zur Realität verloren. Auf dem Weinfest in Königswinter musste sie in Maria Peroni ihre verlorene Tochter Marianne wiedererkannt und glücklich nach Hause gebracht haben.

Klaus Kupfer hatte das Schild *Geschlossene Gesellschaft* an die Eingangstür seiner Wirtschaft gehängt. Zur Feier des Tages hatte er Roastbeef mit Remouladensoße und Bratkartoffeln zubereitet, Alexanders Lieblingsgericht. Das hatte er sich für die ganze Gruppe gewünscht.

Fast alle Freunde und Helfer waren an diesem Samstagabend in die Kupferklause gekommen: Josephine Franzen und Hannes Dörfler, die Kommissare Frank Streffer, Harald Neumann und Michael Becker, die Souvenirhändlerin aus Königswinter und

200

natürlich Otto Springer. Nur Jana glänzte durch Abwesenheit. Sie hatte Alexander erklärt, sie brauche dringend eine Auszeit von ihm. Daraufhin hatte er seine Siebensachen aus der gemeinsamen Wohnung geholt und war vorübergehend zu Otto in dessen Gästezimmer gezogen. Auf Alexanders Einladung zu dieser privaten Abschlussfeier hatte sie gar nicht erst reagiert. Auch Giulia Peroni fehlte. Sie war Mitte der Woche sofort mit Maria nach Hause gereist, nachdem der Fall abgeschlossen war.

Hopp nahm Ottos Kölschglas und schlug es dreimal leicht gegen sein eigenes, um sich Gehör zu verschaffen. »Schön, dass ihr alle gekommen seid. Und noch schöner, dass ihr gemeinsam Maria wiedergefunden habt. Ich danke euch allen ganz herzlich dafür! Ihr könnt euch nicht vorstellen, wieviele Steine mir vom Herzen gefallen sind.«

»Doch, können wir, Alex!«, antwortete Streffer und lächelte zufrieden. »Aber danken musst du uns dafür nicht. Wir haben nur unseren Job gemacht.«

»Keine falsche Bescheidenheit, Frank. Das ist nun echt untertrieben. Ihr habt mehr als das getan. Ihr wart mit Leib und Seele bei der Sache. Und so ganz nebenbei habt ihr auch noch einen seit dreißig Jahren ungeklärten Mordfall gelöst.«

Alexander Hopp strahlte die drei Polizisten an und applaudierte anerkennend.

Tatsächlich hatten sie den flüchtigen Verdächtigen aus Römlinghoven geschnappt. Bei einer Routinekontrolle an der holländischen Grenze war er den Kollegen aus Kerkrade am Dienstag ins Netz gegangen. Drei ganze Tage hatten sie den Mann im Kreuzverhör bearbeitet. Von Tag zu Tag hatte er sich stärker in Widersprüche verheddert. Schließlich war er eingeknickt und hatte die Tat zugegeben. Er hatte Marianne auf Pützchens Markt entführt. Er hatte sich an ihr vergangen. Er hatte sie anschließend getötet und wie ein kaputtes Spielzeug entsorgt.

Ihre Leiche fanden die Beamten unter dem Geräteschuppen in seinem Garten.

Auch Josephine Franzen war erleichtert. Vergnügt stieß sie mit den Kriminalbeamten auf ihren Erfolg an.

»Das war Glück im Unglück, dass die Entführerin weder Geld wollte noch Schreckliches mit dem Mädchen vorhatte«, sagte Hauptkommissar Neumann. »Die Geschichte wäre sonst wahrscheinlich ganz anders ausgegangen.«

Bei diesem Gedanken verzog Josephine angewidert ihr Gesicht. Sie mochte sich das nicht weiter vorstellen. »Jedenfalls wird die kleine Maria dadurch für ihr Leben geprägt sein«, meinte sie. »Dieses Erlebnis wird sie niemals vergessen können. Und ganz sicher wird sie nie wieder jemandem vertrauen, den sie nicht kennt.«

Die Entführerin hatte das Mädchen auf dem Drachenfels freundlich angesprochen, wie Maria kurz vor der Heimreise nach Italien erzählt hatte. Sie war sich nicht sicher gewesen, ob die Frau zu den Wachtberger Gastgebern gehörte, denn sie hatte sie vorher noch nie gesehen. Allerdings kannte die Frau ihren Namen. »Maria«, so hatte die Alte sie angesprochen, und sie hatte sie einfach an die Hand genommen und war mit ihr in die Zahnradbahn gestiegen und talwärts gefahren. Sie hatte sich zwar gewundert, aber schüchtern wie Maria nun einmal war, hatte sie sich nicht gewehrt.

»Wie bist du denn mit Zicki-Niki klar gekommen?«, fragte Otto seinen Freund, als der gerade zwei frische Kölsch für sie beide brachte. »Will sie dich immer noch feuern?«

Hopp lachte laut auf. »Von wegen. Die war plötzlich lammfromm, als ich ihr ein paar deiner Bilder gezeigt und dann erzählt habe, dass ich das Material exklusiv an den *Stern* verkaufen würde. Sofort hat sie alle angedrohten Repressalien zurückgenommen und mir sogar eine Gehaltserhöhung angeboten. Und unsere Titelstory heute Morgen ist ja auch bombastisch eingeschlagen.«

»Darauf können wir nicht oft genug anstoßen.« Springer leerte sein Glas mit einem Zug.

Bis Mitternacht kamen noch einige Runden hinzu. Reichlich alkoholisiert fuhren Springer und Hopp gemeinsam mit einem

202

Taxi nach Hause. Eigentlich gefiel Hopp die lockere Männer-WG mit seinem besten Kumpel. Aber er vermisste Jana.

Von Tag zu Tag mehr.

Es war bitter kalt, als Alexander Hopp am Rosenmontag das Ankunftterminal des Mailänder Flughafens Linate verließ. Fröstelnd zog er sich den dünnen Popeline-Mantel enger zu. Von Italien hatte er jetzt eigentlich wärmeres Wetter erwartet. Sicher wissen konnte er es nicht, weil er um diese Jahreszeit noch nie hier war. Er gehörte nicht zum großen Heer der Karnevalsflüchtlinge. Fast vier Monate waren die aufregenden Ereignisse während des Treffens der Partnerstädte in Wachtberg nun her. Er stieg in das nächste Taxi und kramte den Zettel mit der neuen Adresse aus der linken Manteltasche hervor.

Giulia und Maria Peroni waren inzwischen umgezogen. Nach ihrer Rückkehr hatte sich Giulia energisch daran gemacht, ihren größten Wunsch zu verwirklichen – eine größere und vor allem eigene Wohnung, stadtnah im Grünen gelegen, mit ausladendem Balkon. So, wie sie es in Pech schätzen gelernt hatte, trotz aller Aufregung.

Als sie die Tür öffnete, strahlte Giulia über das ganze Gesicht und begrüßte ihn weit herzlicher als bei ihrer ersten Begegnung im Oktober. Ihre stürmischen Küsse schienen kein Ende zu nehmen. Als sie ihn endlich losließ, merkte Hopp, dass seine Oberschenkel von Kinderarmen blockiert wurden. Maria hielt sie fest umschlungen, schaute ihn aber nicht an. Sie hatte nur Augen für das Gastgeschenk, das Alexander in der linken Hand trug und das vor ihrer Nase baumelte.

Es war der kleine grüne Plüschdrache.

203

Danksagung

Auch wenn man ein Buch im Grunde allein schreibt, geht das nicht ohne viele direkte und indirekte Helfer, Förderer und Sympathisanten. Von Herzen bedanke ich mich deshalb bei:

Sibylle, Leo und Lukas. Meine Familie hat mich jederzeit mental unterstützt, aber ansonsten bei meiner Schreiberei in Ruhe gelassen;

Bernadette Conraths und Sepp Spiegl, die beide auf ihre ganz spezielle Art für viele Inspirationen verantwortlich sind;

Karsten Mühlhaus, der als aufmerksamer Erstleser und schonungsloser Kritiker dieser Geschichte entscheidend weitergeholfen hat;

Anja Steinig und Lisa C. Schwerin für den spannenden Umschlag dieses Buches;

Joachim Grünkemeyer, Erster Kriminalhauptkommissar a. D. der Bonner Polizei, der mir die gröbsten polizeifachlichen Schnitzer ausgeredet hat;

Rita Hoffmann, die in meinem Manuskript die letzten Fehler ausgeräumt hat;

Winrich C.-W. Clasen, der den verlegerischen Mut hatte, mir als Newcomer diese Chance zu geben.

Wachtberg-Pech, im April 2021

Wenn Ihnen der erste Fall mit Alexander Hopp und Jana Jäger gefallen hat, können Sie sich nachfolgend einen Einblick in den zweiten Band der Wachtberger Krimireihe verschaffen:

KÜNSTLER
PECH

Ein Wachtberg-Krimi von Wilfried Lülsdorf

Nervös drückte er den Klingelknopf neben der Wohnungstür. Den eigenen Schlüssel traute er sich nicht zu benutzen. Seit einer gefühlten Ewigkeit war er nicht mehr hier gewesen. Waren es vier Monate her? Fünf? Oder sogar noch länger? Er wusste es nicht genau. Ihm war ziemlich mulmig zumute, was ihn zusätzlich verunsicherte. So kannte er sich gar nicht. Eigentlich war er doch eher der unerschrockene, selbstbewusste Typ. Ein letztes Mal fuhr er sich mit der rechten Hand durch die lockigen Haare, um die Frisur zu ordnen und einen gepflegten Eindruck zu machen. Dann zupfte er noch rasch sein frisch gebügeltes Hemd über dem Gürtel zurecht, damit es möglichst keine Falten warf.

In der Wohnung rührte sich niemand, zumindest hörte er keine Schritte. Nur der Hund hatte kurz gebellt. Sollte er noch einmal klingeln? Lieber nicht, dachte er leicht beklommen, das könnte sie womöglich als aufdringlich empfinden und sofort wieder verärgern. Also wartete Alexander Hopp geduldig.

Von oben näherten sich Schritte auf der Treppe. Das hatte ihm gerade noch gefehlt, ausgerechnet jetzt einem der Nachbarn zu begegnen. Er hoffte inständig, dass es wenigstens keiner der lästigen Laberbacken sein würde. Als dann die Krankenschwester aus der darüberliegenden Wohnung um die Kehre bog, war er einigermaßen erleichtert. Sie war ihm bisher nicht als besonders neugierig oder geschwätzig aufgefallen. Mit ihr war er immer gut zurecht gekommen. Die Frau strahlte über das ganze Gesicht.

»Hallo, Herr Hopp! Lange nicht mehr gesehen. Haben Sie Ihren Schlüssel vergessen?«

»In letzter Zeit bin ich viel unterwegs. Zu viel eigentlich...« Mit Schwung wurde in diesem Moment die Wohnungstür geöffnet.

Jana lächelte ihn an und erkannte sofort, dass Alexander diese Situation ziemlich unangenehm war. »Komm herein, Schatz«, sagte sie fröhlich, »und Ihnen, Frau Gottmann, noch einen schönen Tag.«

In der Diele fiel Elvis regelrecht über Alexander her.

Tänzelte aufgeregt im Kreis vor ihm herum, sprang immer wieder begeistert an ihm hoch, umarmte ihn schließlich regelrecht mit beiden Vorderpfoten und leckte ihm freudig die Wangen. Hopp ließ das nicht einfach so über sich ergehen, sondern erwiderte den herzlichen Empfang. Liebevoll drückte er den schokoladenbraunen Labradorrüden und kraulte ihm mit beiden Händen das dicke, weiche Fell. Er hatte den Hund in letzter Zeit mindestens genauso sehr vermisst wie der allem Anschein nach ihn.

»Sorry, Alex! Ich konnte nicht schneller öffnen. Meine Haare waren noch klatschnass. Die musste ich erst einigermaßen trocken föhnen. Ich bin davon ausgegangen, dass du nicht direkt wieder weglaufen würdest.« Jana Jäger hatte sich die rührende Begrüßungsszene von Hund und Herrchen amüsiert angesehen und geduldig abgewartet, bis der Hund ihn endlich freigab. Dann umarmte sie Alexander etwas steif, drehte sich wortlos um und ging ins Wohnzimmer. Er folgte ihr.

206

Der Couchtisch war für zwei Personen gedeckt. »Ich dachte, wir könnten gemeinsam eine Kleinigkeit schnabulieren. Nichts Besonderes, Brot, Salat, Käse und etwas geräucherten Fisch.« Jana hatte das Erstaunen in Alexanders Gesicht erkannt und fühlte sich zu einer Erklärung genötigt. »Und etwas trinken natürlich auch.« Denn neben der Salatschüssel stand eine geöffnete Flasche seines Lieblingsrotweins – Cannonau di Sardegna, aus dem Süden der großen italienischen Insel. Alexanders Herzschlag beschleunigte sich spürbar; sein ohnehin schon nervöser Magen krampfte heftig. Was hatte dieses gesellige Arrangement zu bedeuten? Grund zur Hoffnung?

Das erste Mal seit ihrer abrupten Trennung im Oktober des vergangenen Jahres trafen sich Jana und Alexander also wieder in ihrer eigentlich gemeinsamen Wohnung. Behutsam und möglichst ergebnisoffen wollten sie besprechen, ob sie ihr permanent schwelendes Konfliktpotenzial künftig irgendwie in den Griff bekommen könnten und wie es dann mit ihrer Beziehung weitergehen solle. Die Initiative dazu war zwar überraschend von Jana ausgegangen, allerdings hatte sie am Telefon verkrampft und nicht gerade überzeugt von ihrer Idee geklungen – aber immerhin zuversichtlicher als noch vor ein paar Monaten. Alexander wollte nun nicht vorschnell allzu optimistisch sein. Zu grundlegend waren die Verwerfungen in den letzten beiden Jahren gewesen und zu schmerzlich wäre für ihn eine erneute Enttäuschung.

Jana und Alexander setzten sich an den gedeckten Tisch und schauten sich wortlos an. Sie schien mindestens so aufgeregt zu sein wie er, wenn sie sich sichtlich auch bemühte, es zu verbergen. Sie goss den Rotwein ein und forderte Alexander auf, sich zu bedienen. Wofür er sich brav bedankte. Dann schwiegen sie wieder.

»Pass auf, Alex«, erklärte sie schließlich aus heiterem Himmel, »ich habe keinen Bock, erst einmal eine halbe Stunde über das Wetter oder irgendeinen Dorftratsch zu quatschen und wie die Katze um den heißen Brei zu schleichen. Also lass uns offen und ehrlich reden.«

207

»Einverstanden. Nichts lieber als das.« Alexander schaute sie erwartungsvoll aus seinen großen blauen Augen an.

»Du fehlst mir. Und ich dir wahrscheinlich auch, hoffe ich zumindest. Wir beiden müssten eigentlich erwachsen und intelligent genug sein, um unser Jobproblem in den Griff zu kriegen…«

»Sollte man jedenfalls meinen.«

»Genau. Deshalb lass uns einen Modus operandi finden und uns fest versprechen, dass wir uns strikt daran halten. In jeder Situation. Auch wenn es manchmal schwer fällt, beziehungsweise gerade dann erst recht.«

»Ist wahrscheinlich einfacher gesagt als getan. Wie soll diese besondere Vorgehensweise denn aussehen?«

»Das weiß ich auch noch nicht so genau. Ich dachte, dass wir das hier und jetzt gemeinsam aushecken könnten.«

»Und? Du hast doch bestimmt schon eine konkrete Idee, wie ich dich so kenne.«

»Leider nicht. Aber immerhin einen Ansatz. Wenn wir das also heute schaffen, brauche ich vielleicht noch zwei oder drei Wochen Aufschub, um mich und meinen Kopf auf die neue, alte Situation vorzubereiten. Danach kannst du dann wieder zurückkommen. Was hältst du davon?«

Ach, Schätzelein, dachte Alexander leicht verbittert, das hätten wir doch viel früher haben können. Das hätten wir doch schon vor Monaten vereinbaren können. Dafür hätten wir uns nicht monatelang trennen müssen. Er trank einen Schluck des wuchtigen, samtweichen Cannonau und wollte gerade einen konstruktiven Vorschlag machen.

Da klingelte es Sturm an der Wohnungstür.

Barbara Buchbinder stand im Treppenhaus, die nette Nachbarin aus dem großen Einfamilienhaus schräg gegenüber. Ihr Kopf war feuerrot, die schwarzen Haare standen ihr förmlich zu Berge, ihre Augen glühten. Die Frau vibrierte von Kopf bis Fuß. Sie war völlig aufgelöst. »Hilfe, Jana! Bei uns ist eingebrochen worden.« Erregt fuchtelte sie unkontrolliert mit beiden Armen.

208

»Eingebrochen? Wie kann das denn sein«, fragte Jana begriffsstutzig. »Habt ihr das denn nicht mitbekommen?«

»Wir waren gerade im Kino, das erste Mal seit langer Zeit. Die Kinder sind bei meiner Mutter. Ausnahmsweise war gerade niemand im Haus. Da ist es passiert.«

»Was denn genau?«

»Irgendwer ist von hinten durch den Garten ins Wohnzimmer eingestiegen.«

»Und? Was hat er oder haben sie mitgenommen?«

»Den Kontrabass von Martin. Und meine beiden Geigen. Die Instrumente der Kinder sind noch alle da. Sonst scheint weiter nichts zu fehlen, auf den ersten Blick zumindest.«

»Ihr müsst sofort die Kripo alarmieren.«

»Aber du bist doch bei der Kriminalpolizei, Jana, und als nächste zur Stelle. Da dachte ich…«

»Ich weiß schon, Barbara. Aber Kripo ist nicht gleich Kripo. Einbruch fällt jedenfalls nicht in meinen Aufgabenbereich; ich arbeite doch bei der Mordkommission. Wenn du willst, rufe ich sofort die zuständigen Kollegen an.«

»Ja, mach das bitte.«

»Dann komm kurz rein, Alexander ist auch da.«

Behutsam schob Jana die verzweifelte Nachbarin in die Wohnung. Während sie das Kriminalkommissariat für Einbruch/Diebstahl alarmierte, ging Barbara Buchbinder zu Hopp und wiederholte den kurzen Bericht, weil Alexander im Wohnzimmer nur bruchstückhafte Satzfetzen mitbekommen hatte.

Kaum zwei Minuten später hatte Jana den Anruf beendet. »Die Kollegen kommen sofort.«

»Danke dir! Aber könnt ihr nicht trotzdem kurz mit mir rüber uns kommen? Dann wäre mir wohler.«

Gerade wollte Barbara Buchbinder ihre Haustür von innen wieder schließen, da fuhr ein dunkelblauer Kombi mit quietschenden Reifen vor. Drei Männer sprangen heraus und eilten zum Eingang.

Wie einstudiert zückten sie simultan ihre Dienstausweise. »Kriminaloberkommissar Schreiber. Das sind die Kollegen Bielke und Hoffmann«, sagte der älteste von ihnen. »Sind Sie Frau Buchbinder? Und ist bei Ihnen eingebrochen worden?«

»Ja, beides. Danke, dass Sie so schnell gekommen sind. Treten Sie doch bitte ein.« Barbara Buchbinder machte eine einladende Handbewegung in Richtung Hausflur. Kaum hatte Oberkommissar Schreiber die Türschwelle überschritten, da verfinsterte sich seine ohnehin nicht allzu gewinnende Miene. »Was machen Sie denn hier, Jäger? Was haben Sie hier zu suchen?«

Jana stand im Flur und lächelte ihn ebenso freundlich wie gelassen an. »Wir sind Nachbarn der Buchbinders und wohnen quasi gegenüber. Barbara hat uns gerade in ihrer Not zur Hilfe geholt. Und ich habe sofort Ihre Truppe alarmiert. Pflichtgemäß! Irgendwelche Einwände, Herr Kollege?«

»Das wird sich noch herausstellen, Jäger. Verlassen Sie bitte umgehend den Tatort. Wir sind ja jetzt da.«

Jana verschränkte die Arme vor der Brust und wechselte ihren fröhlichen Gesichtsausdruck mit einem grimmigen. »Dies ist das Haus der Familie Buchbinder. Barbara hat uns geholt, und ich gehe oder bleibe, wenn sie es so will.«

Alexander Hopp stand, ausnahmsweise völlig unbeteiligt, am Rande der Szene und wunderte sich über diesen bornierten Profilneurotiker. Völlig absurd, wie der sich hier aufspielt, dachte er, hielt es aber für ratsam, sich bedeckt zu halten, um die kritische Stimmung nicht aufzuheizen.

Eigentlich war er nicht besonders überrascht, wie resolut Jana diesem aufgeblasenen Selbstdarsteller Paroli bot. Er kannte ihre Wehrhaftigkeit aus eigener Erfahrung. Sogar zur Genüge. Im Grunde machte ihm seine Zuschauerrolle sogar Spaß. Schließlich hatte er selten Gelegenheit, live und in Farbe zu erleben, wie seine Liebste sich im Job mit ihren Kollegen auseinandersetzte.

Mittlerweile war Martin Buchbinder, der Hausherr, aus dem Wohnzimmer in den Flur gekommen. Er ärgerte sich über das unangemessene Gekeife der Kripoleute. »Guten Tag, die Herren. Schön, dass Sie da sind. Machen Sie bitte Ihre Arbeit, so wie Sie es für richtig halten. Aber unsere Freunde haben Sie nicht aus dem Haus zu weisen.«

»Wie Sie meinen«, antwortete Schreiber kopfschüttelnd und sichtlich angesäuert. »Wir verschaffen uns jetzt einen ersten Überblick über den Tatort und fordern umgehend die Kriminaltechniker zur Sicherung der Spuren an. Sie halten sich derweil zu unserer Verfügung. Am besten in einem der Räume, den die Täter links liegen gelassen haben.«

Martin Buchbinder nickte zustimmend. »In Ordnung. Sie finden uns dann in der Küche, wenn Sie uns brauchen sollten.«

Mord, Affären und Schulden

Wilfried Lülsdorf
Pechvogel
Ein Wachtberg-Krimi

218 Seiten, 13,5 × 21 cm, Paperback, ISBN 978-3-87062-363-0

Ein Pilzsammler findet im Wald bei Wachtberg eine Leiche. Kriminalhauptkommissarin Jana Jäger übernimmt die Ermittlungen. Schnell findet die Polizei heraus, dass der Tote bei der Stadtverwaltung arbeitete und weit über seine Verhältnisse lebte: Affären mit verheirateten Frauen, Schulden allerorten und Probleme bei einer inklusiven WG … Nur Zufall? Oder ein einziger Fall?